AF304523

Gabriele Ketterl wurde in München geboren, wo sie auch heute wieder mit ihrer Familie lebt. Ihre Fantasie steckt mittlerweile in Kinderbüchern, Kurzgeschichten, Fantasyromanen, Romantic-History-Büchern ...
Nach einem Studium der Amerikanistik und Theaterwissenschaften an der Ludwig-Maximilians-Universität München hieß es erst einmal: Reisen und Ideen sammeln. Betrachtet man ihren Output, scheint das gut geklappt zu haben.

Gabriele Ketterl

HIGHLAND HEARTS

Liebe auf den zweiten Blick

Erstausgabe Januar 2020

© 2020 dp DIGITAL PUBLISHERS GmbH

Made in Stuttgart with ♥
Alle Rechte vorbehalten

HIGHLAND HEARTS

ISBN 978-3-96087-016-9
E-Book-ISBN 978-3-96087-875-9

Covergestaltung: Rose & Chili Design
Umschlaggestaltung: ARTC.ore
Unter Verwendung von Abbildungen von
shutterstock.com: © Sara Winter und © Jacob Lund
Lektorat: SL Lektorat
Satz: dp DIGITAL PUBLISHERS
Druck und Bindung: Books on Demand GmbH, Norderstedt

„Wenn Sie sich wie ein Rockstar verhalten, werden
Sie auch wie einer behandelt.“

Marilyn Manson

1. KATASTROPHENTAGE

„Mum, wo ist meine rote Jacke, die Armeejacke?"

„Du willst allen Ernstes mit diesem Karnevalsteil in dein Seminar gehen? Santana!"

Santana schlüpfte in ihre groben, schwarzen Biker Boots und richtete sich ächzend wieder auf. „Mum, das ist eine Vintage-Jacke, sie kommt aus einem Theaterfundus und ich liege damit voll im aktuellen Trend."

Ihre Mutter rümpfte die Nase. „Will ich wissen, was das für ein Trend ist?"

Santana musterte die kleine, leicht rundliche Frau, die ihr gerade einmal bis zum Kinn reichte, liebevoll. „Einigen wir uns einfach darauf, dass du – wie soll ich sagen – einen Hauch konservativer bist, als ich es bin, okay?"

„Ich könnte dir so hübsche Dinge schneidern, wenn du mich ließest."

Keine gute Idee. Trägerröcke und Karoblusen lagen ihr nun einmal nicht.

„Danke, Mum, du bist ein Schatz. Aber ich denke, das lassen wir. Im Ernst, ich möchte gerne pünktlich in der Uni sein, wo hast du meine Jacke versteckt?"

Mit spitzen Fingern, so, als fürchtete sie, sich an dem Kleidungsstück zu verbrennen, reichte Erin Kinnear ihrer Tochter die Jacke. „Na gut, schließlich bist du alt genug, um zu wissen, was du tust."

Aufatmend fuhr Santana in das ausgefallene Teil. „Ja, so ist es." Sie drehte ihre langen, kupferroten Haare zu einem dicken Dutt und steckte ihn geschickt fest. „Weißt du, ich finde, mein Stil passt perfekt zu meinem Namen."

Erins leises Schnauben nahm sie amüsiert zur Kenntnis. Sie war sich bewusst, dass das ihr Killer-Argument war. Sie tat es ungern, aber ab und an musste sie es auffahren. Nachdem ihre Mutter sie vor zweiundzwanzig Jahren partout nach dem Ausnahmemusiker Carlos Santana benennen musste, war das eine willkommene Steilvorlage für Diskussionen, auf die sie keine Lust verspürte und die daher dringend abgekürzt werden sollten. Wobei sie ja noch von Glück reden konnte. Wäre sie ein Junge geworden, hieße sie jetzt Carlos ... Carlos Kinnear, ganz toll!

Prüfend musterte sie sich im Flurspiegel. Ja, doch, so gefiel sie sich. Das Kleidungsstück, das Erin so unheimlich war, stand ihr sehr gut. Die rote Armeejacke harmonierte perfekt mit ihren hellblauen Augen, der knallengen, schwarzen Jeans und den Boots. Sie griff nach ihrer antiken Arzttasche, einer Errungenschaft vom letzten Flohmarkt, drückte ihrer Mutter einen Kuss auf die Wange und öffnete die Haustür.

„Mum, ich bin um halb drei wieder zuhause. Soll ich auf dem Heimweg einkaufen?"

„Ja, vielleicht ein paar gängigere Kleidungsstücke?"

„Ich hab dich auch lieb, Mylady!"

Heute zog sich das Seminar wieder ganz besonders. So sehr sie die Geschichte ihrer Heimat liebte, so sehr verabscheute sie das endlose Auflisten von Jahreszahlen. Gelangweilt setzte sie Ziffer um Ziffer unter die nicht enden wollende Liste in ihrem Heft. Es half alles nichts, wenn sie ihren Traum wahr machen und historische Touren für Touristen anbieten wollte, dann musste sie auch das hier über sich ergehen lassen. Santana liebte Geschichte wirklich, vor allem die Geschichte ihres Landes, die sie immer sehr stolz machte. Das Lernen von Jahreszahlen aber war ihr ein Graus. Schade, denn ohne vernünftiges Grundwissen ging es nun einmal nicht.

Bannockburn, 23. und 24. Juni 1314.

Santanas Gedanken drifteten unweigerlich ab. Vor ihrem inneren Auge erschien ein riesiges Schlachtfeld. Zwei Armeen prallten aufeinander, Kampfgeschrei erklang, Schlachtrösser trugen stolze, mutige Ritter herbei. Schwerter wurden gezogen und Feinde erzitterten.

Nicht ganz so dramatisch, aber interessant und unterhaltsam sollten ihre Touren werden. Mit Statisten, nachgespielten Szenen der schottischen Geschichte, ein wenig Drama, gutem Essen und viel Schottland.

„Santana, bitte komm mit mir. Hörst du nicht? Du musst mitkommen.“

Der Wechsel von 1314 ins Jahr 2019 war nicht leicht zu vollziehen, trotzdem gelang es ihr, wenn auch leidlich. Ann, die dienstälteste Sekretärin der Fakultät, stand neben ihr und rüttelte sie leicht an der Schulter.

Verwirrt blickte sie zuerst Ann, dann ihren Professor an, der seinen Vortrag unterbrochen hatte und dessen

Blick ebenso mitleidig auf ihr ruhte wie der von achtzehn Kommilitonen. Endlich fand sie ihre Sprache wieder.

„Verzeihung, ich war ein paar Jahrhunderte weit weg. Was ist denn los? Ihr habt alle so einen seltsamen Blick drauf."

Ann legte mitfühlend ihren Arm um Santanas Schultern. „Meine Liebe, dein Vater hatte einen schweren Unfall, komm, du musst in die Klinik fahren."

Wie sie es geschafft hatte, in den richtigen Bus zu steigen, würde wohl auf immer ein Geheimnis bleiben. Was genau passiert war, wusste Ann zwar nicht, aber zumindest, dass ihr Dad ins Western General in der Crewe Road gebracht worden war. Sie war jetzt auf dem Weg dorthin und hatte Angst, große Angst. Mason Kinnear war, seit Santana sich erinnern konnte, nicht einmal krank gewesen, und nun ein Unfall auf der Baustelle? Wie zum Henker konnte so etwas geschehen? Es gab doch Sicherheitsvorkehrungen. Sich das Hirn zu zermartern brachte allerdings wenig und daher konzentrierte sie sich darauf, wieder ruhiger zu werden. Sie konnte sich gut vorstellen, wie erschrocken und aufgeregt ihre Mutter sein musste. Eine von ihnen sollte folglich einen klaren Kopf bewahren, und aus langer Erfahrung wusste sie, dass das wohl sie sein würde.

Die beiden Damen an der Information des Krankenhauses wussten bereits Bescheid. „Mason Kinnear? Ihr Vater ist noch im OP, bitte gehen Sie nach oben, wir können derzeit noch nichts sagen. Ihre Mutter ist auch vor ein paar Minuten angekommen." Sie wiesen ihr den Weg und Santana beeilte sich, die ihr genannte Station zu finden. In einem langgezogenen, von hellen Lampen in weißes Licht getauchten Flur erblickte sie die zusammengesunkene Gestalt ihrer Mutter auf einem weißen Kunststoffstuhl.

„Mum, was um Himmels willen ist denn geschehen?"

Erst nach einer ganzen Weile gelang es Erin, sich so weit zu fassen, dass sie ihr verständlich antworten konnte.

Ihr Vater war auf dem Dachstuhl eines Hauses herumgeklettert, dessen morsche Balken ausgetauscht werden mussten, danach sollte das Haus neu eingedeckt werden. Nun war das für einen Zimmermann Routine, noch dazu für einen so erfahrenen wie ihren Vater. Alle Handwerker verließen sich auf ein Gutachten, das bescheinigte, dass die Hauptbalken massiv und nicht vom Verfall in Mitleidenschaft gezogen worden seien. Im Nachhinein stellte sich nun heraus, dass das Gutachten eine reine Gefälligkeit gegenüber dem Hausherrn gewesen war, um Geld zu sparen. Wie die Feuerwehr bei der ersten Inaugenscheinnahme feststellen konnte, war das komplette Dach dermaßen marode, dass alles wegmusste. Mason war, in gutem Glauben an die Aussagen des Sachverständigen und des Hausherrn, auf die als unbedenklich gekennzeichneten Balken gestiegen und mehrere Meter tief in das Dachgeschoss gestürzt.

Noch während ihre Mutter Santana stockend das erzählte, was die Retter ihr berichtet hatten, traf der Chef ihres Vaters ein. Clark Newton war sichtlich schockiert.

„Es ist fürchterlich. So etwas darf einfach nicht passieren. Unser Zeitplan war – wie so oft – viel zu eng gesteckt. Mason war immer vorsichtig, wenn wir nicht dermaßen unter Druck gewesen wären, hätte er sicher den Dachstuhl sorgfältiger untersucht." Clark hieb die Faust gegen die Wand und suchte sichtlich erregt nach Worten. „Wer denkt denn auch, dass dieser gewissenlose Vollidiot von Sachverständigem hier ein gekauftes Gutachten abgibt? Auf so etwas verlässt man sich doch, verdammt noch mal."

Santana lag etwas ganz anderes auf dem Herzen. „Wie geht es Dad denn überhaupt? Wie schlimm ist er verletzt? Was sagen die Ärzte?"

Erin räusperte sich. „Seine Hüfte ist mehrmals gebrochen. Er kann seine Beine bewegen, das ist ein gutes Zeichen. Der rechte Arm ist am Ellbogen gebrochen, da er wohl versucht hat, sich abzufangen. Laut dem Röntgenfacharzt, dem Chirurgen und den Orthopäden muss das alles erst einmal ruhiggestellt werden, damit es richtig wieder zusammenwächst. Danach geht es sofort in die Reha und es dauert noch Wochen, ehe er wieder vernünftig laufen kann. Dazu kommt noch eine schwere Gehirnerschütterung."

Das klang zwar besorgniserregend, war aber nichts, mit dem man nicht fertig werden konnte.

„Nur noch einmal zum besseren Verständnis: Es besteht keine Lebensgefahr?"

Ihre Mutter schüttelte den Kopf. „Sie waren sich nicht sicher, ob er innere Verletzungen hat, als sie ihn hergebracht haben. Das hat sich aber Gott sei Dank nicht bestätigt."

Santana atmete auf. Der Stein, der ihr vom Herzen fiel, musste gigantische Ausmaße gehabt haben, denn sie konnte endlich wieder tief Luft holen.

Auch Clark schien erleichtert, der dunkle Schatten auf seinem Gesicht wollte aber nicht verschwinden. Santana kannte Clark, seit sie ein kleines Mädchen gewesen war. Dass mit ihm etwas nicht stimmte, hätte allerdings jeder aufmerksame Beobachter bemerkt.

„Clark, kommst du mit? Ich möchte Mum und mir was zu trinken besorgen."

Er willigte sofort ein und folgte ihr in den am anderen Ende des Flures liegenden Aufenthaltsraum der Notfallchirurgie. Santana warf fünfzig Cent in den Kaffeeautomaten und drückte auf Milchkaffee. Während der Automat das Gewünschte ausspuckte, wandte sie sich dem unruhigen Mann zu.

„Clark, ich kenne dich lange genug, um zu wissen, dass etwas im Argen liegt. Weihst du mich bitte ein, vor allem, wenn's um meinen Dad geht?"

Clark ließ sich auf einen der an der Wand stehenden Stühle fallen und fuhr sich mit der Rechten durch den grauen Haarschopf. „Scheiße, dass das ausgerechnet jetzt passieren musste."

Das half ihr nun nicht weiter. „Etwas expliziter, bitte."

„Wenn es denn sein muss. Die Firma hat seit zwei Jahren Probleme. In Edinburgh sind Baustellen heiß begehrt und frag mich nicht, wie andere mit den Angeboten, die sie abgeben, ihre Leute bezahlen. Auf jeden Fall mussten wir mit harten Bandagen um viele Aufträge kämpfen. Gut, wir konnten weitermachen, mussten nicht aufgeben, wie einige andere, aber dafür musste ich Abstriche machen." Er hob den Kopf und sah

Santana in die Augen. „Im Nachhinein gesehen war das eine richtig dumme Entscheidung."

„Wenn du von Abstrichen sprichst, was genau muss ich mir darunter vorstellen?" Sie mochte es nicht, wenn jemand in Rätseln sprach.

Er schwieg ihr einen Touch zu lange, daher wusste sie, dass sie eigentlich nicht hören wollte, was er sagen würde. Allerdings hatte sie wohl kaum eine Wahl.

„Santana, ich habe die Versicherungen auf ein Minimum runtergeschraubt, also gerade das, was man eben haben muss. Dazu gehört auch die geschäftliche Unfallversicherung."

„Aha, und was willst du jetzt genau damit sagen?"

Er wand sich sichtlich. „Ich will sagen, dass Mason auf sein Krankengeld angewiesen sein wird. Und das beträgt nicht einmal die Hälfte dessen, was er sonst verdient. Vergiss all seine Zuschläge auf den Normallohn nicht. Die fallen aber bei Berechnung des Krankengeldes weg. Das heißt, in sechs Monaten habt ihr ein Problem."

Santana angelte den dampfenden Becher aus dem Automatenfach. „Clark, wie lange zahlst du den Normallohn?"

„Sechs Monate eben, dann übernimmt die Versicherung. Vor drei Jahren hätte im Anschluss meine damalige Unfallversicherung auf den Normallohn aufgestockt. Mensch, Santana, es tut mir so leid."

Sie wehrte müde ab. „Schon gut. Unterm Strich ist es ja nicht deine Schuld. Kann man den Sachverständigen verklagen? Ich meine, irgendwas muss man doch tun können?"

„Natürlich verklage ich ihn. Aber das dauert, falls wir ihm den Betrug nachweisen können, mindestens ein Jahr. Das hilft Mason im Augenblick gar nichts."

Sie reichte ihm den Kaffeebecher. „Da, ich glaub, du brauchst das Koffein gerade dringender. Wichtig ist nur, dass Dad wieder gesund wird. Ich werde eine Lösung finden – wie auch immer."

„Santana, ich hoffe, deine Eltern wissen, was sie da für ein Goldstück am Start haben."

„Ich glaube schon."

Erin Kinnear legte den Stift zur Seite und fuhr mit dem Zeigefinger die Zahlenkolonne auf dem Blatt entlang. Dann schüttelte sie entschlossen den Kopf. „Selbst, wenn ich täglich zehn Änderungsaufträge hätte, das Geld würde für den Kredit nie und nimmer genügen. Das wirft meine kleine Keller-Schneiderei nicht ab. Mindestens ein halbes Jahr, sagen die Ärzte, und dann ist noch nicht sicher, dass er wieder voll einsatzfähig ist. Das schaffen wir nie, uns fehlen im Monat mindestens fünfhundert Pfund. Stell dir vor, das geht ein Jahr so."

Santana stellte ihre Teetasse behutsam beiseite und kraulte Pirat, das vierte Familienmitglied der Kinnears, hinter den Ohren. Der gerade einmal kniehohe, grauweiß gefleckte Terriermischling schmiegte sich an ihr Bein. Fast schien es, als wüsste er, dass sie jetzt moralische Unterstützung brauchte. „Mum, komm runter. Es gibt eine Lösung und außerdem könnte es viel schlimmer sein. Dad wird wieder gesund und er soll dafür alle Zeit bekommen, die er braucht. Clark hält ihm seinen Job frei, das ist auch beruhigend. Und stell dir vor, er wäre so dumm gefallen, dass er jetzt querschnittsgelähmt wäre. Nein, wir bekommen das alles geregelt."

Ihre Mutter schien nicht ganz so sicher zu sein. „Schatz, ich mag deinen Optimismus, aber kannst du mir sagen, woher wir die fünfhundert Pfund nehmen sollen?"

Santana zögerte nur kurz, dann straffte sie ihre Schultern. „Die verdiene so lange eben ich. Das Reisebüro in der Princess Street wollte mich nach meinem Praktikum damals ja schon weiterbeschäftigen. Ich lege das Studium für ein oder zwei Semester auf Eis und arbeite dort. Allan zahlt gut, außerdem macht der Job Spaß und ich kann beinahe das tun, was ich später eh einmal arbeiten möchte. Also ist das alles halb so schlimm."

„Santana, damit verlierst du aber doch so viel Zeit. Willst du das wirklich tun?" Erin hegte eindeutig ihre Zweifel.

Santana nahm ihre Tasse wieder auf und trank einen großen Schluck. „Ich will und ich muss, Mum. Oder hast du eine bessere Idee?"

Das Schweigen der Mutter war Antwort genug.

In dieser Nacht fand Santana wenig Schlaf. Natürlich war es ärgerlich, dass sie aussetzen musste, aber es war die einzige Lösung. Woher sonst sollte das Geld kommen? Gleich am nächsten Tag wollte sie in das Reisebüro fahren. Nach den Lobeshymnen auf sie war sie sich sicher, dass Allan ihr einen befristeten Job geben würde.

Weniger glücklich war sie in Bezug auf seine Frau. Evie war chaotisch, unstrukturiert und emotional eine

dauernde Achterbahn. Allerdings war es ihr schon
beim letzten Mal gelungen, nur wenig mit ihr arbeiten
zu müssen. Sicher ließe sich das wieder so einrichten.

17

2. WARUM EIGENTLICH IMMER ICH?

Allan war sichtlich begeistert. „Klar helfe ich dir, natürlich bekommst du eine Stelle. Du weißt, dass ich mich freue, dich wieder in meinem Team zu haben. Passt perfekt, Sandy bekommt Anfang November ihr Baby und verschwindet in zwei Wochen in den Mutterschutz. Im Oktober ist zwar nicht ganz so viel zu tun, aber du kannst Sandys Aufgabengebiet komplett übernehmen, da bist du beschäftigt." Er blickte sich um und entdeckte seine Frau. „Evie, hast du gehört? Unsere Probleme haben sich von selbst gelöst. Santana übernimmt Sandys Bereich. Was sagst du dazu?"

Evie, klein, schlank und den hellblonden Pagenkopf wie immer perfekt frisiert, stöckelte in ihren kupferfarbenen Highheels, die zum beigen Hosenanzug passten, herbei. „Wenn sie sich gut einarbeitet und den Ablauf nicht stört, soll es mir recht sein." Nach einem kurzen Nicken in Santanas Richtung stöckelte sie auch schon weiter.

Allan verdrehte theatralisch die Augen. „Ignorier sie, du weißt, sie meint es nicht so. Ab und an schlagen einfach die Chef-Gene durch. Sie weiß genau, dass du gut warst. Ich mach dir bis übermorgen deinen Vertrag fertig. Reicht dir das?"

Natürlich reichte es ihr und sie verließ erleichtert ihre zukünftige Wirkungsstätte.

Der Abend war zu ihrem Leidwesen verregnet und so wurde aus dem geplanten Spaziergang mit ihrer Freundin Jane und Pirat eines ihrer geliebten Endlostelefonate.

„Du wolltest doch nicht mehr mit Evie arbeiten. Warte, wie hast du sie genannt: Anna Wintour für Arme? Oder liege ich falsch?"

Santana ließ sich auf ihr Bett fallen, drehte sich zur Wand und stützte die langen Beine dort ab. „Nein, liegst du nicht. Aber das hilft alles nichts. Woher soll das Geld kommen? Was ich jetzt gleich verdiene, wird gespart, und wenn Dad nur noch Krankengeld bekommt, haben wir ein kleines Polster."

„Stimmt schon. Pass trotzdem mit dieser Zicke auf. Die hätte dich bei deinem Praktikum schon gerne auflaufen lassen."

Das hatte Jane sich also auch gemerkt.

„Keine Bange. Ich werde mich so weit wie möglich von ihr fernhalten. Sie betreut eh nur die Highclass-Kunden. Der Durchschnittstourist muss sich mit ihren Untergebenen herumschlagen." Santana rollte sich auf den Bauch. „Du wirst sehen, die paar Monate vergehen wie im Flug. Und was soll schon in den ruhigen Herbst- und Wintermonaten groß passieren?

Zwei Wochen später stand sie nachdenklich an ihrem neuen Schreibtisch. „Sandy, du wirst mir fehlen." Santana begutachtete grübelnd den stattlichen Leibesumfang der jungen Frau. „Allerdings denke ich, dass du langsam echt kürzertreten solltest."

Sandy schmunzelte, während sie sich das Kreuz rieb. „Sag bloß! Im Ernst, ich freu mich auf mein Sofa, jede Menge Tee und Ruhe. In spätestens drei Wochen ist es damit endgültig vorbei."

Santana legte Sandy beruhigend ihre Hand auf den Unterarm. „Aber doch nur für etwa zweiundzwanzig Jahre, dann hast du so ein Prachtexemplar wie mich, das eigenständig essen und aufs Klo gehen kann."

Lachend umarmte Sandy sie. „Das hab ich gebraucht, da sehe ich doch alles gleich viel entspannter."

Santana sah ihr nach, während Sandy sich von den anderen Kollegen verabschiedete. So wie Allan es vorausgesagt hatte, war es von Anfang an angenehm ruhig im Büro gewesen: ein paar Gruppen aus Asien, vor allem Korea und Japan, einige Amerikaner und eine Handvoll Deutscher, die sich eine Hikingtour durch die Highlands zusammenstellen ließen. Alles gut zu bewältigen. Evie war mit einem reichen, amerikanischen Ehepaar unterwegs, das es sich ein Vermögen kosten ließ, die Chefin persönlich als Begleitung zu haben. Hervorragende Arbeitsbedingungen. Das Glück schien ihr gewogen.

Den Spruch Man soll den Tag nicht vor dem Abend loben kannte sie zwar, aber dass er ausgerechnet an diesem ruhigen Nachmittag zum Einsatz kommen würde, hätte sie nicht erwartet. Kurz vor sechs Uhr kehrte eine zufriedene Evie zurück ins Büro. Voller Elan warf sie ihre Louis-Vuitton-Umhängetasche, mit deren Inhalt sie jederzeit problemlos das Land hätte verlassen können, auf ihren Schreibtisch.

„Und wieder einmal zeigt sich, dass sich Erfahrung, Know-how und Professionalität auszahlen. Zufriedene, glückliche Kunden, die Schottland in bester Erinnerung behalten werden. Amerikaner sind anspruchsvoll und wollen hofiert werden. Ich denke, ich habe uns perfekt repräsentiert."

Liam, der nette Kollege, der über den Schreibtisch gegenüber dem Santanas regierte, hüstelte dezent. „Super, tolle Leistung, wenn ich zwei von sich eingenommene und dabei so herrlich ahnungslose Texaner stundenlang mit einem Spezialbus durch die Gegend karre und für die Schlossbesichtigungen einen exzellenten Guide von Historic Scotland an der Seite habe."

Santana verstand sein leises Brummeln sehr gut. „Im Ernst? Ich dachte, sie macht das?"

„Träum ruhig weiter. Evie gerät ja schon in Erklärungsnöte, wenn man sie fragt, wer Rob Roy war." Liam war lange genug im Unternehmen, um zu wissen, wovon er redete.

„Aha, Know-how und Professionalität."

Liam reckte grinsend beide Daumen hoch. „Du hast es erfasst."

Noch während Evie weiter über ihre Erfolge schwadronierte, läutete das Telefon in Allans Büro. Der nahm ab und schloss kurz darauf die Glastür, was selten vorkam. Da heute um sechs Uhr Feierabend war, beachtete Santana ihn nicht weiter. Sie wollte noch in die Klinik zu ihrem Vater und für ihre Mutter ein Abendkleid, das dringend einer Änderung bedurfte, bei einer Kundin abholen. Kaum stopfte sie Handy, Geldbörse und die mickrigen Reste ihrer Nussmischung, angeblich exzellente Nervennahrung, in ihren Rucksack, riss Allan seine Tür auf.

„Leute, Teammeeting! Alle!" Da einige Finger noch unentschlossen über Laptops und Telefontastaturen schwebten, fügte er umgehend hinzu: „Sofort!"

Liam schraubte sich mit leicht angesäuerter Miene aus seinem Bürostuhl. „Lebewohl, o mein Pub! Es hätte so schön werden können mit uns beiden."

„Mist, ich wollte meinen Dad besuchen." Santana war ebenso wenig begeistert wie er.

Zu einer Antwort kam Liam nicht mehr, denn auch Evie sah sich nun bemüßigt, die Chefin herauszukehren. „Habt ihr Allan nicht gehört? Los, los. Er macht das gewiss nicht zu seinem Vergnügen."

Teammeeting bedeutete, dass man sich in der rückwärtigen Teeküche traf, in der ein wuchtiger, dunkelbrauner Holztisch und zehn bunt durcheinandergewürfelte Bistrostühle standen, die Allan hatte ergattern können, als ein renommiertes Teahouse schließen musste. Ansonsten gab es eine überdimensionierte Palme, die laut Beschreibung nur halb so groß hätte werden dürfen, einen nicht minder überdimensionierten Kühlschrank, zwei Wasserkessel, grob geschätzt fünfzig unterschiedliche Tassen, eine Sammlung von IKEA-Gläsern in allen Größen sowie einen antiken Gasherd. Der Rahmen des kleinen Fensters zum Hinterhof war mit ägyptischen Ornamenten bemalt worden und verlieh dem Ganzen ein künstlerisches Flair.

„Sorry für die späte Stunde, tut mir echt leid, aber das hier ist wichtig." Allan goss sich eine Tasse Tee ein und nahm am Kopfende Platz. „Setzt euch, ich verspreche, ich mache schnell. Der Anruf gerade kam aus Amerika, genauer gesagt aus Los Angeles. Wir arbeiten schon ewig mit einer Eventagentur zusammen, die uns immer wieder gute Kunden schickt. Der Einsatz der Agentur hört allerdings am Flughafen hier in Edinburgh auf, weil wir dann übernehmen. Bis heute war das alles kein Thema ... wohlgemerkt: bis heute." Allan war sichtlich nervös.

So kannte Santana ihn nicht. Der Mann war sonst die Ruhe selbst. Neugierig hörte sie weiter zu.

„Der Auftrag, den wir übernehmen sollen, ist – sofern man es nüchtern betrachtet – ein Ding der Unmöglichkeit."

Liam zuckte mit den Schultern. „Chef, warte, ich hol dir einen doppelten Whisky, dann relativiert sich das eventuell etwas. Also das mit dem nüchtern."

Allan runzelte nur die Stirn. „Sehr witzig. Nein, in fünf Tagen soll ein Fotoshooting in den Highlands stattfinden. Es wird eine Woche dauern. Wir müssen die Genehmigungen einholen, die Hotels oder Apartments buchen, für den Transport sorgen. Das Catering muss bestellt werden und es soll immer jemand von uns dabei sein, da zusätzlich zu zwei Starfotografen ein Kameramann, ein Tontechniker und zwei Produzenten mit von der Partie sind. Das ist ein richtig aufwändiges Ding, die drehen gleichzeitig zu dem Shooting auch noch für eine Realityshow, die auf das Model zugeschnitten ist. Ich hätte echt gerne abgelehnt, vor allem, da es verdammt gewagt ist, im Oktober in den Highlands für eine Werbekampagne zu fotografieren. Aber die Argumente sind überzeugend, sehr überzeugend."

„Klär uns auf. Welche Argumente? Im Ernst, Allan, du weißt, wie es da oben zu dieser Jahreszeit zugehen kann?" Liam schien wenig begeistert.

„Und ob ich das weiß. Nur ist die Aussage, dass wir über ein – Achtung, jetzt kommts – enormes Budget bis zu fünfundsiebzigtausend Pfund verfügen dürfen, schon bemerkenswert. Ich hab das mal grob überschlagen und dabei schon hochgerechnet. Selbst wenn wir teure Hotels und hochwertigstes Catering sowie gute Fahrzeuge, einen Wohnwagen und so weiter einkalkulieren, bleiben uns um die zwanzigtausend Pfund. Na, was sagt ihr zu dem Argument?"

Steven, der kleine, schwarzhaarige Ire, Nummer drei im Bunde, Liam und auch Santana sahen Allan ungläubig an.

Santana fing sich als Erste. „Gar nicht so übel."

Allan schob seine Nickelbrille etwas nach vorne und musterte sie über den Rand hinweg. „Nicht übel? Ich mag deinen Humor. Das ist richtig gut." Er wandte sich seiner Frau zu. „Evie, sag doch auch was. Soll ich akzeptieren? Wir könnten das stemmen, genug Erfahrung haben wir."

Evie nickte nachdrücklich. „Gerade jetzt vor der Wintersaison brauchen wir das Geld." Sie deutete unbestimmt zur Seite. „Liam und Santana können das machen. Auf Steven kann ich nicht verzichten."

Ehe Santana dazu kam, sich aufzuregen, antwortete Allan bereits. „Gut, ich denke, damit ist das geregelt. Dann rufe ich sofort zurück und sage zu. Die in Amerika warten."

„Ähm, nur mal so am Rande gefragt: Was für eine Werbekampagne ist es eigentlich und wer ist dieses

Model, von dem du gesprochen hast?" Neugierig war Santana ja schon, um wen dieser ganze Wirbel veranstaltet wurde.

Allan blickte sehr ernst in die Runde. „Es ist der größte amerikanische Whiskyproduzent und schon klar, dass der echtes, schottisches Flair haben möchte. Tja, und das Model …", er legte eine sehr gekonnte Kunstpause ein, „… das Model ist Tyler „Hawk" Vaughn."

„Bitte wer? Doch nicht der Hawk? Der Typ, der die neue Davidoff-Kampagne ziert und der auf sämtlichen Hochglanzmagazinen dieser Welt prangt?"

Allan nickte. „Eben jener, liebe Santana."

Darauf hatte sie nun ja mal überhaupt keine Lust, aber wirklich gar keine. Der Kerl sah schon auf den Fotos dermaßen arrogant aus, dass ihr übel wurde. Ihr war bewusst, dass sie damit allein auf weiter Flur stand, denn der Rest der Welt küsste den Boden unter seinen Füßen. Okay, attraktiv war er, richtig attraktiv, aber das war's auch schon.

Während sie sich noch den Kopf darüber zerbrach, wie sie aus dieser Nummer wieder herauskam, erklang Evies aufgeregte Stimme.

„Exzellent, einfach exzellent! Das wird die perfekte Werbung für uns. Hawk Vaughn! Ich denke, wir müssen nicht darüber diskutieren, dass in diesem Fall ich den Auftrag übernehme. Das ist Chefsache, so leid es mir tut. Wie bekannt sein dürfte, bin ich außerdem der Amerikaprofi in diesem Büro, das habe ich nun ja wohl oft genug bewiesen."

Perfekt! Santana lehnte sich entspannt in ihrem Stuhl zurück. „Da kann ich Evie nur beipflichten. Sie ist und bleibt der Profi hier. Natürlich hätte ich die Herausforderung gern angenommen, aber ich finde sicher anderweitig genug zu tun."

Sie wurde das dumme Gefühl nicht los, dass Allan nach dieser Feststellung einen Hauch zu lange schwieg. Sollte sie etwa zu dick aufgetragen haben? Als das Schweigen andauerte, verwandelte ihre ursprüngliche Entspannung sich unglücklicherweise in Anspannung.

Allan, sag etwas, flehte sie in Gedanken. Das tat er dann auch – leider!

„Evie, keine Frage, wenn du das persönlich übernehmen willst, dann ist das natürlich in Ordnung. Aber da steckt sehr viel Arbeit drin, du brauchst definitiv eine rechte Hand, die dich organisatorisch unterstützt." Mit einem sehr hintergründigen Lächeln wandte er sich Santana zu. „Santana, allein schon dein Studium prädestiniert dich für diesen Auftrag. Wenn du jetzt auch noch selbst anmerkst, dass du die Herausforderung gerne angenommen hättest, will ich dir nichts in den Weg legen. Ich möchte, dass Evie und du das Ding gemeinsam wuppt."

Warum? Warum konnte sie nie im richtigen Moment einfach mal die Klappe halten?

„Oh, toll! Das freut mich wirklich. Danke für dein Vertrauen, Allan." Liams breites Grinsen bewies ihr, dass das gerade nicht wirklich aufrichtig geklungen hatte.

„Sehr schön! Dann rufe ich auf der Stelle zurück und sage zu. Nur, dass das klar ist: Wir – also vor allem du, Santana – müssen morgen sofort in die Vollen gehen. Ich lasse mir den Plan schicken und darum baust du ...", er warf einen sichtlich nervösen Seitenblick auf seine

Frau und korrigierte sich umgehend, „... baut ihr bitte den kompletten organisatorischen Rahmen.“

Evie nickte huldvoll. „Meine leichteste Übung.“

Steven erhob sich, trat im Hinausgehen hinter Evie und erklärte mit fester Stimme: „Du bekommst das prima geregelt. Viel Spaß bei dieser Herausforderung.“ Dass er dabei Santana einen mitleidigen Blick zuwarf, bemerkte die sichtlich zufriedene Evie nicht.

Sie folgte Allan und Steven zurück ins Büro und Santana ließ ihre Stirn auf die Tischplatte knallen. Gerade so, dass es nur ein bisschen weh tat. „Warum eigentlich immer ich?“

Liam klopfte ihr beruhigend auf den Rücken. „Weil Allan nicht lebensmüde ist. Er liebt seine Frau, kennt sie aber auch gut genug, um zu wissen, dass sie bei der geringsten Gelegenheit eskaliert. Ohne dich wäre sie aufgeschmissen. Ich könnte wetten, sie käme mit der Gruppe nicht mal heil in den Highlands an. Also nimm es als Kompliment.“

Sie rieb sich ihre malträtierte Stirn. „Ich mag aber solche Typen nicht. Das ist so was von nicht meine Welt. Und was genau heißt überhaupt eskalieren?“

Hätte sie in diesem Augenblick geahnt, welch große Rolle dieses Wort innerhalb der nächsten Wochen spielen würde, sie hätte sich wohl eingehender mit der Bedeutung auseinandergesetzt.

3. Alles ein Kinderspiel

„Jane, warum muss ausgerechnet ich so etwas machen? Kann ich denn nicht eine nette, solide Gruppe Geschichtsstudenten aufs Auge gedrückt bekommen? Muss es dieser Hawk sein?" Santana lag auf dem hellbraunen Sofa im elterlichen Wohnzimmer, hatte sich eins der zitronengelben Kissen in den Rücken gestopft und ließ die Beine über die Lehne baumeln. Das Telefon war auf Lautsprecher gestellt, da sie ihre Hände dringend brauchte, um eine Tasse heiße Schokolade mit Zimt und Schlagsahne festzuhalten. Nervennahrung.

„Du tust mir ja so leid. Da musst du armes Wesen tatsächlich mit dem derzeit wohl bestaussehenden Mann der westlichen Hemisphäre durch die stürmischen Highlands reisen. Arme kleine Maus." Janes Stimme klang leicht erstickt.

Sie runzelte nachdenklich die Stirn. „Sag mal, kann es sein, dass du mich nicht ganz ernst nimmst? Das ist wirklich ein Problem für mich. Diese Glamourwelt ist nicht so mein Ding."

Sie konnte sich gut vorstellen, wie Jane nachsichtig den Kopf schüttelte. „Ja, meine Liebe, das hilft aber nichts. Die Welt besteht nicht nur aus vergangenen Schlachten, verfallenen Schlössern, Burgruinen und

Helden, die längst tot sind. Jetzt hast du's eben mit einem lebendigen Helden zu tun."

„Ganz toll!" Sie warf einen bedauernden Blick in die mittlerweile leere Tasse. „Was hat er schon geleistet, außer mit einem hübschen Gesicht geboren worden zu sein?"

„Lass mich nachdenken. Er hat schon mit achtzehn Top-Verträge an Land gezogen, in diversen Sitcoms mitgespielt und das echt gut, war zweimal hintereinander der Sexiest Man Alive, hat seinen College-Abschluss mit Bestnote gemacht. Tja, was fällt mir noch ein? Möglicherweise der vollkommen unbedeutende Umstand, dass er der Traum von Millionen Frauen weltweit ist? Mann, Santana, eine nicht allzu geringe Anzahl von denen würde töten, um ihm so nahe zu sein, wie du es bald bist."

„Und ich könnte dankend auf diese fragwürdige Ehre verzichten."

Jane schnaubte leise. „Nun urteile doch nicht so unbarmherzig. Sonst gibst du den Menschen doch auch eine Chance. Was ist denn nur los mit dir? Der Mann hat dir doch nichts getan."

Das stimmte wohl, Hawk selbst nicht, ihr Problem ging tiefer. „Das nicht, also nicht er direkt. Aber dieser Hawk verkörpert die Sorte Mann, die Frauen wie mich mit einer Mischung aus dezentem Grauen und zoologischer Sensationslust betrachtet."

Schweigen. Erst nach einer Weile reagierte Jane. „Du spinnst schon ein bisschen, oder? Was willst du denn damit sagen?"

„Ganz einfach. Solche Männer stehen auf dürre, durch und durch gestylte Kleiderständer mit Luxusfümmelchen und Highheels, die Influencern mit vier Millionen Followern an den Lippen hängen. Wenn ich hingegen ankomme mit meinen Boots, Jeans, Vintage-Jacken und Hippieblusen, treten sie automatisch einen Schritt zurück, um sich nicht anzustecken. Das ist für die so wie Zoofeeling. Oh, ein ungezähmtes Exemplar, du verstehst?"

„Du bist manchmal wirklich schräg drauf, Süße. Wart einfach mal ab. Vielleicht überrascht Hawk dich ja und steht auf starke, eigenwillige Frauen mit nicht alltäglichem Style."

Santana schmunzelte zufrieden. „Das nehme ich dann mal als Kompliment, also das mit dem Style. Okay, ich verspreche, ich sehe ihn mir an und gebe ihm eine faire Chance. Zufrieden?"

„Schon besser. Das ist meine weltoffene Freundin! Ganz ehrlich, ich beneide dich. Ich finde den Typen schlicht unglaublich."

„Nun, vielleicht triffst du ihn ja auch einmal."

„Aber sicher doch. Hawk Vaughn taucht in meiner Konditorei auf und kauft Chocolate Cherry Brownies. Wenn das passiert, dann hast du hundert Kuchenwünsche frei."

Santana kuschelte sich gemütlich in ihr Sofakissen. „Ich erinnere dich bei Gelegenheit daran."

„Santana, endlich. Ich warte seit fast einer Stunde." E-vie rauschte in ihrem dunkelblauen Hosenanzug und passenden Pumps an ihr vorüber. „Ich habe schon einiges vorbereitet. Wo warst du denn so lange?"

„Im Krankenhaus bei meinem Dad." Sie warf einen prüfenden Blick auf ihre Armbanduhr. Gerade einmal

kurz nach neun und damit bestenfalls zehn Minuten
Verspätung. „Ich hab mich sowieso beeilt. Aber sehen
wollte ich ihn unbedingt. Er braucht dringend Auf-
munterung. Dafür kann ich heute Abend gern länger
bleiben.“

„Das wirst du auch müssen, ich kann ja nun nicht alles alleine machen.“ Mit diesen Worten entschwand E-
vie in Richtung Allans Büro.

„Denk dir nichts. Sie ist erst vor zwanzig Minuten gekommen und hatte etwa ein Dutzend Magazine dabei,
in denen etwas über dieses Model steht. Ich fürchte,
ihre Vorbereitung besteht daraus, sich den Kerl genau
anzusehen. Jeden Teil seines Sixpacks einzeln.“ Liam
strich sich eine seiner dunklen Locken aus der Stirn
und zuckte mit den Schultern. „So ist sie eben. Aber
wenn ich du wäre, würde ich mich dringend um den
Fuhrpark kümmern.“ Er stockte, suchte nach etwas auf
seinem Schreibtisch und hielt es Santana entgegen.
„Sie will, dass du in diesem Unternehmen die Fahrzeuge orderst. Hast du nun noch immer Fragen, warum
Allan wollte, dass du dabei bist?“

„Äh, warum?“

Liam seufzte. „Nun wirf doch einmal einen Blick auf
den Prospekt bitte, und dann frag nochmal.“

„Limousinen? In den Highlands? Ist sie denn verrückt
geworden?“

„Jetzt hast du es verstanden. Also nimm alles in die eigenen Hände und tu das, was du als richtig empfindest.
Du wirst den Kopf dafür hinhalten müssen, nicht Evie,
vergiss das nicht.“

„Habe ich eine Wahl?“

Liam lächelte. „Wohl eher nicht.“

Santana holte sich den Plan der Amerikaner aus Allans Büro, fragte noch einmal explizit nach, wie lange man in den Highlands sein würde, und machte sich ans Werk. Zuerst zückte sie eine Landkarte und steckte die gewünschten Ziele ab. Spätestens ab Sterling wären sie mit Limousinen vollkommen aufgeschmissen. Ansonsten waren die Wunschziele der Fotografen und des Auftraggebers tatsächlich vernünftig und sinnvoll oder eben das, was man sich landläufig unter Schottland vorstellte.

Doune Castle, die Trossachs, der Loch Lomond, das Tal von Glencoe, das Ufer des Loch Ness, Urquhart Castle, die Cairngorms und schließlich die Gegend am Fuß des beeindruckenden Ben Nevis. Auf dem Weg zurück suchte man eine schöne Location mit weitläufigem Strand. Santana entschied sich rasch für den herrlichen Strand von Stonehaven, wo es bezaubernde, historische Unterkünfte gab, die gerade Gästen aus Amerika gefallen sollten. Nachdenklich betrachtete sie die abgesteckte Route, errechnete mit Google Maps die Entfernungen und erstellte einen angepassten Zeitplan. Sie ließ dabei nie außer Acht, dass das Wetter sicherlich nicht immer mitspielen würde. Daher suchte sie auch nach Möglichkeiten für Innenaufnahmen, obwohl die nicht explizit auf der Agenda standen.

Sie druckte sich die Route samt Entfernungen und Zeitaufwand aus und studierte sie genau. Ihr durfte kein Fehler unterlaufen.

Nach drei Stunden stand der Plan und sie konnte sich auf die Suche nach schönen Unterkünften machen. Viele, die sie bereits von ihrem letzten Praktikum im

Büro kannte, hatte sie noch im Hinterkopf. Bei einigen machte ihr die Kurzfristigkeit oder die Anzahl der Gäste einen Strich durch die Rechnung, bei anderen war sie erfolgreich. Sie stellte die Anfragen und bat alle um Übermittlung eines schriftlichen Angebotes.

„Liam, was meinst du? Ich würde für die engen und teilweise nicht leicht zu befahrenden Straßen Geländewagen buchen. Kann ich diese Typen mit ihren hohen Ansprüchen in Range Rover setzen?"

„Natürlich. Im Ernst, eine Limousinen-Flotte, wie sie Evie vorschwebt, kannst du getrost vergessen. Allein nördlich von Fort William habt ihr damit Probleme. Mach du nur."

Zufrieden wählte Santana die Nummer einer zuverlässigen, alteingesessenen Autovermietung, die auch Fahrer stellte, und bat sie um ein Angebot für fünf Range Rover, einen neuen Camper und einen Minibus für die Ausrüstung. Nachdem sie aufgelegt hatte, spähte sie neugierig zu Evies durch einen eleganten Paravent teils abgetrennten Schreibtisch. Die Chefin starrte geradezu verzückt auf den Bildschirm ihres Laptops. Was zur Hölle tat sie da eigentlich? Langsam machte sich Santana Sorgen. Es wäre fatal, wenn Evie ihrerseits planen und organisieren würde, wobei diese Möglichkeit, realistisch betrachtet, eher unwahrscheinlich war. Evie war Theoretikerin und gut war sie vor allem im Repräsentieren und im Menschen um den Finger wickeln – je oberflächlicher ihr Gegenüber, desto einfacher. Aber im Geschäft klappte das ganz gut: Allan war der bodenständige Macher und Evie gab die Großfürstin. Im Augenblick hätte Santana sich allerdings einen Hauch mehr Kommunikation gewünscht.

Es hatte keinen Sinn, wenn sie organisierte und plante und Evie dann alles umwarf. Dazu fehlte ihnen schlicht die Zeit. Daher atmete sie zweimal tief durch und marschierte mit ihrem Routenplan zu Evie. In Ermangelung einer Tür tat sie das, was alle taten: Sie klopfte leicht an den Paravent.

„Evie, entschuldige bitte, ich will ja nicht stören, aber ich würde dir gerne zeigen, was alles schon steht. Hast du eine Minute, bitte?"

Mit leicht säuerlicher Miene lehnte Evie sich in ihrem ergonomisch geformten Chefsessel zurück. „Ich bin wirklich sehr beschäftigt, aber wenn es nicht warten kann. Bitte." Sie zeigte auf den Stuhl vor ihrem Schreibtisch.

Santana, geplagt von Neugierde auf das, was Evie so unglaublich faszinierte, umrundete zügig den Tisch. „Gleich, erst muss ich dir das hier zeigen und erklären." Sie breitete ihre Unterlagen vor Evie aus und warf dabei einen Blick auf den Bildschirm. Dort räkelte sich in einem Video besagter Hawk an einem Strand in der Sonne auf einem Liegestuhl und beantwortete die Fragen einer sichtlich aufgeregten Journalistin. Aha, so sahen also Evies Vorbereitungen aus. Worauf um Himmels willen wollte sie sich denn auf diese Weise vorbereiten? Santana verkniff sich eine entsprechende Bemerkung und erläuterte, was sie bisher getan hatte.

„Und meine Anweisung, den Gästen entsprechend vernünftige Limousinen zu buchen, wird also einfach ignoriert, ja?" Oha, da war aber jemand angesäuert.

„Evie, ernsthaft. Natürlich denke ich nicht im Traum daran, deine Anweisung zu ignorieren. Aber bedenk doch bitte, dass wir teilweise sehr enge Straßen bewältigen müssen, die auch noch hügelig sind. Da bleibt doch eine Mercedes-Limousine alle naselang liegen. Wir handeln uns damit nur Ärger ein, wenn wir die Ziele nicht zu den festgelegten Zeiten erreichen."

„Gut, und mit den großen Geländewagen haben wir dort also keine Probleme, oder was?" Offenbar war Evie noch nicht bereit, sich von ihren Traumwagen zu verabschieden.

„Nein, die sind ja gerade darauf ausgelegt. Bitte, vertraue mir. Das sind die perfekten Fahrzeuge für das Hochland und repräsentativ sind sie auch noch."

„Was ist repräsentativ?" Allan konnte verflixt leise sein, wenn er nicht sofort bemerkt werden wollte.

„Ich lass mir gerade ein Angebot für fünf Range Rover, drei davon mit Fahrer, ausarbeiten. Hoffentlich ist das auch in deinem Sinn." Santana warf ihm einen hilfesuchenden Blick zu.

„Hervorragend. Gute Entscheidung, sehr gut sogar. Da die Fotografen selbst fahren wollen, ist das sehr sinnvoll. Das sind sicher Automatikwagen, damit kommen die Amis klar. Das hast du gut gemacht, Santana."

In solchen Momenten mochte sie den besonnenen Allan besonders gerne. Er schob sich mit ernster Miene die Ärmel seines dunkelgrauen Rollkragenpullovers hoch und fuhr sich dann mit allen zehn Fingern durch den dichten, langsam ergrauenden Haarschopf. „Evie, konntest du schon einen Blick auf den vom Kunden gewünschten Ablaufplan werfen?"

„Ich bitte dich, natürlich. Abgesehen davon mache ich mich gerade ein wenig mit den Gästen vertraut. Wenigstens annähernd sollte ich schon wissen, wer demnächst unter meiner Obhut stehen wird."

„Hm, okay." Allan drehte sich zu Santana um und lächelte sie aufmunternd an. „Solange du dich weiterhin um die banalen Kleinigkeiten wie Transport, Unterkünfte und Drehgenehmigungen kümmerst, bin ich beruhigt."

Es war ein herrlicher Herbstabend und perfekt geeignet für einen Bummel in den Princess Gardens von Edinburgh. Santana war zwar hundemüde, aber auf ein letztes Treffen mit Jane, ehe am nächsten Tag die Gäste eintreffen würden, wollte sie auf keinen Fall verzichten. Pirat schien sich ebenso darüber zu freuen wie Jane, die in diesem Augenblick freudestrahlend auf sie zulief.

„Du ahnst ja nicht, wie ich mich freue, dich noch einmal zu sehen, ehe du in die Highlands entschwindest." Jane umarmte sie stürmisch.

Santana drückte die Freundin und schob sie dann etwas von sich. „Ist ja nicht so, als würde ich zu einem einjährigen Abenteuerurlaub aufbrechen. Schließlich ist es nur eine gute Woche."

Jane rümpfte anklagend ihre Stupsnase. „Nur, sagt sie. Ich werde sterben vor Neugierde. Glaub mir, ich wäre so gerne dabei. Das wird ganz sicher ein unvergessliches Erlebnis."

Santana entwirrte Pirats Leine und ließ sie lang, woraufhin er schwanzwedelnd in einem nahegelegenen Gebüsch verschwand. „Nein, das willst du nicht, vertrau mir. Das war die schlimmste Woche, die du dir vorstellen kannst. Ich könnte erst einmal einen Monat Urlaub gebrauchen, ernsthaft."

Die Freundin hakte sich bei ihr unter und nun war der Blick unter der dichten, schwarzen Ponyfrisur eindeutig mitfühlend. „So schlimm? Aber sie sind doch noch gar nicht da."

Sie hielten an einem Crêpestand und kauften sich zwei zuckersüße Schokoladen-Pfannkuchen. Damit setzten sie sich auf eine Bank neben der großen Rasenfläche und Santana biss herzhaft in die triefende Süßigkeit. „Ah, himmlisch! Zucker, das habe ich gebraucht." Sie rief den kreuz und quer über den Rasen flitzenden Pirat heran, belohnte ihn mit einem Leckerli und warf Jane einen müden Blick zu. „Erklär das bitte einmal Evie. Seit Tagen gibt es für sie nur noch ein Thema und das lautet Hawk. Ich bin mir nicht ganz sicher, aber es dürften grob geschätzt zwanzig Dokumentationen und an die dreißig Magazine sein, die sie sich zu Gemüte geführt hat. Liam und Steven feixen nur noch. Sie hat nichts, aber rein gar nichts dazu beigetragen, die Tour auf die Beine zu stellen. Mir mehrmals täglich an den Kopf zu werfen, dass ich das unprofessionell und für die – ich darf zitieren – anspruchsvolle amerikanische Klientel nicht angemessen organisiere, das hat sie allerdings nicht versäumt. Ich hab jetzt schon so einen Hals." Ihr Arm war kaum lang genug, um anzuzeigen, wie genervt sie war.

„Wenn Ihro Gnaden nicht mit deiner Leistung zufrieden ist, warum macht sie es dann nicht selbst?" Jane kaute grübelnd ihren Crêpe.

„Weil sie es nicht kann und weil Allan mir fortwährend den Rücken stärkt. Er findet meine Entscheidungen richtig und sinnvoll. Evies Vorschlag war tatsächlich, dass wir nur große Luxushotels ansteuern. Das wären stundenlange Fahrten zwischen den Terminen geworden, vollkommen unlogisch. Noch dazu lieben die Amerikaner doch auch das schottische Flair mit alten Herrenhäusern und romantischen Cottages. Sie haben doch eh ihr ganz eigenes Bild von Schottland und dem komme ich weitestgehend entgegen. Allan war von der Auswahl meiner Unterkünfte begeistert. Evie hingegen war der Ansicht, sie entsprächen nicht den Bedürfnissen der hohen Gäste."

Jane schüttelte unwirsch den Kopf. „Was führt sie sich denn so auf? Ihr erwartet doch schließlich nicht die königliche Familie oder den amerikanischen Präsidenten."

Sie sahen sich kurz schweigend an und prusteten dann gleichzeitig lauthals los.

Santana beruhigte sich als Erste wieder. „Na Gott sei Dank. Der hätte mir ja gerade noch gefehlt. Der kann doch einen Apple Pie nicht von einem Fischbrötchen unterscheiden. Dann doch lieber diesen selbstverliebten Mr Universum."

„Hörst du jetzt wohl auf? Du hast gesagt, dass du ihm eine Chance geben wirst. Bisher schwelgst du aber weiterhin in Vorurteilen gegen den armen Kerl."

Sie zog eine ertappte Grimasse. „Erwischt. Schon gut, ich habe gesagt, ich werde es versuchen, und das tue ich auch. Morgen Nachmittag werde ich ja sehen, ob er meine Freundlichkeit und mein grenzenloses Verständnis verdient."

Jane runzelte die Stirn und schlug ihr spielerisch gegen den Arm. „Veräppeln kann ich mich selbst. Erzähl mir lieber, wie deine Planung jetzt aussieht. Dann kann ich zumindest im Geiste dabei sein."

Santana holte tief Luft. „Okay. Ich habe eine Range-Rover-Flotte gebucht, fünf neue Wagen, drei davon mit Fahrern. Für das Equipment haben wir einen Transporter, in den alles reinpasst. Zum Umziehen bei Fotosessions im Freien habe ich für Hawk einen Camper gechartert, damit der empfindliche Edelkörper nicht den bösen schottischen Wetterkapriolen ausgesetzt ist. Aua!"

„Ich kneif dich jetzt jedes Mal, wenn du ihn durch den Kakao ziehst, haben wir uns verstanden?"

„Haben wir." Santana rieb sich den schmerzenden Oberarm. „Also, weiter im Text. Wenn die morgen ankommen, landen sie auf der normalen Landebahn, fahren aber dann zum Hangar der Firma, von der sie den Learjet gemietet haben. Hörst du? Learjet! Von London nach Edinburgh, aber bitte, wer kann, der kann. Wenn sie ankommen, steht die Sonne schon ganz tief, und wehe sie scheint morgen nicht. Ich habe die West Highland Pipers angeheuert. Die kommen aus dem Hangar und gehen ganz langsam auf den Jet zu. Die Ankömmlinge werden mit Flower of Scotland und Amazing Grace begrüßt. Wenn das kein herrschaftlicher Empfang ist, weiß ich auch nicht mehr."

Jane schniefte leise. „Und ob! Ich heule ja schon bei dem Gedanken daran vor lauter Rührung."

Santana nickte zufrieden. „So hab ich mir das vorgestellt. Sie müssen auch nicht ins Flughafengebäude, da sie ja in London schon die Immigration und alles hinter sich gebracht haben. Sobald die Pipers fertig sind, werden die Gäste noch vor dem Hangar von den Geländewagen aufgesammelt und der Fahrer des Transporters kümmert sich mit einem Helfer um das Gepäck und

Equipment. Danach werden sie direkt zum Prestonfield House gefahren. Also Schottland-Romantik pur. Wenn ihnen das nicht gefällt, weiß ich auch nicht weiter. Dort wird – nach einem Begrüßungscocktail – am Abend ein Vier-Gänge-Menü serviert und es gibt noch eine Gesangseinlage von einem sehr guten Duo. Gib es zu, das trieft doch fast schon vor Schottland at its best, oder?"

„Respekt! Das Prestonfield House ist der Hammer. Sag bloß, du schläfst auch dort?" Jane schien nachhaltig beeindruckt.

„Mitnichten! Ich residiere im Kinnear House. Das ist mir sowieso lieber."

Jane grinste. „Hab ich mir gedacht. Nur ja nicht unter einem Dach mit dem bösen Hawk, was?"

Sie verneinte schmunzelnd. „Nein, ich bin im Budget, solange wir noch in Edinburgh sind, nicht vorgesehen. Aber das ist vollkommen in Ordnung. Am nächsten Morgen um neun Uhr geht es los und dann bin ich denen auf Gedeih und Verderb ausgeliefert."

„Das klingt alles wunderbar. Im Ernst, du hast wirklich ein Händchen für Events. Hatte Evie etwa auch etwas gegen Prestonfield House?"

„Nein, damit war sie gnädigerweise einverstanden." Sie blickte sich um und ertappte Pirat dabei, wie er einem kleinen Jungen einen Keks mopste. „Lass uns den frechen Rabauken einfangen und dann holen wir uns noch irgendwo Fish and Chips. Ich hab keine Ahnung, wann ich das wieder werde essen dürfen."

„Keine Panik bitte. Egal wo ihr sein werdet, Schottland ist bei dir."

Janes ernste Miene amüsierte sie. „Du willst sagen, ich werde nicht verhungern müssen?"

„Dumme Nuss! Vertrau mir, du wirst die Tage genießen und du wirst traurig sein, wenn Hawk wieder in das Flugzeug steigt. Hör auf meine Worte."

„Pah! Das wird niemals passieren, hörst du? Niemals. Eher friert der Ärmelkanal zu."

4. Problemkinder

Santana zupfte vorsichtig an ihrem weißen Rollkragenpullover, den sie heute zu einer schwarzen, fast neuen Jeans trug. Dazu hatte sie sich für eine schwarze Military-Jacke mit goldenen Knöpfen und martialischen Aufnähern entschieden, die sie bei der Versteigerung eines Filmfundus hatte ergattern können. Ihre langen Haare waren zu einem lockeren Zopf geflochten und sie trug edle, goldene Ohrstecker, an denen Münzen baumelten – passend zu den Knöpfen der Jacke. Sie fand das durchaus angemessen für den Empfang der wichtigen Gäste.

Evie lief ihr zwar in ihrem Business-Hosenanzug in einem dunklen, leicht glänzenden Kupferton sowie hochhackigen Pumps im selben Farbton in puncto Eleganz locker den Rang ab, dafür konnte sie mit ihren schwarzen, flachen Wildlederstiefeln wenigstens laufen, ohne Angst zu haben, sich bei nächster Gelegenheit beide Knöchel zu brechen. Ein nicht zu leugnender Vorteil.

Santana schwitzte trotz des kühlen Windes vor dem Hangar. Seit zwei Stunden jagte Evie sie kreuz und quer durch und über den Flughafen. Kein Wunder, dass ihr der Pulli am Leib klebte. Erneut zupfte sie ihn von der erhitzten Haut, um Luft zwischen Körper und Kleidung zu lassen.

„Santana, wissen die Pipers, wann sie beginnen müssen?“

„Ja, Evie, das sind Profis. Bitte glaub mir, die schaffen es, zwei ihrer Stücke fehlerfrei und pünktlich abzuliefern.“

Ihre Chefin warf ihr einen mahnenden Blick zu. „Nimm das nicht auf die leichte Schulter, junge Dame. Das alles muss perfekt klappen. Sonst habe ich und vor allem du ein Problem.“ Ihr Blick irrte hektisch über den Platz vor dem Hangar. „Die Autos. Sind sie alle gecheckt? Sind die Fahrer anständig gebrieft? Wissen die, wohin sie müssen?“

Santana fiel es sehr schwer, weiterhin ruhig zu antworten. „Ja, die Fahrzeuge sind neuwertig und selbstverständlich auf Herz und Nieren geprüft. Die Fahrer sind Profis und ja, haben alle einen punktgenauen Ablaufplan. Sie wissen haargenau, wohin sie müssen. Und ehe du zum vierten Mal fragst: Ja, in Prestonfield House erwartet man die Gruppe, die Zimmer sind fertig, auf jedem befindet sich ein Gastgeschenk. Auf dem Zimmer des Produzentenpaares warten zudem frische Blumen für die Dame. Die Hauptperson hat wunschgemäß einen großen Obstkorb samt Besteck, italienischem Mineralwasser und Ingwertee samt Honig auf seinem Zimmer. Und ja, für das Dinner gibt es eine Fleisch-, eine Fisch- und eine vegetarische Variante.“

„Was ist mit vegan? Hast du das etwa vergessen?“

Santana spürte, wie ihr die Galle langsam die Speiseröhre hochkroch. Wie immer, wenn sie wütend wurde, war ihr übel. „Evie! Das hier ist Schottland! Und außerdem stand nirgends in den Anforderungssheets, dass jemand aus der Truppe Veganer ist.“

„Santana, zügle deinen Ton. Schließlich fällt alles auf mich zurück.“

Aber sicher doch, weil du ja bis jetzt auch so enorm viel zu der Unternehmung beigetragen hast. Mal abgesehen davon, auf das Sixpack der Hauptperson zu starren.

Sie war klug genug, sich diese Bemerkung zu verkneifen. Stattdessen ließ sie den Blick über die Freifläche schweifen. Die Geländewagen standen in schöner Formation neben dem großen Rolltor, der Transporter wartete im Hintergrund. Der Campingbus war erst für die erste Fotosession vorgesehen und Santana hatte den Vermieter mehrmals genau instruiert. Alles würde gutgehen. Als sie genauer zum Rolltor blickte, musste sie unwillkürlich lachen. Der Chef der Highland Pipers, ein Baum von einem Kerl im traditionellen Kilt, spähte neugierig um die Ecke und der Wind fuhr ihm unter seinen Rock. Breit grinsend hielt er das hochflatternde Kleidungsstück fest. Es erinnerte sie schon sehr an die berühmte Szene mit Marilyn Monroe. Gut, die Beine sahen doch recht anders aus, aber durchaus ansehnlich.

Während sie sich noch Gedanken über behaarte Highlanderbeine machte, quiekte Evie plötzlich erschrocken auf. „Der Wagen für den Fotografen, hat der ein Navi?“

Santana gelang es gerade noch, sich nicht mit der Hand vor die Stirn zu schlagen. „Natürlich! Die sind so gut wie neu, die haben das aktuellste Navigationssystem Schottlands eingebaut, ich bitte dich.“

„Wer weiß, es hätte ja sein können, dass du es vergisst. Und außerdem, wer fährt denn den letzten Geländewagen?“

Santana grub ihre Nägel in die Handballen. „Den fahre ich, das war schon immer so abgesprochen, da ich sonst einen Platz weggenommen hätte und vor allem kenne ich die ganze Gegend auch ohne Navi.“

Wahrscheinlich wäre das endlos so weitergegangen, wenn nicht eine kleine Maschine am Himmel erschienen wäre, die sich rasch näherte.

„Oh, das müssen sie sein. Jetzt muss alles wie am Schnürchen laufen, exakt so, wie wir es geplant haben.“ Evie stöckelte einige Schritte nach vorne und beschattete ihre Augen mit der Hand. „Ja, das sind sie.“

Während ihre Chefin angespannt zum Himmel starrte, bemühte Santana sich, ihre angekratzte Laune wieder zurechtzubiegen. Nach mehrmals tief einatmen und bewusst wieder ausatmen fühlte sie sich etwas besser. Im Büro war Evie ja noch zu ertragen, da wurde sie von Allan immer wieder eingefangen, aber in freier Wildbahn war sie eine Zumutung.

Santana steckte zwei Finger zwischen die Lippen und stieß einen lauten Pfiff aus. Das Zeichen für die Dudelsackspieler, sich bereit zu machen. Sie wussten, sobald sich die Tür zum Jet öffnete und die Gäste das Flugzeug verließen, mussten sie losgehen.

Der Learjet landete, rollte aus und glitt dann langsam von der Rollbahn auf die Abzweigung, die zum Privathangar führte. Santana strahlte. Der Wettergott war ihr gewogen. Wo noch vor wenigen Minuten Wolken über den Himmel gefegt waren, zeigte sich nun ein leuchtendes Blau und die Nachmittagssonne schien auf sie herab. Herrlich, so und nicht anders hatte sie sich das vorgestellt.

Die Maschine verlangsamte ihre Fahrt noch weiter und kam schließlich zum Stehen. Sofort wurden Bremsklötze vor und hinter die Reifen gelegt und dienstbare Geister, die zur hiesigen Niederlassung gehörten, öffneten den Ausstieg. Santana suchte den Blickkontakt zu den Highlandern und hob den rechten Arm. Es dauerte nicht lange, bis auch schon der erste Ankömmling aus dem Flieger stieg. Ein großer, schlanker Mann mit Fliegerjacke, ausgewaschener Jeans und dunkelblonden Locken, in denen eine Sonnenbrille steckte. Ihm folgte eine junge Frau mit kurzen, schwarzen, stylisch-wirr frisierten Haaren, schwarzer Lederjacke und einer engen Jeans. Als eine weitere Frau und ein Mann aus dem Flugzeug kletterten, wusste Santana sofort, dass das die Produzenten der Fernsehshow sein mussten. Vor allem die superschlanke Platinblonde im beigen Kostümchen samt Highheels passte perfekt in das gängige Klischee. Ihr Partner wirkte mit seiner imposanten Leibesfülle, dem dichten, dunklen Haarschopf und einem wohlgestutzten Vollbart eher gemütlich. Seine Kleidung war mit grauer Stoffhose, dunklem Pullover und dunkelgrauer Wildlederjacke zwar leger, kam aber sichtlich nicht von der Stange. Es folgten zwei Männer in ausgebeulten Jeans, dicken Sweatern und passenden Jacken, die sich zu dem Paar gesellten und von denen einer sofort eine GoPro, eine dieser Allzeit-Bereit-Kameras, zur Hand nahm und den Ausgang der Maschine filmte. Dort purzelte allerdings erst einmal ein verschlafenes, rothaariges, männliches Wesen in Jeans, Turnschuhen und einem knallgrünen

Strickpullover die Gangway hinunter, schaffte es gerade noch, sich zu fangen und beeilte sich, neben den Mann mit der Fliegerjacke zu gelangen, der ihn kopfschüttelnd betrachtete. Santana argwöhnte, dass sie diese beiden schon einmal mögen könnte.

Nun war der Zeitpunkt gekommen, um die Musiker auf den Weg zu schicken. Sie gab das Zeichen und die Truppe verließ das Gebäude. Es war genauso, wie sie es sich erhofft hatte, und tatsächlich erschien auf allen Gesichtern ein verklärter Ausdruck. Der Lockenkopf zückte sein Handy und sein Kollege richtete die GoPro nicht länger auf die Maschine, sondern filmte die Highland Pipers. Die Faszination der urtümlichen Instrumente und die herrlichen Melodien schienen die Gäste in ihren Bann zu ziehen.

So weit, so gut. Aber wo, verflixt noch einmal, steckte denn nun die Hauptperson? Die Musik verklang, die Damen und Herren applaudierten sichtlich begeistert und taten ihre Freude über den außergewöhnlichen Empfang laut kund.

Dieser Hawk hingegen war noch immer nicht zu sehen.

Evie begrüßte das Produzentenpaar überschwänglich und überschlug sich schier vor Ehrerbietung. Die stellten zuerst sich als Rita und Paul vor, dann ihren Kameramann – tatsächlich der mit der GoPro – und ihren Tontechniker. Santana hielt sich lieber im Hintergrund. Evie lag schon richtig, es gab einen Kundenkreis, bei dem sie exakt den passenden Ton traf. Vor allem zwischen ihr und Rita stimmte die Chemie offenbar von der ersten Minute an. Als Evie Santana ungeduldig an ihre Seite winkte, musste sie dem Ruf wohl oder übel Folge leisten.

„Darf ich Ihnen meine Assistentin Santana vorstellen? Sie wird dafür sorgen, dass Sie alles sofort bekommen, was Sie brauchen.“

Rita übersah Santanas Hand, die sie ihr zur Begrüßung entgegenstreckte, und maß sie mit abschätzendem Blick. „Gut, Sie sind sehr jung, ich kann nur hoffen, dass Sie über genügend Erfahrung mit anspruchsvoller Klientel verfügen.“

Abgesehen davon, dass ihr die Worte fehlten, wäre sie sowieso nicht zu einer Entgegnung gekommen, denn E-vie sah sich wohl genötigt, für sie zu antworten. „Das wird kein Problem sein, da ich Ihr Ansprechpartner in allen Belangen sein werde.“

„Das ist schön zu hören, Evie, denn ich ... oh, Darling, da bist du ja. Vorsicht mit den Stufen.“

Alle Augenpaare richteten sich umgehend auf die Maschine und siehe da, endlich gab sich der Star die Ehre. Dort stand er auf der obersten Stufe und sah sich langsam um.

Hawk war noch größer als Santana gedacht hatte. Sie schätzte ihn auf gut einen Meter neunzig. Sein blauschwarzes Haar trug er zu einem modischen Bun geschlungen und eine Ray Ban verdeckte seine Augenpartie. Ein enges, weißes Longsleeve betonte jeden Muskel seines Oberkörpers und die modisch zerfetzte, hellblaue Jeans ließ keinen Zweifel daran, dass auch die Beine absolut perfekt waren. Das Gesicht war, soweit man es trotz Brille erkennen konnte, tatsächlich so ebenmäßig und schön, wie man es von den Bildern kannte. Hohe Wangenknochen, samtig aussehende

Haut mit einem leichten Kupferton, ein nicht zu kantiges Kinn und Lippen, die ebenso perfekt waren wie der Rest des Mannes. Zu Santanas Leidwesen zeigte dieses perfekte Gesicht allerdings keinerlei Regung. Mit der Rechten hatte sich Hawk eine hellbraune Wildlederjacke lässig über die Schulter gehängt. Breite Schultern, wie sie einem zweifelsohne nicht jeden Tag begegneten. Es stimmte: Tyler „Hawk" Vaughn war tatsächlich der schönste Mann, der ihr jemals unter die Augen gekommen war.

Rita stöckelte in aberwitzigem Tempo auf ihn zu und streckte die Hand aus. „Darling, ich helfe dir."

Hawk machte eine abwehrende Bewegung. „Verdammt Rita, ich bin in der Lage, eigenständig zu laufen. Lass den Unfug."

„Darling, du weißt doch, ich bin nur besorgt um dein Wohlergehen."

Hawk schnaubte. „Du bist besorgt um deine Einschaltquote, wenn ich mir etwas breche, sonst nichts."

„Gut, dass ich weiß, dass du das nicht so meinst, mein Lieber. Sieh her, das ist Evie, sie wird uns dabei unterstützen, dir jeden Wunsch von den Augen abzulesen."

Und schon kehrte Santanas Brechreiz zurück.

Hawk nickte lediglich, ohne Evie eines Blickes zu würdigen, und sah sich um. „Schon gut. Wo ist mein Wagen? Es macht wenig Sinn, wenn ich auf zugigen Flughäfen herumstehe. Wenn ich mir eine Erkältung einfange, könnte das teuer werden wie ihr wisst, also, darf ich bitten? Und wo zum Henker bleibt Ryan? Fuck, kann sich hier mal jemand beeilen?"

Ryan musste der bemitleidenswerte junge Kerl sein, der gerade, einen gigantischen Schminkkoffer schleppend, die Gangway herunter stolperte und zu Hawk aufschloss.

Während Evie mit leicht panischer Stimme rief: „Den Wagen für Mr Vaughn, sofort!", hatte Santana bereits zwei der Rover samt Fahrern herbei gewunken und öffnete die Tür zur Rückbank des vorderen Wagens.

Sie vermied es, Hawk anzusehen, als er herbeistapfte, und brummelte lediglich: „Bitte sehr, Ihr Wagen. Der Fahrer weiß Bescheid."

Sie erwartete keine Reaktion und war daher umso erstaunter über sein leise gemurmeltes „Danke".

Ihr blieb keine Zeit, darüber nachzudenken, denn natürlich wollten Rita und Paul ebenfalls sofort losfahren. Ganz besonders Rita. „Darling, kann ich noch bei euch reinhüpfen?"

„Vergiss es, zwei passen nicht mehr, nehmt den nächsten. Aber für Terry ist noch Platz." Hawk winkte den Typ mit der Kamera herbei und der beeilte sich, dem Ruf Folge zu leisten. Ehe Santana es sich´s versah, fuhr der Rover mit seiner kostbaren Fracht bereits in Richtung Ausfahrt des Privathangars. Rita, sichtlich angesäuert, kletterte mit Paul und Evie in den zweiten.

Aufatmend sah Santana den beiden Fahrzeugen nach.

Als sie sich umblickte, standen da noch immer der Blonde samt seinem rothaarigen Begleiter, der zweite Sweatjackenträger und die ratlos dreinblickende junge Frau. Der blonde Mann schien sich köstlich zu amüsieren. Auf jeden Fall schüttelte er lachend den Kopf und kam auf Santana zu.

„Der übliche Wahnsinn, einfach nicht darüber nachdenken." Er reichte ihr die Hand und musterte sie aus dunkelbraunen, freundlichen Augen. „Santana, nicht wahr? Ich bin Mike und der Fotograf hier. Rita und Paul vergessen sehr gerne, dass sie eigentlich nur die zweite Geige spielen, hat wohl was mit deren Egos zu tun." Er packte den Rothaarigen am Pullover und zog ihn kurzerhand neben sich. „Und hier haben wir meinen Kollegen Finn." Mike grinste schelmisch. „Mag ab und an scheinen, als sei er nicht von dieser Welt, aber er ist der beste Fotokünstler, den ich kenne – mal abgesehen von mir natürlich."

„Natürlich!" Finn schüttelte ihr mit stoischer Miene die Hand. „Nach vier Jahren unter seiner Fuchtel kann man gar nicht anders, da muss man gut sein."

Mike war einer der Menschen, die man spontan sympathisch fand, was wahrscheinlich auch an dem festen Händedruck und seinem freundlichen Lächeln lag.

„Danke, Mike, ich muss zugeben, ich bin noch etwas durcheinander. Die Begrüßung gerade eben und der Auftritt der Hauptperson in diesem Schauspiel waren tatsächlich gewöhnungsbedürftig."

Mike nickte. „Kann ich mir vorstellen. Aber das ist alles halb so wild. Insbesondere Hawk kann auch ganz anders, vor allem bei mir. Aber jetzt lass uns doch erst einmal das Equipment verstauen, dabei können wir gerne weiterplaudern." Sein Blick fiel auf die zwei verbliebenen, mittlerweile sichtlich genervten Crewmitglieder. Er winkte sie zu sich. „Die immer relativ verwirrt wirkende junge Dame hier ist Stacey. Sie ist für Hawks Haare und seine Klamotten zuständig. Der wortkarge Bengel ist Sam und fungiert als Ritas und Pauls Tontechniker."

„Verwirrt lasse ich dir gerade noch so durchgehen.“ Stacey schüttelte, schon wesentlich entspannter, Santanas Hand. „Wann immer Rita zugegen ist, mutiert Hawk zum absoluten Ekel. Das nervt einfach. Ich kann mit sowas nicht umgehen. Sorry.“

Sam sah sich anscheinend genötigt, für seine Chefin in die Bresche zu springen. „Mann, sie versucht lediglich, ihm alles recht zu machen. Der Kerl ist absolut genial, aber hat eine Tendenz zur Diva.“

Mike brachte beide mit einer Handbewegung zum Schweigen. „Das bringt uns keinen Schritt weiter. Wichtig ist, dass wir alles verstauen und dann losfahren. Je länger Hawk Gelegenheit hat, sich in irgendetwas hineinzusteigern, desto schwieriger wird es nachher, ihn wieder auf den Boden zu holen. Daher bitte ich nochmals darum, dass wir professionell bleiben, okay?“

Santana winkte den Transporter zum Flugzeug und zeigte auf die wartenden Helfer. „Alles vorbereitet. Die beiden Herren hier gehören zur Bodencrew der Gesellschaft. Ich hoffe, dass alles in den Transporter passt.“

Mike taxierte das Fahrzeug mit prüfendem Blick. „Das sollte klappen. Los geht's.“

Während Finn darauf achtete, dass der Großteil ihrer Ausrüstung im Transporter verstaut wurde, fischte Mike einige Fotorucksäcke aus den Stapeln. „Die kommen bitte in den Rover, das sind meine Heiligtümer, die lasse ich nicht aus den Augen.“

Nach kurzer Zeit war alles ordentlich im Transporter verstaut und alle waren zufrieden. Santana schickte den Fahrer zum Hotel und bat Stacey und Sam, in den letzten Rover mit Chauffeur zu steigen.

„Wenn ihr alle so weit seid, könnten wir losfahren. Mike, erinnere ich mich richtig, dass du selbst fahren wolltest?"

Mike streckte sich. „Im Prinzip schon, aber ich muss zugeben, dass mir der Jetlag etwas zusetzt. Wenn ich gefahren werden könnte, wäre ich nicht böse. Du verstehst, Linksverkehr und Müdigkeit?"

Santana warf einen zweifelnden Blick auf die beiden verbliebenen Geländewagen. „Hm, dann müssen wir einen davon morgen holen."

„Kein Problem, wenn ich euch hinterherfahren kann, dann schaffe ich das schon. Führerschein habe ich dabei." Finn schulterte eine Umhängetasche gigantischen Ausmaßes. „Welchen soll ich nehmen?"

Santana bog auf die A720 in Richtung Hotel ab und reihte sich in den nachmittäglichen Berufsverkehr ein, immer mit einem prüfenden Blick in den Rückspiegel auf den an ihrer Stoßstange klebenden Finn. Mike saß neben ihr und betrachtete interessiert die Umgebung.

„Immer wieder schön hier zu sein. Ein wunderbares Land." Er wandte sich ihr zu und lächelte sie an. „Und so nette Menschen."

„Danke für die Blumen. Ich hoffe, ich kann die Nettigkeit aufrechterhalten."

„Du meinst wegen Hawk und Rita? Bei Rita bin ich mir sicher, dass sie einfach eine überkandidelte Zicke ist. Hawk hingegen kann wirklich ganz anders sein als vorhin. Vor allem, wenn er mit mir zusammenarbeitet. Vertrau mir."

„Ah, du meinst, er kann ... nett sein?"

Mike zog eine schräge Grimasse. „Nett ist relativ. Der Junge hat seine ganz eigenen Probleme, mit denen er fortwährend kämpft. Aber wenn er unter meinem Kommando steht, ist er Profi durch und durch. Kein Herumgemeckere, kein Divengehabe und keine unflätigen Bemerkungen. Ich arbeite seit seinem ersten großen Auftrag mit ihm und er weiß, dass er bei mir damit nicht durchkommt. Vor allem aber ist er sich bewusst, was er mir zu verdanken hat. Das soll jetzt nicht großspurig klingen, aber ich bin nun einmal einer der Besten in meiner Branche und ich weiß ihn zu nehmen."

Neugierig war sie ja nun schon. „Ich bin sowieso erstaunt. Ist es denn nicht so, dass man für solche Shootings dutzende Helfer braucht? Und tonnenweise Equipment, also Hintergründe, Gerüste, Licht und was weiß ich nicht alles?"

Mike lehnte sich zurück und sah zu ihr herüber. „Das mag für jemanden zutreffen, der nicht mit dem arbeiten kann, was die Natur oder die Umgebung ihm bietet. Ich kann mit dem sich verändernden Licht der Tageszeiten zaubern. Ich brauche kein künstliches Licht, außer für manche Innenaufnahmen. Aber wozu komme ich dann für die Kampagne nach Schottland und kann aus dem Vollen schöpfen? Nein, was ich brauche, das ist meine Kamera, meine Grundausstattung und Finns helfende Hände, wenn mal ein Aufheller ranmuss oder ein Stativ aufgebaut werden soll. Lass dich einfach überraschen."

„Das klingt wirklich interessant. Ich bin neugierig auf das, was da kommt."

„Wenn du etwas wissen willst, frag einfach. Und wenn sie dich ärgern, dann sag es mir auch. Unser

Auftraggeber lässt sich das Shooting sehr viel Geld kosten. Rita, Paul und ihr Team drehen unabhängig von uns und – das mag unverschämt klingen – sind nur hier, weil sie Hawks Management ein Schweinegeld für diese dämliche Realityshow gezahlt haben."

„Ihm selbst ja wohl auch."

Mike runzelte die Stirn. „Davon kannst du ausgehen. Das geht in die Millionen und Rita verspricht sich davon astronomische Einschaltquoten. Damit liegt sie wahrscheinlich gar nicht so falsch. Er ist nun einmal derzeit der unangefochtene Shootingstar. Ob ihm das gut bekommt, sei dahingestellt."

„Du meinst, er ... hebt ab?"

Mike schüttelte den Kopf. „Nein. Das ist es nicht. Hawk ist ein sehr kluger Kopf. Er grübelt viel. Wir haben schon oft nach den Shootings stundenlang irgendwo gesessen und über Gott und die Welt philosophiert. Das Modelbusiness und das, was dazugehört, scheinen ihn oft anzuöden. Ich glaube, dass er darum ab und an so seltsam reagiert. Beschwören kann ich es nicht, aber ich glaube wirklich, dass er einfach nur testet, wo seine Grenzen wären, wenn es denn welche für ihn gäbe."

Santana lenkte den schweren Wagen nach links und fuhr auf die nächste Ausfahrt zu. Rasch kontrollierte sie, ob Finn ihr noch folgte. Ja, da war er. Sein roter Schopf leuchtete regelrecht durch die Frontscheibe.

„Du meinst, er kann tun und lassen, was er will?", nahm sie das Gespräch wieder auf.

„Ja, so kann man es sagen. Du wirst es wohl oder übel mitbekommen. Allerdings muss ich zugeben, dass die Konversationen zwischen ihm und Rita sehr zu meiner

Erheiterung beitragen. Sie ist …", er grübelte eine Weile. „… ein nicht leicht zu ertragender Mensch." Mike schwieg erneut. „Trotzdem, sei vorsichtig mit ihr. Sie hat einen Haufen Geld in der Hinterhand und kann, sobald es um ihren absoluten Liebling geht, ganz schnell zur Furie werden. Rita ist niemand, mit dem man sich anlegen sollte, ehrlich."

Santana zog die Schultern hoch, so wie sie es immer tat, wenn sie sich gegen etwas wappnete. „Das habe ich nicht vor. Alles, was ich möchte ist, dass diese Tour ein Erfolg wird, dass ihr perfekte Bilder machen könnt und der Auftraggeber zufrieden ist." Sie zögerte kurz, redete aber dann doch weiter. „Aber ihr wisst schon, dass das Wetter zu dieser Jahreszeit nicht unbedingt dazu angetan ist, Sommerbilder in den Highlands zu schießen?"

Mike verzog den Mund. „Allerdings. Aber ich werde den Teufel tun und einen dermaßen hoch dotierten Auftrag ablehnen, weil ich Angst davor habe, ab und an im Regen zu stehen. Hawk ist ebenfalls nicht aus Zucker. Und damit Werbung für einen guten, alten Whisky erfolgreich ist, müssen die Bilder ja nicht unbedingt frühlingshafte Romantik verströmen. Schließlich wird er einen traditionellen Kilt tragen und kein Tutu."

Die Vorstellung des schönen Kaliforniers im rosa Tutu ließ Santana lauthals auflachen.

Mike klopfte ihr freundschaftlich auf die Schulter. „Siehst du, jetzt bist du tiefenentspannt. Lachen hilft immer."

„Was noch zu beweisen wäre. Dort ist das Hotel, in dem ich euch untergebracht habe." Sie zeigte nach vorn und Mike blickte neugierig durch die Scheibe.

„Respekt, das hast du schon mal sehr gut ausgewählt. Ich fühle mich jetzt schon ein wenig wie in Downton Abbey. Das muss ich unbedingt morgen bei Sonnenaufgang fotografieren, die weißen Mauern mit den grauen Sprossenfenstern sind umwerfend."

Die Begeisterung des erfahrenen Fotografen tat ihr gut. Bis jetzt schien alles perfekt zu laufen. Prestonfield House zeigte sich jedenfalls von seiner allerbesten Seite. Das alte Herrenhaus hob sich eindrucksvoll gegen den sich langsam verdunkelnden Himmel ab. Vor dem Portal waren Feuerschalen aufgestellt worden, und um die Gäste zu begrüßen, wartete ein stilecht gekleideter Portier am Eingang. Die anderen Rover entdeckte Santana ebenfalls, also waren alle gut angekommen.

Sie fuhr die breite, leicht geschwungene Auffahrt hinauf. „So, wir haben den Zielort erreicht. Die Sicherheitsgurte können geöffnet werden."

Mike gurtete sich ab und streckte sich. „Was mich betrifft, kann ich nur sagen: bisher alles richtig gemacht."

Santana atmete auf. „Vielen Dank, das ist mir wichtig. Als ich Starfotograf hörte, war mir schon schummrig. Ich habe ehrlich gesagt niemanden erwartet, der so ... freundlich und nett ist, sondern eher mit Starallüren gerechnet."

Mike, der gerade die Tür öffnete, wandte sich zu ihr um. „Das habe ich schlicht und ergreifend nicht nötig. Aber wie gesagt, pass bei Rita auf." Er stieg aus und streckte sich. „Wie geht's denn jetzt weiter?"

„Ihr findet Ablaufpläne auf euren Zimmern. Es ist noch Zeit, um euch frisch zu machen, dann gibt es einen Begrüßungscocktail im Kaminzimmer und anschließend ein Menu mit drei Gängen im Stuart Room. Ich denke, das sollte allen gefallen und ist dem Anlass angemessen."

„Stuart Room, bravo, jetzt hast du es geschafft. Ich bin wirklich neugierig. Ich check dann mal ein und sehe dich später."

Der freundliche und so gar nicht furchteinflößende Starfotograf winkte ihr zu und betrat das von vier Säulen begrenzte Eingangsportal, wo ihm der Portier mit formvollendetem Diener die Tür öffnete.

Santana lehnte sich mit einem tiefen Seufzen zurück. Die erste Hürde war genommen. Sie bedeutete dem noch immer geduldig wartenden Finn, ihr zu den Parkplätzen zu folgen.

5. Schottisch für Anfänger

Dank einer eingespielten und hochprofessionellen Crew im Hotel waren alle nach wenigen Minuten auf ihren Zimmern oder auf dem Weg dorthin. Selbstverständlich bestand Evie darauf, Rita, Paul und auch Hawk persönlich auf ihre Zimmer zu begleiten.

„Ich darf doch annehmen, du hast die besten Zimmer für die Herrschaften ausgewählt?"

Santana nickte stoisch. „Selbstverständlich, Rita und Paul bewohnen die Prestonfield House Owner Suite und Mister Vaughn hat ein Luxury Twin Zimmer mit Blick auf den Park."

„Owner Suite, Evie, ich fühle mich schon fast wie die Queen. Das haben Sie exzellent gemanagt." Rita tätschelte der erfreut strahlenden Evie die Hand. „Da bemerkt man doch sofort, wer etwas von seinem Job versteht."

„Zum einen gibt es keinen Mister Vaughn, ich darf darum bitten, auch hier Hawk genannt zu werden. Außerdem möchte ich annehmen, ihr habt euch nun genug beweihräuchert. Könnten wir bitte gehen?" Hawk erhob sich mit verkniffener Miene aus dem wuchtigen, antiken Sessel in der Lobby. „Es wäre wirklich scheißfreundlich, wenn ich vor dem Essen duschen könnte."

Sofort kam Bewegung in Evie. „Natürlich." Sie drehte sich hektisch um die eigene Achse. „Santana, wo ist denn hier jemand, der die Herrschaften und mich begleiten kann?"

Direkt hinter dir, du dämliche Katastrophentussi. Alleine sich diese Bemerkung durch den Kopf gehen zu lassen, tat ihr gut. Ihre Wortwahl dagegen modifizierte sie etwas: „Die Dame, die mit den Schlüsseln in der Hand hinter dir steht, ist euch gewiss gerne behilflich."

Hawk tat einen großen Schritt nach vorne und fauchte ungehalten. „Welcher ist meiner?" Die junge Frau war gut geschult und behielt auch in dieser Situation die Ruhe. „Dieser hier, Sir. Ich werde Sie begleiten."

Er schien das anders zu sehen. Mit einer flinken Bewegung rupfte er ihr den Schlüssel aus der Hand. „Nein, mir dauert das alles zu lange. Sie da bringt mich."

Santana war sich dessen durchaus bewusst, dass Sie da zu gehorchen hatte, auch wenn Rita und Evie sie schier mit Blicken aufspießten. Sie zog den Kopf sicherheitshalber etwas zwischen die Schultern und nickte. „Selbstverständlich, wenn Sie es wünschen."

„Ich wünsche es, und zwar flott."

Sie ging voraus, und da sie sich im Haus auskannte, führte sie ihn so schnell sie konnte zu seinen edlen Räumen. Da er noch immer den Schlüssel in den Händen hielt, deutete sie auf die Tür. „Hier wären wir, bitte sehr."

„Na also, geht doch." Der große Kerl schob sich an ihr vorbei, drehte den Schlüssel im Schloss um und kickte die Tür respektlos auf. Sie wandte sich bereits zum

Gehen, als sie seine Stimme hörte. „Kitschig, aber ganz lustig. Wann gibt es Essen?"

„Im Prinzip wann immer Sie es wünschen. Ansonsten in einer halben Stunde."

„Gute Antwort." Zu einem Danke konnte er sich anscheinend nicht mehr aufraffen, denn schon rumste es und die Tür zu seinem Zimmer fiel ins Schloss.

Santana atmete tief durch und ließ sich kurz auf einen der eleganten Stühle sinken, die im Flur standen. Nachdenklich musterte sie die opulent-aristokratische Einrichtung. In diesem Gebäude machte man, kaum dass man über die Schwelle trat, die reinste Zeitreise. Man fühlte sich wie in längst vergangenen Tagen, wenn man die Seidentapete betrachtete, die zahllosen Gemälde, alte, in teure Rahmen gefasste Fotos sowie Zeichnungen und Portraits an den Wänden, den gewiss wahnwitzig teuren Teppich und die geschmackvollen Blumenarrangements auf mit rotem Samt abgedeckten Tischen. Es war, als käme gleich die Dame des Hauses aus ihrem privaten Gemach, um sich zu Tisch zu begeben. Apropos! Zu Tisch, das war ihr Stichwort. Sie kam hurtig aus dem Jahr 1813 – Mr Darcy lässt grüßen! – zurück in die Gegenwart und erhob sich widerwillig. Ihre Vorfreude auf den Cocktailempfang hielt sich in Grenzen. Mochten Mike und Finn, ebenso Stacey und Sam wirklich nett oder zumindest freundlich sein, so sah sie sich in Sachen Hawk und Rita in ihren Vorurteilen bestätigt. Eigentlich hätte sie, im Hinblick auf die nächsten Tage, gerne Unrecht gehabt. Schade aber auch. Kaum erreichte sie die Rezeption, schon schoss Evie auf sie zu.

„Ist alles vorbereitet? Du weißt, dass du dich darum kümmern musst. Wir dürfen uns keinen Fehler erlauben."

Ach, tatsächlich? Durften wir das nicht. Santana überlegte kurz, ob es sehr auffällig wäre, wenn sie in das Geländer der massiven Treppe biss. Sie beließ es bei einem beruhigenden „Ja, Evie, so hab doch Vertrauen. In diesem Haus beherbergt man selbst royale Gäste ohne Probleme und es gibt nur zufriedenes Feedback." Sie umrundete Evie kurzerhand und bedeutete ihr mitzukommen. Als sie das Kaminzimmer betraten, gelang es Evie nicht, ihre Bewunderung zu verbergen. „Oh, das ist aber sehr hübsch."

Santana nickte nachdrücklich. „Ja, das ist es allerdings. Ich sagte doch, dass man hier sehr gut weiß, wie man Gäste begeistert."

Die mit dunklem Holz getäfelten Wände, die mit blutrotem Samt überzogenen Sessel, silberne Kandelaber mit hohen, weißen Kerzen, herrliche Blumenarrangements und blitzende Gläser, in denen das Kerzenlicht funkelte, ließen selbst Evie verstummen.

„Und so sieht es nachher auch im Stuart Room aus, in dem das Dinner nach Wunsch serviert wird. Bitte komm mit, ich möchte, dass du es siehst."

Santana klopfte sich innerlich auf die Schulter. Es war ihr tatsächlich gelungen, Evie zu beeindrucken. Auch die Tafel, die eines Fürstenempfangs würdig gewesen wäre, fand deren uneingeschränkte Bewunderung.

„So kann es weitergehen. So habe ich mir das vorgestellt. Du hast meine Ideen gut umgesetzt, das muss man dir lassen."

Santana zog erneut das Treppengeländer in Betracht, entschied sich dann aber doch dafür, sich lieber in die Wange zu beißen und alle bösen Bemerkungen, die ihr bereits auf der Zunge lagen, hinunterzuschlucken. Nichts, aber auch rein gar nichts hatte Evie hierzu beigetragen. Ihre Ideen.

Als die Gäste der Reihe nach eintrudelten, war das Hallo groß. Mike und Finn waren sofort Feuer und Flamme. „Hey, Santana, denkst du, es wäre möglich, hier drin ein paar Fotos zu schießen? Also gleich morgen, sobald das Licht passt? Wenn wir die Fenster öffnen dürften, könnte ich sicher einige richtig gute Bilder bekommen.“

„Kein Problem, gar kein Problem. Sie können hier schalten und walten wie Sie es wünschen.“ Evie lächelte Mike huldvoll an.

Ihre Chefin, der Vollprofi. Ob sie jemals etwas von Genehmigungen gehört hatte? Allerdings war ihr selbst auch nicht in den Sinn gekommen, dass schon hier fotografiert werden sollte. Fragen konnte sie ja. „Ich kümmere mich sofort darum, Mike.“

Am Ausgang rannte sie beinahe in Rita und Paul, die sich beide sehr schick gemacht hatten. Immerhin schenkte Paul ihr ein freundliches Lächeln. „Eine gute Wahl, junge Lady, das Haus ist ein Gesamtkunstwerk.“

Sie bedankte sich höflich, ehe sie im Laufschritt zur Rezeption eilte. „Verzeihung, ist noch jemand vom Management da?“

Zu ihrer großen Freude war der Chef nicht nur anwesend, sondern erklärte sich auch sofort mit Aufnahmen im Kaminzimmer einverstanden. „Wenn wir schon einen solchen Superstar unter unserem Dach haben, dann ist es uns eine Ehre, wenn hier fotografiert wird."

Okay, der Name Hawk Vaughn hatte offenbar selbst in diesen altehrwürdigen Mauern Gewicht.

„Läuft alles zu Ihrer Zufriedenheit?"

Santana beeilte sich, ihre Begeisterung über ihn und sein Team in passende Worte zu kleiden. „Es ist einfach perfekt. Der Empfang scheint sehr gut anzukommen und ich bin mir sicher, beim Dinner ist es ebenso. Vielen Dank für alles." Kaum hatte sie ausgesprochen, kam von der jungen Rezeptionistin hinter dem wuchtigen Tresen ein leiser Ausruf. „Oh, da ist er ja." Nachdem sowohl der Direktor als auch Santana sich ihr überrascht zuwandten, errötete die Ärmste heftig. Da sie kein weiteres Wort von sich gab, folgte Santana kurzerhand ihrem Blick. Kein Wunder, dass das arme Mädchen mit großen Augen und unfähig, sich vernünftig zu artikulieren, zur Treppe starrte. Auf der vorletzten Stufe stand Hawk, die Hände tief in den Taschen einer schwarzen Leinenhose vergraben. Das lange, glänzend schwarze Haar fiel ihm offen über die Schultern, der Rollkragenpulli war einem weißen Hemd gewichen und auf der Nase trug er noch immer die unvermeidliche Sonnenbrille. Gut, der Anblick hatte tatsächlich was. Der Typ war ein wandelndes Gesamtkunstwerk. Alles an ihm schien perfekt zu sein. Selbst seine Bewegungen, als er nun langsam die letzten beiden Stufen nach unten kam, waren beeindruckend, anders konnte man diesen geschmeidigen Gang einfach nicht beschreiben. Entweder war das einfach er, oder aber der Mann zog eine Dauershow ab.

Santana fing sich als Erste wieder, denn selbst der Direktor betrachtete Hawk mit sichtlicher Begeisterung.

„Guten Abend, Hawk. Darf ich Ihnen den Direktor von Prestonfield House vorstellen?"

Hawk kam tatsächlich näher und ergriff die ihm entgegengestreckte Hand. „Hi, freut mich. Das Haus ist wirklich schön. Ich dachte immer, so was gäbe es nur noch als Filmkulisse."

Erfreut verbeugte sich der Chef des Hauses. „Vielen Dank, aber nein, wir legen größten Wert darauf, das alte, ursprüngliche Ambiente zu bewahren. Veränderungen oder Neuerungen würden den Gesamteindruck beeinflussen."

Hawk nahm seine Brille ab und ließ seinen Blick durch die Lobby gleiten. „Lassen Sie alles so, wie es ist. Neu bedeutet nicht gleichzeitig gut. Wo finde ich das Kaminzimmer?" Santana wollte ihn hinbringen, doch er lehnte ab.

„Im Ernst, ich bin durchaus in der Lage, einen Raum eigenständig zu finden. Ich kann tatsächlich denken, wissen Sie, Santiago?"

„Santana!"

„Ich weiß." Ohne die Spur eines Lächelns verschwand er.

„Ein schwieriger Charakter?" Der Chef sah ihm mit einer Mischung aus Bewunderung und Respekt hinterher.

Sie zuckte die Schultern. „Wundert Sie das, wenn ihm ein jeder die Füße küsst?"

Er fuhr sich schmunzelnd über sein glatt rasiertes Kinn. „Da könnten Sie richtig liegen. Aber wieder zurück zu Ihrer Frage. Selbstverständlich steht das

Kaminzimmer, ebenso wie alle anderen Räume, Ihnen für Aufnahmen zur Verfügung. Sie dürfen sich jederzeit auf mich berufen."

Santana bedankte sich erleichtert. Hätte es mit der Genehmigung nicht geklappt, so wäre das Wasser auf Evies Mühlen gewesen.

Dass sie noch nicht ganz aus dem Schneider war, begriff sie spätestens, als sie zurück zum Cocktailempfang lief. Rasch teilte sie Mike und Finn mit, dass sie jederzeit fotografieren dürften. „Soll ich noch etwas für euch klarmachen? Braucht ihr irgendwelche Requisiten?"

Mike ergriff sie bei den Schultern und drehte sie sanft herum. „Schau dir das alles mal an, das sind mehr Requisiten, als ich brauche. Aber danke trotzdem. Sehr lieb von dir."

„Super. Ganz toll. Kann mir jemand sagen, wie ich hier drehen soll? Das Licht ist unterirdisch. Evie!" Ritas Stimme war prädestiniert, Tinnitus zu verursachen. Natürlich war Evie sofort an Ritas Seite.

„Was brauchst du denn? Ich kümmere mich darum."

„Licht, helles Licht!" Rita wedelte aufgeregt mit den Armen durch die Luft. „Hier ist ja wirklich alles sehr hübsch und authentisch, aber mit diesem miserablen Kerzenlicht kann ich nicht für die Show drehen."

Santana zermarterte sich ihr Hirn und versuchte, sich an eine Stelle im Ablauf zu erinnern, an der festgelegt war, dass am ersten Abend bereits für die Show gefilmt werden sollte. Tatsächlich aber schleppte Terry bereits seine GoPro durch die Gegend. Schon winkte Evie sie zu sich.

„Warum denkst du denn nicht daran? Muss ich mich um alles selbst kümmern?“

Aber auch Santanas Geduld war nur bis zu einem gewissen Grad belastbar. „Ich bitte um Verzeihung. Nachdem ich den Ablauf auswendig gelernt habe, bin ich mir absolut sicher, dass für den Ankunftsabend keine Dreharbeiten angekündigt waren. Folglich habe ich mich darum auch nicht gekümmert. Hier Strahler aufstellen zu lassen würde die schöne Atmosphäre doch zerstören.“

„Das überlassen Sie bitte mal mir, junge Dame. Was irgendetwas zerstört oder nicht, entscheide immer noch ich. Ich will diese Räumlichkeiten so haben, dass man auf dem Film jedes Detail erkennt.“

„Ähm, Rita, ich denke, dass ich auch ohne zusätzliches Licht auskommen kann, wenn du gerne erste Eindrücke aufnehmen willst. Die Kamera schafft das schon.“ Terry klang ziemlich überzeugend.

Rita nippte mit gerunzelter Stirn an ihrem Champagner-Cocktail. „Das möchte immer noch ich entscheiden. Wer ist denn bitte der Profi?“

Terry zuckte gelangweilt die Schultern. „Wenn du so fragst, eigentlich ich.“

Rita reckte herausfordernd ihr spitzes Kinn in die Höhe. „Ich frage aber nicht.“

„Ruhe! Und zwar sofort, dass das klar ist. Terry, wenn du filmen willst, dann nutz das Licht, das zur Verfügung steht. Ich habe schon leichte Kopfschmerzen und keine Lust, mir jetzt noch Scheinwerferlicht ins Gesicht leuchten zu lassen. Rita, nimm, was du kriegen kannst. Wenn du jetzt nicht die Klappe hältst, bin ich weg, verstanden?“ Hawk klang ziemlich angesäuert.

„Aber Darling, so sag doch etwas. Ich lasse dir gleich Tabletten besorgen. Würde wohl sofort jemand los…“, weiter kam Rita nicht.

„Verdammt, welchen Teil von Klappe halten hast du nicht verstanden?“ Hawk hatte erneut die Sonnenbrille abgenommen und funkelte die Frau wütend an.

Ehe Rita antworten konnte, kam Mike wie aus dem Nichts, legte Hawk den Arm um die Schultern und zog ihn einfach mit sich. „Krieg dich wieder ein, mein Alter, du siehst jetzt zu, dass du etwas zwischen die Zähne bekommst, dann geht es dir gleich besser. Du scheinst etwas im Unterzucker zu sein.“ Santana mochte Mike von Stunde zu Stunde mehr.

Im Stuart Room war die lange Tafel eingedeckt, dass man hätte glauben können, man erwartete königliche Gäste. Die Speisekarten waren aus handgeschöpftem Büttenpapier, das extra für das Hotel hergestellt wurde. Die Speisenauswahl ließ ebenfalls keine Wünsche offen. Santana kümmerte sich darum, dass jeder seinen Platz fand und die Getränke schnell gebracht wurden. Erst, als alle zufrieden und angeregt plaudernd – gut, alle bis auf Hawk, der neben Mike sitzend kaum ein Wort redete – um die Tafel verteilt waren, ging sie zu Evie, beugte sich zu ihr hinunter und fragte sie leise, ob alles in Ordnung wäre. Selbst Evie war offenbar wunschlos glücklich, denn sie nickte huldvoll. „Ja, ich denke alles läuft gut. Du kannst dir dann auch etwas zu essen besorgen.“ Santana nickte dankbar, froh, sich eine Weile zurückziehen zu können, und wollte gerade gehen, als sie Hawks schneidende Stimme hörte. „Hey, wo willst du denn hin, Santiago? Traust du dem Essen hier nicht?“

Sie wandte sich ihm mit freundlichem Lächeln zu. „Doch schon, aber ich bin recht traditionell veranlagt. Ich hol mir in der Küche Fish and Chips."

Der Gesichtsausdruck war unbeschreiblich. Sie hätte ihn gerne noch länger genossen, konnte es aber kaum erwarten, sich eine Weile zu verkrümeln. Daher schenkte sie ihm ein breites Grinsen und verließ den Raum. Das Letzte, das sie erkennen konnte, war Mikes amüsierter Gesichtsausdruck. Sie hatte zwar Hunger, aber eigentlich keine Lust, hier etwas zu essen. Schon vor Tagen hatte Evie ihr nachdrücklich klar gemacht, dass sie zum Dinner nicht einkalkuliert war und sich nur um den reibungslosen Ablauf zu kümmern hätte. Ihr war das nur recht. Worüber hätte sie auch mit den Leuten reden sollen? Nachdem sie Mike und Finn kennengelernt hatte, sah sie das zwar weniger eng, dennoch war es ihr so lieber. Santana bat an der Rezeption um ein großes Glas Tee mit Honig und setzte sich unter erleichtertem Stöhnen in einen Sessel, der zu einer Sitzgruppe ganz hinten im Raum gehörte. Hier war sie – hoffentlich – für die anderen unsichtbar. Man brachte ihr den Tee, und während sie dankbar das heiße Gebräu schlürfte, betrachtete sie die Wappen und Banner an der Wand. Sie sahen alt und beeindruckend aus. Auch die Zitate darauf waren schön und hätten auch gut in die heutige Zeit gepasst: „Stelle Liebe und Respekt über deine Wünsche".

In solchen Momenten war sie froh, Gälisch gelernt zu haben.

„Mylady, ich darf Ihnen Ihr Dinner servieren."

Überrascht blickte sie zu dem freundlichen Kellner auf.

„Aber ich habe doch gar nichts bestellt."

Er stellte eine große, silberne Platte vor ihr ab, deren Inhalt von einer wuchtigen, silbernen Warmhaltehaube verdeckt wurde. Schwungvoll griff er nach dem goldenen Knauf an der Haube und hob sie an. Darunter erschien ein weißer Porzellanteller und darauf, sehr schön drapiert, eine riesige Portion Fish and Chips. Der Kellner verbeugte sich. „Mylady, Euer Wunsch war uns Befehl."

Zuerst verblüfft, dann sehr amüsiert begutachtete sie ihren Teller. „Das nenne ich mal echten Service am Kunden."

Lächelnd nahm der Kellner die Silberhaube unter den Arm, verbeugte sich erneut und flüsterte: „Nur für spezielle Gäste, wir tun das nicht für jeden."

Santana erhob sich und verbeugte sich ihrerseits leicht. „Das weiß ich sehr zu schätzen, danke vielmals für die leckere, kalorienreiche Überraschung."

Verflixt, war das gut. Die Chips waren herrlich kross und knusprig, ebenso die Panade, die den Fisch umhüllte, dazu eine himmlische hausgemachte Remoulade und – dass es so was hier überhaupt gab – Ketchup. So viel zu keinen Hunger. Sie ließ es sich schmecken. Es war noch etwa ein Drittel ihrer Mahlzeit übrig, als eine Hand über sie hinweglangte, schlanke, silberberingte Finger einen Kartoffelchip nahmen, in den Ketchup tunkten und sich wieder zurückzogen. „Gar nicht übel. Kann ich den Fisch auch versuchen?"

Sie war so perplex, dass sie sofort ein großes Stück des Fisches auf die Gabel spießte, etwas Remoulade darauf gab und es ihm reichte. Hawk griff danach, steckte es sich in den Mund und kaute andächtig. „Der Lachs vom Dinner war gar nicht übel, das hier ist aber auch okay." Er ging näher an die Banner an der Wand. Kauend las er sich die Zitate und Beschreibungen durch. „Das sieht schön aus, was steht da?" Er zeigte auf ein blau-weißes Banner in einem dicken Silberrahmen.

„Da steht: Du kamst als Fremder und gehst als Freund. Wenn Sie mehr über unsere Geschichte wissen möchten, wenden Sie sich jederzeit vertrauensvoll an mich."

Hawk drehte sich zu ihr um und kniff die Augen zusammen. „Guter Spruch, der mit dem Freund. Wollen wir mal abwarten." Ohne einen Gruß oder ein weiteres Wort ging er, die Hände wieder tief in den Hosentaschen versenkt, zur Treppe und verschwand nach oben.

Santana sah ihm lange nach. Erst als sie weiteressen wollte, kam ihr in den Sinn, dass sie – wäre sie der Typ dafür – ihre Gabel jetzt wahrscheinlich für ein Vermögen bei Ebay verscherbeln könnte. Kopfschüttelnd machte sie sich über den Rest ihres Abendessens her.

6. Kapriolen

Etwas war anders hier. Er konnte es fühlen. Soeben hatte er das große Doppelfenster weit geöffnet und stützte sich mit beiden Händen auf dem breiten Fensterbrett ab. Der Himmel war wolkenlos und man konnte zahllose Sterne sehen. Hier, etwas abseits der quirligen Großstadt, war es bis auf wenige hohe, sichtlich alte Lampen, die die gepflegten Kieswege in weiches Licht tauchten, dunkler, als er es sonst gewohnt war. Und noch etwas war durchaus angenehm: keine hupenden Autos, keine laute Musik, keine nervigen Menschen. Vorsichtig lehnte er sich weiter hinaus. Der Wind fuhr ihm in die langen Haare, wehte ihm eine Strähne ins Gesicht. Tief sog er die kühle Nachtluft ein. Auch sie war anders, klar und ... rein. Hawk verglich viele Dinge gerne mit seinen geliebten Steinen. Müsste er die Luft hier mit der in Los Angeles vergleichen, so käme der Kristall ihr sicher am nächsten. Ja, durchaus. Hier funkelte die Luft. Gut, sie war wesentlich kühler, dafür aber sauber, und wenn er sich etwas anstrengte, konnte er den erdigen Geruch der frisch geharkten Beete im Park wahrnehmen. Er roch Gras und den letzten, schwachen Duft der wenigen Blumen, die noch nicht zur Gänze verblüht waren. Es war richtig gewesen, den Auftrag anzunehmen. Das wusste er schon jetzt. Allerdings wusste er auch, dass er sich von diesem angenehmen Gefühl nicht einlullen lassen durfte. Wenn er in sich hineinhorchte, lange genug, um die Barrieren in seinem Inneren zu überwinden, dann konnte er ihn fühlen, den Hass, den Zorn, der sich über so viele Jahre in ihm aufgebaut hatte. Ein Zorn, der ihm oft den Atem zu rauben drohte. Seine Finger gruben sich so fest in das Holz, dass es schmerzte. Die komplette Entourage durfte sich nicht in allzu großer Sicherheit wiegen. Er musste schließlich seinem Ruf gerecht werden, für den er viel Kraft aufwenden musste. Dennoch, das hier, das tat tatsächlich gut. Schon nach den wenigen Stunden konnte er es fühlen. Er schloss die Augen und genoss die Ruhe, das Rauschen der Blätter im Park. Irgendwo schrie ein Pfau, es klang, als weine ein Kind. Hawk wusste es besser. Unten öffnete sich das Eingangsportal und ein sanfter Lichtschein fiel auf den weißen Kies der Auffahrt. Sofort zog Hawk sich so weit zurück, dass man ihn nicht mehr sehen konnte. Die junge Frau, die mit gesenktem Kopf zum Parkplatz lief, die Hände in den Taschen ihrer ausgefallenen, schwarzen Jacke, hätte ihn aber wahrscheinlich sowieso nicht wahrgenommen. Sichtlich in ihre Gedanken versunken, ging sie auf einen der Rover zu, öffnete per Fernbedienung die Türen und stieg ein. Das laute Motorengeräusch durchschnitt unangenehm die Stille. Ein Lächeln stahl sich auf seine Lippen. Konnte es sein, dass das gute Gefühl, das sich seiner zu bemächtigen drohte, auch von ihrer Gegenwart herrührte? Sie tat ihm jetzt schon leid. Rita war eine Furie, eine selbstsüchtige, von sich viel zu sehr überzeugte Furie, was es noch einmal schlimmer machte. Nachdenklich blickte er dem großen Wagen hinterher, bis er hinter einer Biegung verschwand. Gähnend streckte er sich. Zeit endlich zu schlafen, wenn er bei Mikes Probeaufnahmen morgen früh nicht allzu verknittert aussehen wollte. Ein letztes Mal ließ er seinen Blick langsam über den nun wieder in absoluter Stille liegenden Park des Herrenhauses schweifen. Ja, das könnte alles sehr interessant werden, er musste vorsichtig sein, sehr vorsichtig. Behutsam schloss er das Fenster und zog den schweren Samtvorhang zu.

„Nun lass dir doch nicht alles aus der Nase ziehen. Glaubst du, ich bleibe so lange wach, um dann zu hören, dass alles ganz okay ist? Das kannst du getrost knicken, Lady." Jane war nicht leicht zufriedenzustellen.

Santana grinste amüsiert in sich hinein. „Es war wirklich okay. Dieser Hawk scheint kein ganz einfacher Charakter zu sein. Er ist tatsächlich nicht nur ein arroganter Arsch. Zum Hoteldirektor war er beinahe schon freundlich."

Jane stöhnte am anderen Ende der Leitung theatralisch auf. „Ah! Nicht nur. Himmel noch eins, du wolltest ihm eine faire Chance einräumen. Erinnerst du dich? Wie sah er aus, was trug er, was hat er gesagt? Nun komm schon, ich sterbe vor Neugierde."

Aus der Nummer würde sie wohl kaum ungeschoren herauskommen. Wenn Jane sich an etwas festgebissen hatte, dann ließ sie auch nicht so leicht locker. „Schon gut, ich erzähle ja. Aber die Kurzfassung, denn ich bin müde und muss pünktlich wieder in Prestonfield House erscheinen. Rita und Evie scheinen nur darauf zu warten, dass mir irgendein Fauxpas unterläuft." So informativ und umfassend wie möglich berichtete sie Jane von den Ereignissen des Tages. „So, nun kannst du dir eine erste Meinung bilden, hoffe ich wenigstens."

„Hm, klingt nach einem leicht exzentrischen aber durchaus formbaren Kerl, wenn du mich fragst. Bedenke ich dann noch das Exterieur des Herrn ... hach!" Jane schnalzte genießerisch mit der Zunge.

„Formbar. Du machst mir Spaß, wirklich. So wie vor allem Rita und seine eigene Crew ihm dauernd katzbuckelnd hinterherwieseln, formt der sich nur in eine Richtung. Da kannst du abwarten, bis er komplett zur Diva mutiert." Santana legte ihr Handy auf die Ablage im Badezimmer und drückte einen Streifen Zahnpasta auf ihre Bürste. „Abgesehen davon solltest du dich auch langsam in die Waagrechte begeben. Irre ich mich oder musst du um sieben in der Früh aufsperren?"

„Korrekt! Und zuvor muss ich noch Schoko-Bananen-Muffins backen. Allerdings waren mir diese Neuigkeiten die wenigen Stündchen Schlafentzug wert. Und ehe ich es vergesse: Du bist dir schon darüber im Klaren, dass kein einziger Fernsehsender von der Ankunft unseres Wunderknaben berichtet hat?"

Santana senkte zum wiederholten Male seufzend ihre Zahnbürste. „Ja, Schätzelchen, was denkst du, was auf unserer Route los wäre, wenn die zahllosen Fan-Girlies Wind von der Aktion bekommen würden?"

„Ah, verstehe. Geheime Mission, wie cool ist das denn. Habe ich schon erwähnt, dass ich dich beneide?"

„Ich glaube, mich vage an etwas Derartiges zu erinnern. Und jetzt geh endlich ins Bett!"

Santana vernahm Janes Kichern durch den Lautsprecher. „Aye, und sei morgen lieb zu Hawk, hörst du?"

„Ich kann nichts versprechen." Kopfschüttelnd drückte sie Jane weg und putzte sich gewissenhaft die Zähne.

Mike kramte bereits im Kaminzimmer herum, als Hawk eintrat. „Hey, bin ich zu spät?"

Der Fotograf hob sichtlich überrascht den Kopf und musterte ihn mit zusammengekniffenen Augen. „Guten Morgen. Im Gegenteil, ich habe dich erst in einer halben Stunde erwartet. Aber gut, dass du da bist. Das Licht ist fantastisch."

Hawk sah sich suchend um. „Kein Make-up?"

Mike machte eine wegwerfende Handbewegung. „Bei dem Licht und deinem Gesicht haben wir so was nicht nötig."

Grinsend ließ Hawk sich in einen der wuchtigen, wahrscheinlich antiken und ganz sicher teuren Sessel plumpsen. „Danke für die Blumen, Mike."

Der schraubte an seinem Stativ herum und zog prüfend die Vorhänge auf und wieder zu. „Kein Ding, du weißt, ich meine das ernst." Mike sah durch die Linse seiner Kamera und richtete sie auf Hawk. Nach einigen Augenblicken hob er den Kopf und sah ihn fragend an. „Was ist los? Schlecht geschlafen?"

Hawk fuhr sich mit beiden Händen über das Gesicht und strich seine Haare aus der Stirn. „Du siehst auch alles, oder? Es ging sogar einigermaßen. Ich bin nur wieder viel zu früh wach geworden."

Sein langjähriger Wegbegleiter schwieg eine Weile, ehe er fast schon beiläufig fragte: „Wieder diese Albträume?"

Er nickte zögerlich. „Hm, ich krieg das nicht in den Griff."

Mike betrachtete ihn mit diesem mitfühlenden Blick, den er bei ihm bestens kannte. „Hawk, verdammt, du schaffst das auch nicht allein. Du gegen den Rest der Welt, das kann auf Dauer nicht gutgehen. Rede mit jemandem. Geh wenigstens zu einem Fachmann."

Hawk lachte bitter auf. „Wie, zu einem Seelenklempner? Das habe ich schon hinter mir. Ich war vierzehn, als meine Mutter mich von einem zum anderen geschleppt hat. Es war einfach nur lächerlich. Immer die gleichen abgedroschenen Phrasen, der ganze Psychodreck, den ich eh schon kenne. Was ich am geilsten fand, waren die Psychopharmaka, die sie mir verschrieben haben. Eine neue Praxis, ein neues Medikament. Willst du wissen, was der Dreck hauptsächlich bewirkt? Du hörst auf, dein Hirn effektiv zu benutzen, fühlst dich, als seist du dauernd in einer Wattewolke. Ey, ernsthaft? Das bin ja so was von ich, oder?"

Ein breites Grinsen erschien auf Mikes Lippen. „Nicht wirklich. Andererseits, wie willst du es denn jemals in den Griff bekommen?"

Er zuckte mit den Schultern. „Ich weiß es nicht. Aber ich weiß auch, dass ich es eines Tages schaffen werde. Irgendwann kommt der Augenblick, in dem ich wirklich darüber reden kann, und vor allem, darüber reden will. Glaub mir, Mike, das wird einigen überhaupt nicht gefallen."

„Kann ich mir lebhaft vorstellen." Mike widmete sich wieder seiner Kamera. „Ah, ich höre Finn. Also er ist eindeutig schon einmal keins eurer Stammesmitglieder."

„Eher nicht." Schmunzelnd lauschte er auf die polternden Schritte, die sich ihnen näherten, sowie einem lauten, herzhaften Gähnen. Er mochte den talentierten, immer freundlichen Chaoten.

So leise sie konnte schlich sich Santana in die Küche. Es war gerade einmal sechs Uhr und nach schlappen viereinhalb Stunden Schlaf musste es ein richtig starker Kaffee sein. Immerhin konnte sie schlafen, was sie verwunderte. Nach dem gestrigen Tag wäre Schlaflosigkeit durchaus eine erwägenswerte Option gewesen. Die alte italienische Espressokanne auf dem Gasherd blubberte einladend und der unwiderstehliche Duft von frischem Kaffee stieg ihr in die Nase. Sie braute sich ihre Lieblingsmischung aus einem Drittel Kaffee und zwei Dritteln heißer Milch, kippte Zucker hinterher und füllte das Gemisch in eine kleine Thermoskanne. Diese bescheuerten Coffee-to-go-Becher hielten einfach nie dicht. Der Rest des Kaffees landete samt der übrigen heißen Milch in einer zweiten Thermoskanne. Sie kramte in der Küchenschublade nach Post-its, schrieb in ihrer schönsten Schrift eine Nachricht an ihre Mutter und stellte die Kanne gut sichtbar auf die Anrichte. Im Flur warf sie einen prüfenden Blick in den Spiegel. Schwarzer Rollkragenpulli, schwarze Jeans und hochgeschnürte, braune Stiefel mit guter Sohle. Es wäre sicher der Lacher des Tages, fiele sie mit Schuhen ohne Profil auf die Nase. So weit würde es nicht kommen. Dazu die grüne Uniformjacke, die sie im Winter auf dem Flohmarkt ergattern konnte, ziemlich fantasievoll, aber durchaus kleidsam. Sie zog ihren langen, straff sitzenden Pferdeschwanz noch einmal fest, ehe sie sich die Thermoskanne unter den Arm klemmte und nach ihrem Rollkoffer griff. Das Abenteuer konnte beginnen und sie war wild entschlossen, sich von niemandem kleinkriegen zu lassen.

„Guten Morgen. Schon jemand von unserer Gruppe wach?" Sie schenkte dem Rezeptionisten ihr freundlichstes Lächeln. Um kurz vor sieben Uhr kostete sie das noch viel Anstrengung. Der junge Mann schien sich jedenfalls darüber zu freuen.

„Guten Morgen, Miss Kinnear. Ja, in der Tat. Mr Vaughn und die beiden Fotografen sind schon seit einer ganzen Weile im Kaminzimmer. Das Ehepaar Fields hat sich für sieben Uhr ein amerikanisches Frühstück auf die Suite bestellt. Der Rest dürfte dann hier unten frühstücken."

Santana zog eine genervte Grimasse. „Amerikanisches Frühstück in Schottland? Wie doof muss man sein? Ernsthaft."

Der Angestellte lächelte höflich. „Gewiss befinden sie sich noch in der Eingewöhnungsphase."

Seufzend schulterte sie ihre gigantische Umhängetasche. „Ich befürchte, bei Rita ist das ganze Leben eine Art Eingewöhnungsphase." Sie winkte ihm noch einmal freundlich zu und machte sich auf den Weg zum Kaminzimmer. Die Tür war verschlossen und Santana war unsicher, ob sie stören durfte. Unentschlossen stand sie im Flur und wollte soeben wieder in Richtung Lobby gehen, als die Tür sich öffnete und Finns roter Haarschopf erschien. Da er fast in sie hineingelaufen wäre, sah er sie zuerst erschrocken, dann aber sehr freundlich an. „Hey, guten Morgen Santana, auch schon wach? Warum kommst du nicht rein?"

„Ich wollte nicht bei der Arbeit stören, nicht, dass ich euch eine Aufnahme ruiniere."

Finn trat schmunzelnd beiseite. „Wir sind gerade fertig geworden. Geh ruhig rein, falls du nichts anderes zu tun hast."

Sie warf einen Blick auf die Uhr. „Ein paar Minuten hab ich noch, ehe der Ernst des Lebens über mich hereinbricht."

„Na dann. Ich hol nur noch die Stativtasche. Frühstückst du später mit uns?"

Ihr spontanes Urteil vom vergangenen Tag bestätigte sich. Er war ein richtig netter Kerl. „Das ist lieb, aber dazu werde ich nicht kommen. Alles was ich brauche, um rund zu laufen, ist Kaffee, und den hatte ich schon."

Finn trollte sich eilig zum Gepäckraum. Santana klopfte leise an und drückte die schwere Tür auf.

„Santana. Da bist du ja wieder. Schön dich zu sehen, dann kanns ja losgehen. Die ersten Bilder haben wir schon im Kasten. Du hast das Haus wirklich hervorragend gewählt." Mikes Laune schien ausgesprochen gut zu sein.

„Ich will hoffen, dass du dieses Urteil nicht demnächst revidieren musst. Freut mich, wenn es dir gefällt." Mutiger geworden, betrat sie das Kaminzimmer.

„Ja, Santiago, mit der Hoffnung bist du nicht allein. So geht es uns allen."

Sie erkannte ihn inzwischen an seiner Stimme. Hawk saß in einem der Sessel, das schwarze Hemd offen, dazu eine ausgewaschene blaue Jeans, grobe schwarze Boots und die Haare wieder zu einem kunstvollen Bun gezwirbelt. Sie vermochte seinen seltsamen Blick nur schwer zu deuten. „Bitte glauben Sie mir, dass ich mein Möglichstes tue, um Ihren Aufenthalt zu einem Erfolg werden zu lassen."

Er erhob sich in einer eleganten, fließenden Bewegung, was bei den weichen, tiefen Sesseln an ein artistisches Kunststück grenzte. „Gut, Santiago, dann fang doch gleich einmal damit an und sorge dafür, dass ich ein vernünftiges Frühstück bekomme."

„Hawk, sei nett zu ihr. Du wirst noch lernen, dass man Fremdenführer gut behandeln sollte. Ab und an ist man auf sie angewiesen." Mikes Stimme besaß einen geringfügig drohenden Unterton.

Hawk jedoch grinste ihn nur herausfordernd an. „Ich bin die personifizierte Freundlichkeit, du kennst mich doch."

„Darum ja. Und jetzt verschwinde zum Frühstück, ich räum hier nur noch auf und komm dann nach. Frühstückst du auf deinem Zimmer?"

Hawk drehte sich auf dem Absatz um und marschierte in Richtung Tür. „Nein, keinesfalls, ich möchte die hiesigen Eingeborenen studieren. Santiago, auf, auf! Bring mich zum Büfett."

Santana warf Mike einen hilfesuchenden Blick zu. Der zuckte nur die Schultern und verdrehte die Augen. „Ignorier ihn einfach so gut wie möglich."

„Ich kann euch hören, ihr wisst das, oder?"

„Hoffentlich!"

Sie schenkte Mike ein dankbares Lächeln und folgte Hawk auf den Flur. „Hier entlang, bitte."

Er folgte ihr wortlos in den stilvollen, sonnendurchfluteten Frühstücksraum. Das Büfett war bereits aufgebaut und es duftete einladend nach frischem Backwerk, Eiern, gebratenem Speck und Kaffee. Rasch scannte sie den Raum. Am hintersten Ende saßen an einem Vierertisch am Fenster Stacey und Ryan, die beim Anblick ihres Chefs sofort aufsprangen. Hawk stieß lediglich ein unwilliges Knurren aus. „Mann, Leute bleibt sitzen und esst. Ich tu das jetzt auch. Sieht ja gar nicht so übel aus hier."

„O Wunder, ein Kompliment." Die bissige Bemerkung kam ihr über die Lippen, ehe sie es verhindern konnte.

Hawk wandte sich ihr zu und betrachtete sie mit hochgezogenen Augenbrauen. „Gut möglich, aber gewöhn dich lieber nicht dran, Santiago." In diesem Moment läutete sein Handy. Mit einer ärgerlichen Geste und ebensolchem Gesichtsausdruck fischte er es aus der Gesäßtasche seiner Jeans. „Ach Scheiße, verdammte! Kann die Frau einen nicht einmal in Ruhe frühstücken lassen?" Er drückte den Anruf weg und stupste Santana gegen die Schulter. „Jetzt zeig einmal was du kannst, Santa. Halt mir Rita und Paul vom Hals, so lange ich hier frühstücke, sonst garantiere ich für nichts, klar?"

„Ich versuche es, garantieren kann ich es nicht. Ich kann mich ihnen ja schlecht einfach in den Weg werfen." Was bitteschön erwartete er von ihr?

Hawk zuckte mit ausdrucksloser Miene die Schultern. „Warum nicht? Ich fände das eine durchaus akzeptable Möglichkeit." Er steckte die Hände in die Hosentasche und schlurfte davon in Richtung Frühstücksbüfett.

Das Glück war ihr hold. Da das Produzentenpaar in seiner Suite frühstückte, blieb Hawk bis kurz vor der

Abfahrt unbehelligt. Als Rita die Treppe herunterstöckelte, schien sie jedoch bereits wieder ungehalten zu sein. „Ah, da sind Sie ja. Darf ich fragen, wo Evie bleibt? Ich bin enttäuscht von diesem Frühstücksangebot. Wenn ich grünen Tee ordere, dann erwarte ich auch einen solchen. Außerdem möchte ich anmerken, dass ich Vegetarierin bin, was soll dann dieser Berg von Frühstücksspeck auf meinem Tablett? Unmöglich, einfach nur unmöglich.“

Santana räusperte sich und straffte ihre Schultern, ehe sie freundlich antwortete. „Rita, bitte verzeihen Sie, aber wenn ich richtig informiert bin, haben Sie sich explizit ein amerikanisches Frühstück bestellt. Ich setze in diesem Haus voraus, dass Sie genau das erhalten haben. Die Karte enthält mehrere vegetarische Varianten, bei denen alles geboten ist, was das Herz begehrt. Wenn Sie nicht zufrieden waren, lasse ich Ihnen sehr gerne noch ein vegetarisches Frühstück mit Früchten, Müsli und Käse servieren.“

Rita warf deutlich verärgert den Kopf in den Nacken. „Dazu ist es jetzt etwas zu spät. Wenn ich mich nicht irre, so wollten wir um Punkt acht Uhr aufbrechen. Es sei denn, es ist Ihnen nicht gelungen, den Ablauf einzuhalten.“

Santana schluckte so gut sie konnte die bösen Bemerkungen, die ihr inzwischen reihenweise auf der Zunge lagen, hinunter. „Nein, Mrs Fields, alles läuft nach Plan.“ Da just in diesem Moment Paul, Ritas Angetrauter, hinter ihr auftauchte und ihr die Hände auf die Schultern legte, schien sie sich etwas zu beruhigen.

Paul nickte Santana zu und zeigte auf die Lobby. „Eine gute Wahl, tatsächlich. Unser Kameramann konnte gestern Abend und letzte Nacht wirklich schöne Sequenzen einfangen.“

„Es freut mich, dass Sie zufrieden sind. Dafür zu sorgen ist der einfachste Teil meiner Aufgaben.“ Sieh einer an. Evie war tatsächlich auch schon vorzeigbar. Im Gegensatz zu ihr hatte Evie in Prestonfield House genächtigt. Für den Fall, dass jemand kompetente Hilfe benötigte. Sichtlich ausgeruht stand ihre Chefin jetzt neben ihr.

„Santana, ich hoffe, alles ist glatt gelaufen und wir können pünktlich aufbrechen?“

„Ja, Evie, alles läuft wie am Schnürchen. Unser Star hat seine ersten Aufnahmen bereits hinter sich und frühstückt mit seinen Leuten. Mike und Finn sind sicher auch bald fertig, und wenn es in Ordnung ist, lasse ich alles, was jetzt im Gepäckraum ist, wieder in die Fahrzeuge räumen.“ Ihr war noch immer schleierhaft, warum alles am letzten Abend aus den Autos und vor allem aus dem Transporter hatte geräumt werden müssen. Wahrscheinlich wähnten sich die Gäste noch immer in den Straßen von Chicago. Gut möglich, dass man dort keine wertvollen Ausrüstungen über Nacht im Auto lagern sollte. Hier sah das dann doch anders aus, Gangsterbanden im Park von Prestonfield House waren vergleichsweise selten.

„Was soll das heißen, er hat seine ersten Aufnahmen schon hinter sich? Davon wollten wir doch eine schöne Szene drehen! Unmöglich! Warum benachrichtigt mich denn niemand? Kann ich mich denn auf gar keinen mehr verlassen?“ Rita kam gerade so richtig in Fahrt, als Mike aus dem Restaurant kam.

„Morgen zusammen, wo drückt denn der Schuh schon wieder?"

„Na wo wohl? Trotz klarer Anweisung erhält mein Team keine Benachrichtigung. Du wusstest genau, dass ich vom ersten Shooting einige Szenen für die Show drehen wollte."

„Und das wirst du auch, liebe Rita. Heute an unserer ersten Location wirst du perfekte Bedingungen vorfinden. Wir waren uns einig, dass wir bei den Outdoor Locations beginnen. Das hier war allein meine Idee, okay?"

Ritas Lippen wurden zu einem schmalen Strich. „Wenn du das so siehst. Ich darf zumindest hoffen, dass wir ab sofort vernünftig zusammenarbeiten." Ihr schnippischer Ton war nicht zu überhören.

„Rita, ich pflege mich an Abmachungen stets peinlich genau zu halten." Mike betonte das ich so explizit, dass Santana sich denken konnte, was hier alles im Argen lag.

Die Produzentin schnaubte ärgerlich und wandte sich an Evie. „Meine Liebe, würdest du nun bitte dafür sorgen, dass deine Assistentin endlich das tut, wofür sie bezahlt wird? Ich sehe noch immer nicht, dass unsere Ausrüstung verladen wird."

Sofort schoss Evie zu Santana herum. „Rita hat recht. Was soll das, dass du hier herumstehst? Du gefährdest den reibungslosen Ablauf. Nun mach schon."

Ehe sie antworten konnte, erklang eine vor Sarkasmus triefende Stimme. „Sieh einer an, Zickenkrieg. Ist ja entzückend. Ehe ihr euch aufs Schlammcatchen verlegt, sagt ihr mir aber Bescheid, ja?"

Schlagartig veränderte sich Ritas verkniffener Gesichtsausdruck. „Aber Hawk, Darling, wir alle wollen doch nur, dass dein Projekt perfekt wird. Wie du weißt, geht es mir immer nur um dein Wohlergehen." Sie trat einen Schritt nach vorne und tätschelte seinen Oberarm.

„Was du nicht sagst. Ich hole dann einmal mein Zeug und versuche herauszufinden, ob meine Tabletten auch gegen spontanen Brechreiz helfen." Ohne ein weiteres Wort stapfte Hawk die Treppe hinauf.

Santana half Terry und Sam, ihr Equipment so sinnvoll wie möglich im Transporter zu verstauen. Auch Mikes Ausrüstung landete wieder im Wagen und seine geheiligten Kameras wurden sorgsam im Kofferraum des Rovers verpackt, den er heute selbst fahren würde.

„Geht das auch wirklich klar für dich, also das mit dem Selbstfahren?" Santana war noch nicht endgültig überzeugt.

Mike nickte schmunzelnd. „Zweifelt da jemand an meinen Fahrkünsten? Keine Bange, ich fahre nicht das erste Mal im Linksverkehr. Gestern war ich tatsächlich einfach nur müde."

„Okay, dann fährst du deinen, ich fahr auch einen. Was denkst du, wie ist die beste Aufteilung, damit jeder zufrieden ist?" Santana warf Mike einen bittenden Blick zu. Der kam allerdings nicht dazu, ihr zu antworten.

„Santiago, wichtig ist hier nur eins: dass ich zufrieden bin, verstanden? Darum packst du jetzt meine Sachen in dein Auto, während ich mich zu Mike und Finn verkrümle."

Mike zog eine zweifelnde Grimasse. „Das wird Rita nicht gefallen, Hawk. Du solltest sie nicht komplett auf die Palme bringen.“

Hawk setzte sich seine Designer-Sonnenbrille auf die Nase. „Mike, sie sorgt schon dafür, dass sie bekommt, was sie will. Jetzt aber bitte ich darum, dass zuerst meine Wünsche umgesetzt werden.“ Er reichte Santana eine riesige Reisetasche, unter deren Last ihre Knie etwas nachgaben.

„Ganz schön schwer. Brauchen Sie nichts davon?“

Hawk schüttelte den Kopf. „Nein, und pass darauf auf, sonst könnte ich unangenehm werden.“

Sie verkniff sich die Antwort, nickte Mike und Finn kurz zu und beeilte sich, die Tasche in ihrem Rover zu verstauen.

7. Schottische Träume

Immerhin meinte das Wetter es gut mit ihnen. Weiße Schäfchenwolken zogen gemächlich über einen ozeanblauen Himmel und die Luft war für einen Herbsttag mild und sehr angenehm. Santana fuhr als Letzte im Konvoi, um sofort reagieren zu können, falls etwas passieren sollte. Vorerst jedoch lief alles gut. Die Fahrer waren perfekt instruiert, jeder hatte seinen Platz gefunden, und so ging es derzeit über die nicht allzu stark befahrene M9, vorbei an Linlithgow in Richtung Stirling.

Vor dem Schloss war für sie ein kompletter Teil des Parkplatzes abgesperrt und im Innenbereich genau die Rasenfläche, die Mike sich bereits im Vorfeld ausgesucht hatte. Santana beeilte sich, ihre Ansprechpartnerin zu finden, die, wie sich schnell herausstellte, bereits alles zu ihrer vollsten Zufriedenheit erledigt hatte. So war ein kleines Zelt aufgebaut worden, in dem man sich Erfrischungen, Tee und leckere Snacks holen konnte. Zwei umsichtige Kellner der Catering-Firma sorgten für einen reibungslosen Ablauf. Der Trailer für Hawk durfte bis vor den Eingang, nicht aber ins Schloss und – o Wunder – er akzeptierte, ohne zu widersprechen. Weniger amused schien Rita, die von der Betreuerin höflich gebeten wurde, abgesperrte

Bereiche zu respektieren. Santana hörte, wie sie sich umgehend bei Evie darüber beklagte.

Sie beschloss, Rita weitestgehend zu ignorieren, so lange von Evie keine spitze Bemerkung kam. Wichtig war, dass Mike perfekte Aufnahmen bekam und Stacey alles hatte, was sie benötigte. Die schien rundum glücklich mit einem großen Sonnenschirm und einem Tisch, auf dem sie ihre Köfferchen platzieren konnte, nachdem sie mit einem bereits perfekt geschminkten Hawk aus dem Trailer kam. Die Lichtverhältnisse erwiesen sich als exzellent und sogar Rita rang sich ein Lächeln ab, als sie Terry über die Schulter blickte und erste Probeaufnahmen zu Gesicht bekam. Zuerst wurde Hawk, der in einem traditionellen Kilt steckte und dazu ein grobes, wollweißes Leinenhemd trug, so auf einem Mauervorsprung platziert, dass sich hinter ihm die gigantische Fassade des Schlosses gen Himmel reckte. Da heute lediglich sanfte Windböen durch den Park und über das Gemäuer strichen, wehte Hawks offenes Haar so sanft im Wind, dass Mike regelrecht in Begeisterungsstürme ausbrach.

„Yeah, verdammt! So habe ich mir das vorgestellt. Cool! O yes, das ist es, perfekt!"

Terry und Sam sahen das wohl ähnlich, denn sie filmten mit breitem, zufriedenem Grinsen auf den Gesichtern. In einer Pause zeigte Terry Santana Auszüge von dem, was er hatte einfangen können. Santana war beeindruckt. Es war dem versierten Kameramann gelungen, einen Mix aus Gästen, Schloss, Park, Fotoshooting und der malerischen Umgebung auf Film zu bannen.

„Das ist wirklich richtig gutes Material. Euer Land ist

ein Füllhorn für jeden Kameramann, im Ernst. Allein das Schloss ist der Hammer." Er strahlte regelrecht.

„Wenn du das schon gut findest, dann wappne dich. Es kommt noch besser." Sie schenkte ihm ein vielsagendes Lächeln und wandte sich Evie zu, die schon wieder nervös von einem Bein aufs andere tretend hinter ihr wartete.

„Dir ist bewusst, dass wir in spätestens einer Stunde weitermüssen? Hast du das im Griff?"

Sie nickte mit Bedacht. „Ja, Evie, ich schon. Aber ich habe nicht die Kompetenz, die Crew oder irgendjemanden hier dazu zu nötigen, sich zu beeilen, das weißt du, oder?"

„Kompetenz habe dafür ich, kümmere du dich nur um den Rest."

Santana holte tief Luft, stellte sich Evie kurzfristig lediglich in weiter Feinrippunterwäsche samt Gummistiefeln vor, was sehr entspannend war, und nickte lächelnd. „Selbstverständlich."

Es war Mike, der ihr zu Hilfe kam, nachdem er einige Minuten lang gewissenhaft seine Ausbeute an Bildern begutachtet hatte. „Exzellent, Leute, das sieht wirklich gut aus. Aber wenn ich heute Nachmittag das Licht noch auf Doune nutzen möchte, sollten wir aufbrechen. Stirling kannte ich schon und wusste, was mich erwartet. Doune Castle ist auch für mich Neuland. Rita, möchtest du mit Hawk noch ein paar Szenen im Schloss einfangen?" Er wandte sich an die freundliche Betreuerin der Schlossverwaltung. „Wir dürfen doch hier auch im Innern drehen, nicht wahr?"

Die zeigte einladend auf das riesige Portal, das zwischen zwei Türmen in den Innenbereich führte.

„Jederzeit! Miss Kinnear hat eine Drehgenehmigung für alle Bereiche des Schlosses.“ Sie blickte zu Santana. „Sogar für die möblierten Räume, wobei dort nur in meinem Beisein gefilmt werden darf.“

Rita zeigte sich erfreut. „Das höre ich gerne, gut so.“ Sie wandte sich an Hawk, der sich gerade das Hemd ausziehen wollte. „Darling, diese Chance müssen wir nutzen. Komm, mein Lieber, du als Schlossherr, das dürfen wir uns nicht entgehen lassen.“

Santana sah, dass Hawk widersprechen wollte, aber Mike kam ihm zuvor. „Na dann komm, mein Freund. Während Finn alles zusammenpackt, sehen wir uns an, wie der schottische Adel einst so residierte. Na los, schwing die Hufe, wird's bald?“

„Wenn es denn sein muss.“ Hawks Begeisterung war steigerungsfähig, aber immerhin zog er sein Hemd wieder an und marschierte an Mikes Seite, gefolgt von einem sichtlich angetanen Terry, in das Schloss. Rita und Paul folgten ihnen auf dem Fuße.

„Puh, das ist ja noch einmal gut gegangen.“ Finn schien erleichtert.

„Was genau habe ich verpasst?“ Sie sah den Davoneilenden nachdenklich hinterher.

„Rita und Paul haben es sich ein Vermögen kosten lassen, die Doku zu unserem Highland Shooting drehen zu können. Hawks Management hat nach zähen Verhandlungen zugestimmt, in denen es um satte Kohle ging, und dem Auftraggeber der Kampagne war es einerlei, solange das Shooting nicht leidet. Da unser Goldjunge aber auf dem Kriegspfad ist, was seine Managerin betrifft, könnte das böse enden. Wenn er sich stur stellt, dann haben wir vergiftete Stimmung vom

Feinsten. Und glaub mir, stur sein, das kann der Mann hervorragend.“

„Das glaube ich dir aufs Wort. Also spielt Mike hier gerade seine diplomatische Seite aus. Macht er gar nicht schlecht.“ Während Evie sich im offenen Catering-Zelt bedienen ließ, half Santana Finn dabei, Mikes Ausrüstung wieder zu verstauen. Letztendlich war alles dort, wo es hingehörte, und die Fahrer halfen, die Fotokoffer einzupacken. Santana warf einen Blick auf die Uhr.

„Was ist? Haben wir’s eilig?“ Finn bemerkte wirklich alles.

„Noch nicht, aber pünktlich fahren sollten wir schon. Laut Plan sind für Doune Castle die Nachmittagsstunden samt passendem Licht geplant. Ich habe ab drei Uhr Drehgenehmigung und auch eine Erlaubnis, im Inneren zu fotografieren.“

Finn legte ihr beruhigend die Hand auf die Schulter. „Pass auf, Mike ist ja nicht doof, die kommen bald wieder, dann legen wir einfach einen Zahn zu.“

Santana grinste. „Finn?“

„Japp?“

„Geschwindigkeitsbegrenzung?“

„Nie davon gehört.“ Lachend boxte er ihr leicht gegen den Rücken. „Los komm, sorgen wir dafür, dass wir was zwischen die Zähne bekommen. Oder gibt es auf Doune auch was für uns?“

Sie schüttelte bedauernd den Kopf. „Nein, aber einen Kiosk mit exzellenten Kartoffelchips.“

Finns Blick sprach Bände. „Ich will sofort ein Sandwich, jetzt!“

Der rothaarige Fotokünstler behielt recht. Keine zwanzig Minuten später kehrten sie allesamt guter Dinge zurück, wobei das, betrachtete man Hawks Gesichtsausdruck, relativ war.

Rita eilte sofort auf Evie zu. „Bezaubernd, ganz bezaubernd, meine Liebe. Das hast du sehr gut gemacht, vielen lieben Dank, ich bin ausgesprochen zufrieden."

Mike klopfte Santana auf die Schulter. „Gute Arbeit, Lady. So kann's weitergehen."

Die Fahrt nach Doune nahm von Stirling aus gerade einmal zwanzig Minuten in Anspruch. Der Umstand, dass das Schloss als Kulisse für die Outlander-Dreharbeiten gedient hatte, verhalf dem sonst eher unauffälligem Bauwerk zu neuem Glanz. Ganze Schulklassen wie auch Busse der „Outlander-Fanreisen" hatten das Gebäude jetzt im Programm. Santana war angesichts des gut gefüllten Parkplatzes froh, auch hier für alles reserviert zu haben. Während sie parkte, achtete sie darauf, dass ein jeder dorthin kam, wohin er sollte und der Trailer wieder nahe am Eingang stand. Sie sah aus dem Augenwinkel, dass Hawk auf einer wilden Wiese etwas abseits des Schlosses stand und es mit schief gelegtem Kopf betrachtete.

Schon war Rita wieder auf dem Weg zu ihrem Liebling. „Darling, worüber denkst du nach? Findest du auch, dass es nicht viel hergibt? Hat man denn diese Serie wirklich hier gedreht? Sieht alles ganz anders aus. Ich hatte mir mehr erhofft."

Hawk schob seine Sonnenbrille ein Stück herab und warf Rita über die Ränder hinweg einen Blick zu. „Rita, ich muss dir jetzt nicht erklären, was CGI bedeutet, oder? Computergenerierte Bilder, visuelle Animation, Fakefilme? Ey, was macht ihr denn? Doch nichts anderes, oder sehe ich das falsch?"

Ritas Lachen klang gekünstelt. „Sweetheart, das ist ganz etwas anderes. Ich lasse dich in gutem Licht erstrahlen, nichts anderes liegt mir am Herzen."

Hawk musterte Rita mit zusammengekniffenen Augen. „Weil ich das ja so unbedingt nötig habe, nicht wahr?"

Santana entschloss sich dazu, dem nervigen Geplänkel den Rücken zu kehren. Sie schulterte ihre Umhängetasche, rief Evie zu, dass sie sich in der Verwaltung melden würde, und machte sich auf den Weg ins Schloss.

„Santana, warte auf mich. Ich kenn das noch nicht, kann ich mitkommen und es mir schon mal ansehen?" Mike holte rasch auf.

„Klar, komm mit, wenn du Schritt halten kannst."

Mike runzelte mit nachsichtiger Miene die Stirn. „Wenn du glaubst, dass du mich ärgern kannst, hast du dich geschnitten."

„Würde ich nie wagen. Also, hier links ist die Verwaltung und wenn du geradeaus gehst, landest du im Innenhof. Wenn du in den Garten möchtest, musst du innen durch, ist alles nicht so groß hier." Sie warf ihm einen fragenden Blick zu. „Wenn du kurz wartest, hole ich jemanden, der dir alles zeigt."

„Guter Plan, dann kannst du mir bitte auch gleich Finn reinschicken, damit wir ausleuchten können."

Santana betrat das Gebäude. Keine zwei Minuten später stapfte ein zufriedener Mike in Begleitung einer freundlichen und kompetenten Dame von Historic

Environment Scotland in Richtung der großen Halle. Santana beeilte sich, mit einer weiteren Betreuerin nach draußen zu gelangen und sie Evie und Rita vorzustellen. Somit waren die beiden Problemfälle dieser Tour in den allerbesten Händen. Sie überbrachte Finn Mikes Bitte und checkte, ob Stacey und Ryan alles hatten, was sie benötigten. Stacey wirkte ziemlich verwirrt. Nicht, dass das für die junge Frau mit der schwarzen Sturmfrisur ungewöhnlich war, nur nahm es jetzt etwas überhand.

„Stacey, du siehst aus, als könntest du Hilfe brauchen. Kann ich irgendetwas tun?"

Die Maskenbildnerin wandte sich zu ihr um, in einer Hand einen Puderpinsel, in der anderen eine Bürste. Ihr Blick wies Panik auf. „Äh, ja, das wäre gar nicht übel. Wenn du mir unseren Star wiederbringen könntest, würde mir das tatsächlich helfen. Er ist einfach aufgesprungen und verschwunden."

Ein kurzer Blick zu Ryan erzeugte nur ein ratloses Schulterzucken. Santana legte ihre schwere Umhängetasche auf den Schminktisch. „Ich lass das kurz hier, keine Bange, ich hole es dann sofort wieder."

Stacey nickte lediglich. „Was auch immer. Hauptsache du bringst ihn wieder her, bitte."

Wohin konnte er nur verschwunden sein? Santana ließ ihren Blick über die Umgebung schweifen. Allzu viele Möglichkeiten gab es nicht. Als sie den schmalen Fußweg links neben dem Schloss erblickte, musste sie schmunzeln. Genau hier war sie vor wenigen Wochen mit Jane und Pirat entlanggelaufen. Nachdem Jane Wind von einer Presse-, Werbe- oder was auch immer Veranstaltung zur nächsten Outlander-Staffel bekommen hatte, hatte sie unbedingt herkommen wollen. „Einmal nur Sam Heughan live erleben, bitte!" Santana hatte der Freundin den Wunsch nicht abschlagen können. Tatsächlich war es ihnen gelungen, nicht nur einen, sondern gleich mehrere Blicke auf den rothaarigen Vorzeige-Highlander zu werfen. Gar nicht so übel. Dass Jamie jetzt gnadenlos im Hintertreffen war, verdankte er keinem geringeren als Mr Superman hier. Jane war dermaßen von ihm begeistert, dass sie dem Kerl wohl alles verziehen hätte. Santana sah das, vor allem in diesem Augenblick, etwas anders. Schnellen Schrittes ging sie den Weg entlang. Schlingpflanzen wanden sich an knorrigen Baumstämmen hoch, Wildblumen, Moos und Farne bedeckten den Boden, und Büsche, deren Blätter sich bereits rot und gelb färbten, säumten den Weg. Über ihr griffen die Äste der Bäume ineinander, und nur vereinzelte Sonnenstrahlen fielen durch das nicht mehr ganz so dichte Blätterdach. Es war eine magische Atmosphäre, so als näherte man sich der Pforte zu einer anderen Welt.

Santana liebte die Natur, vor allem, wenn man sie weitgehend sich selbst überließ. Sie erblickte Hawk am Ufer des Teith, die Hände hinter dem Kopf verschränkt. Er betrachtete den Lauf des Flusses. Alleine wie er dort stand, wäre es ein wirklich schönes Fotomotiv. Offenbar fühlte er sich unbeobachtet, denn als sie genauer hinsah, konnte sie das Lächeln auf seinen Lippen erkennen. Verflucht noch eins, wenn dieser Mann lächelte, verändert es sein ganzes Gesicht. Alle Härte, all die Arroganz und Überheblichkeit schienen wie ausgelöscht. Was mochte in ihm vor sich gehen, dass er es vorzog, stets den selbstherrlichen Macho zu mimen?

Oder steckte der eben doch in ihm? Als er in diesem Augenblick seufzte und die Arme sinken ließ, sah sie sich genötigt, sich wieder auf ihre Pflichten zu konzentrieren.

„Hallo, bitte entschuldigen Sie, wenn ich störe, aber man sucht Sie bereits. Ich soll Sie zurückbringen."

Seine Antwort war ein ärgerliches Kopfschütteln. „Verdammt, kann man denn nicht wenigstens eine Minute allein sein? Muss immer sofort jemand herumnerven?"

Charmant wie eh und je. „Bitte verzeihen Sie, aber ich tue hier nur das, wofür ich bezahlt werde. Mike sucht bereits die besten Punkte für die Aufnahmen. Wenn Sie so weit sind, kommen Sie bitte einfach nach." Sie würde sich doch mit diesem Schnösel nicht herumstreiten. „Ich gehe dann wieder und lasse Sie allein." Ärgerlich wandte sie sich ab. Snob!

„Hey, Santa, so warte doch. Hol Mike hierher. Da, schau dir das an. Das ist ein perfektes Motiv, finde zumindest ich. Los, komm schon."

Zögerlich folgte sie seiner Aufforderung und duckte sich unter den tiefhängenden Zweigen hindurch, ehe sie neben ihm am Ufer stand. Er lag absolut richtig. Vor ihnen breiteten sich die im Sonnenlicht schimmernden Fluten des Teith aus. In der Nähe erhob sich das von hier noch eindrucksvoller wirkende Doune Castle in den fast wolkenlosen Himmel.

„Da, genau an der Stelle, wenn er mich da fotografiert, dann müsste das doch echt gut rüberkommen, was denkst du, Santiagolita?"

Sie konnte das Grinsen nicht unterdrücken. „In Sachen Namensgebung und dem Auffinden von guten Fotospots beweisen Sie wirklich Kreativität.“

Er zuckte mit den Schultern. „Meiner Genialität sind keine Grenzen gesetzt, und darum holst du jetzt mal ganz flott den guten Mike, damit wir das Licht nutzen können. Danach befolge ich seine Anweisungen, ohne auch nur zu murren, sofern ich damit einverstanden bin.“

„Okay, ich gehe und suche ihn.“ Seufzend wandte sie sich ab. „Das bedeutungsvolle Wörtchen bitte wäre ab und an wirklich nett.“

Sie hörte ihn hinter sich lachen. „Ich denke, ihr Schotten seid so sparsam? Ich spare eben mit Worten.“

Sie drehte sich nicht mehr um, konnte sich aber ein „Schon möglich, aber eindeutig die falschen“ nicht verkneifen.

Es wurden traumhaft schöne Bilder. Dank des guten Wetters gelangen ihnen stimmungsvolle Fotos, die man bei grauen Wolken niemals hätte schießen können. Mike spielte regelrecht mit dem Sonnenlicht, nutzte es perfekt für seine Zwecke und war sichtlich zufrieden mit dem Ergebnis. Die Räumlichkeiten im Schloss boten dann auch für Rita und ihr Team eine Traumkulisse. Die letzte Aufnahme von Hawk – auf der Mauer stehend, die Arme ausgebreitet, die letzten Strahlen der Sonne auf seiner dunklen Haut – riss Terry und Rita zu wahren Begeisterungsstürmen hin.

Als Hawk nach einem eleganten Sprung auf den Rundweg unter der Mauer landete, eilte Rita auf ihn zu und umarmte ihn. „Darling, das ist alles noch besser, als ich es mir erhofft hatte. Unsere Zuschauer werden sprachlos sein.“

Hawk wand sich sichtlich ungehalten aus Ritas Umarmung. „Ja, schon gut. Im Moment würde ich es begrüßen, wenn du sprachlos wärst.“

So schnell konnte also seine Laune kippen. Mochten sich zwischendurch tatsächlich Highlights in Sachen Benehmen bei ihm zeigen, so machten solche Momente das rasch zunichte. Gut, Rita war nervig, aber andererseits zahlte sie ihm richtig viel Geld einfach nur dafür, dass er sich in seinem Tagesablauf filmen ließ. Wirklich professionell erschien Santana das nicht. Prompt sank Ritas Laune, was diese natürlich nicht an Hawk ausließ, sondern, o Wunder, an Santana.

„Es ist verständlich, wenn wir alle angespannt sind. Wie sieht es denn mit Essen aus? Ich bräuchte dringend einen Kaffee und ich schätze, unser Star ist ebenfalls durstig und hungrig.“ Dass Hawk konstant von Ryan mit Ingwerwasser, Säften und frisch geschnittenem Obst versorgt wurde, ließ Rita unter den Tisch fallen. Wie zu erwarten sprang Evie sofort auf den Jammerzug auf.

„Santana, da hat Rita schon recht. Das kleine Büfett in Stirling war nicht übel, aber jetzt arbeiten wir bereits seit dem frühen Morgen. Ein vernünftiges Menü wäre wirklich sinnvoll gewesen. Ich hätte schon gedacht, dass du so viel Vernunft und Know-how besitzt.“ Ärgerlich stemmte ihre Chefin die Hände in die Seiten und musterte sie anklagend.

Es war ein ekelhaftes Gefühl, wenn sich die Galle langsam den Hals hocharbeitete. Ganz besonders bei dem Wörtchen wir wurde Santana zornig. „Ich bitte um Verzeihung, aber wir sind pünktlich in Stirling abgefahren, es bestand zu keiner Zeit Anlass zu großer Eile. Das Büfett war so konzipiert, dass für jeden Geschmack etwas dabei war. Im Plan ist eindeutig vermerkt, dass es in Milton am frühen Abend ein schottisches Menü in einem Traditionspub geben wird. Dort ist für uns ein Nebenraum reserviert. Sollte zwischenzeitlich nochmals ein Essen eingebaut werden, so wäre das von der Zeit für die Fotografen abgegangen und ...“, weiter kam Santana nicht.

„... und das wäre für die Fotografen höchst unschön gewesen, da wir so nicht unter zeitlichem Druck arbeiten mussten. Ich mag es nicht sonderlich, gehetzt zu werden. Leute, im Ernst. Wenn wir gute Resultate erzielen wollen, so ist ein Ablauf wie heute sehr wünschenswert. Ich denke, dass keiner von uns kurz vor dem Hungertod steht, nicht wahr? Und so können wir uns jetzt über einen erfolgreichen Tag freuen und später auf einen schönen Abend, sehe ich das richtig?“

Santana wusste, dass Evie Mike gerne schon aus Prinzip widersprochen hätte, insbesondere da es um ihre – Santanas – Leistung ging. Sie beließ es jedoch bei einem huldvollen Nicken und wandte sich Rita zu.

„Die beiden haben sich gesucht und gefunden. Denk dir nichts.“ Mike ging kopfschüttelnd in Richtung seines Rovers. Der Abbau war schnell vonstattengegangen und so war alles bereits wieder im Transporter und den Kofferräumen der Geländewagen verstaut. Hawk ließ sich von Stacey abschminken und zog sich vollkommen ungeniert auf dem Parkplatz um. Erst Mikes schallendes Gelächter machte Santana auf den Umstand aufmerksam, dass trotz der fortgeschrittenen

Stunde ungefähr dreißig Zaungäste, alle weiblich, dieses Schauspiel mit verzückter Miene beobachteten. Rita warf die Arme in die Luft. „Hawk, Sweetheart, solche Momente müssen auf Film gebannt werden. Bitte warte …"

„Vergiss es, Rita. Gönne mir bitte wenigstens ein wenig Privatleben. Ich dachte, ich könnte bestimmen, was du von mir auf Film bekommst." Er zog sich sichtlich ungehalten ein weißes Longsleeve über und schlüpfte in seine Lederjacke. Während er seine Jeans zuknöpfte, schritt Rita schmallippig lächelnd auf ihn zu. „Darling, ganz so ist das nicht. Derzeit gehört, so leid es mir auch tut, ein guter Teil deines Privatlebens mir. Sei lieb zu mir."

Mike, der neben Santana stand, sog hörbar die Luft ein. „Na bravo, das dürfte es mit seiner Laune heute endgültig gewesen sein." Tatsächlich ruckte Hawks Kopf nach oben und er musterte Rita mit Verachtung im Blick. Er schloss den letzten Knopf seiner Hose, beugte sich zu ihr hinunter und fauchte: „Lass es mich wissen, wann ich in deinem Bett sein soll." Dann stürzte er auf Santana zu, die automatisch den Kopf einzog. „Hey du, los, wir fahren. Mir reicht es für heute." Santana warf Mike einen kurzen, hilfesuchenden Blick zu. Der zwinkerte beruhigend. „Alles gut, fahrt ihr vor, wir machen alles fertig, die Fahrer wissen wohin, dann folgen wir euch unauffällig. Macht schon."

Sie griff eilig nach ihrer Tasche und lief zu ihrem Rover. Hawk saß bereits mit finsterer Miene auf dem Beifahrersitz. „Können wir dann … bitte?"

Ohne ein Wort startete sie den Wagen und fuhr langsam und vorsichtig mit ihrer wertvollen Fracht vom Parkplatz. Rasch ließen sie die Ortschaft Doune hinter sich.

„Was ist das hier?"

Es dauerte, bis sie begriff, dass er mit ihr sprach. „Sie meinen, wo wir hier sind?"

„Hm."

„Das sind die Trossachs. Ich habe extra den längeren Weg gewählt, da der schöner ist. Selbst in der Dämmerung ist die Umgebung hier beeindruckend." Sie warf ihm einen vorsichtigen Blick zu. „Ich hoffe, das ist okay für Sie?"

Er nickte lediglich und sah weiter aus dem Fenster.

„Können wir ganz kurz anhalten? Ich sehe die anderen noch nicht, du fährst ein flottes Tempo."

Verwirrt bremste sie ab. „Entschuldigung, wenn Sie auf die anderen warten wollen, dann wird das schwer. Die fahren die schnellere Route. Das hier war nur so eine dumme Idee von mir. Ich dachte, es könnte Ihnen gefallen."

Er sah noch immer aus dem Fenster. Als sie begann, sich Sorgen zu machen, ob er über ihre Eigenmächtigkeit verärgert war, sah sie das Zucken seiner Schultern. „Santiago, Santiago, ich muss schon sagen. Ganz schön frech. Das war eine brillante Idee und jetzt halt endlich an. Wenn die anderen uns nicht an den Fersen kleben, ist das höchst erfreulich."

Erleichtert suchte sie die nächste Haltbucht. Sie hatte Glück, von ihrem Parkplatz aus bot sich ein wundervoller Panoramablick über diesen Teil der Trossachs. Im Restlicht des Tages sah es besonders beeindruckend aus und Hawk schien es zu gefallen. Er stieg aus dem Wagen und blickte über das Land. „Schön hier. Wirklich schön." Er sah sich neugierig um. „Und endlich vollkommen ruhig."

Sie schwieg vorsichtshalber und beobachtete ihn nur. Er steckte die Hände in seine Hosentaschen, legte den Kopf in den Nacken und schloss die Augen. Es war, als wollte er den Wind fühlen. Mit noch immer geschlossenen Augen atmete er mehrmals tief ein. Mindestens drei, vier Minuten stand er so da und genoss offenbar die Natur um sich herum. Dann nahm er die Hände aus den Taschen, fuhr sich durch seine dichten Haare und wandte sich ihr zu.

„Fahren wir weiter."

Das tat sie dann auch, mit überhöhter Geschwindigkeit, da sie sich nicht ausmalen wollte, was Evie ihr erzählen würde, wenn sie das Objekt der Begierde mit Verspätung an ihrem Bed and Breakfast, einem ehemaligen Landsitz, ablieferte.

„Ich glaube, euer Land kann Träume wahr werden lassen."

Überrascht sah sie zu ihm hinüber, aber offenbar erwartete er keine Antwort von ihr, denn er sah weiter aus dem Fenster. Daher schwieg sie, bis vor ihnen das Schild zu ihrer Unterkunft auftauchte. Langsam drosselte Santana das Tempo und bog in die breite Auffahrt ein.

„Das tut es, man muss es nur zulassen."

Sie spürte seinen fragenden Blick auf sich ruhen, aber dieses Mal war sie es, die ihren Blick nicht von der Straße nahm.

8. Eine Art von Freiheit

„Eine Frechheit, eine regelrechte Unverfrorenheit! Was bildest du dir eigentlich ein? Du kannst doch nicht einfach einen Kunden entführen!" Evie war so richtig in Fahrt und der zufriedene Ausdruck auf Ritas Gesicht zeigte Santana deutlich, woher der Wind eigentlich wehte.

„Von entführen kann ja wohl keine Rede sein. Ich habe automatisch nach der Abfahrt in Duone und hinter Callander den schöneren und nicht den schnellen Weg gewählt. Falls das ein Problem verursacht hat, so entschuldige ich mich selbstverständlich dafür." Sie konnte es leider nicht verhindern, dass die Ironie aus ihren letzten Worten troff.

„Natürlich war das ein Problem. Rita und ihr Team hatten alles vorbereitet, um Hawks Ankunft hier zu filmen. Das Haus ist ja auch ganz bezaubernd."

„Freut mich, dass es dir gefällt."

„Unterbrich mich nicht. Wir haben eine Stunde gewartet und schon das Schlimmste befürchtet. Wie konntest du nur? Das wird Konsequenzen haben." Evies Lippen waren nur noch ein schmaler Strich und Ritas Miene versprühte eine Selbstzufriedenheit, die einem das gestrige Abendessen erneut durch den Rachen zu jagen vermochte.

„Ich sagte es doch bereits. Es tut mir leid. Es wird nicht wieder vorkommen." Santana wusste nicht, auf wen sie wütender war. Auf sich selbst, weil sie diesem arroganten Schnösel eine Freude hatte machen wollen, auf Evie wegen des vollkommen überzogenen Auftritts oder auf Hawk, der an ihnen vorbeirannte, ohne sich um die Auseinandersetzung zu scheren und sich von der Landlady wahrscheinlich gleich sein Zimmer zeigen ließ. Ein einziges Wort von ihm hätte den beiden Zicken den Wind aus den Segeln genommen. Aber nein, er zog es vor, sie den Schlamassel allein ausbaden zu lassen.

„Sollte Hawk noch ein einziges Mal aus meinem Blickfeld verschwinden, ohne dass ich weiß, wo er ist, dann wird das Konsequenzen nach sich ziehen, junge Frau." Rita warf sichtlich ärgerlich den Kopf in den Nacken. „Ich zahle ein Vermögen dafür, ihn filmen zu können, und du fährst ihn quer durch Schottland ..." Eine Hand legte sich auf Ritas Schulter.

„Darling, sie hat es verstanden. Sie ist ein schlaues Mädchen, du musst es ihr nicht zehnmal erklären. Es ist gut. Sie hat es in der besten Absicht getan." Paul nickte Santana aufmunternd zu.

Sie war sich darüber im Klaren, dass Rita gerne noch weitergestichelt hätte, wenn sie jedoch richtig sah, drückte Pauls Hand auf Ritas Schulter ziemlich kräftig zu.

Seine Gattin nickte seufzend. „Schon gut, ich sage nichts mehr. Aber du, liebe Evie, hast bitte ab sofort ein Auge auf deine Helferin."

Evie schoss daraufhin sofort zu Santana herum. „Wovon du ausgehen darfst, meine Liebe.“

Santana atmete einmal tief durch und warf einen Blick zu der Landlady, die just in diesem Augenblick zurückkam. „Bitte entschuldigt mich, ich muss nachsehen, ob alles in Ordnung ist. Ihr wisst ja, Abendessen im Pub direkt über der Straße in einer halben Stunde.“

Als sie sich bereits der Vermieterin zuwandte, hörte sie hinter sich Evies leicht schrille Stimme. „Pub! Ich bin ja neugierig, was das werden soll, aber bitte. Ich trage dafür keine Verantwortung.“

„Klar, wenn man null getan hat, kann man auch schwerlich Verantwortung tragen.“ Santana flüsterte diese Worte so leise, dass bestenfalls die Landlady, die direkt vor ihr stand, sie verstehen konnte. Deren Mundwinkel zuckten verräterisch, als sie Santana begrüßte. „Miss Kinnear? Ich freue mich, dass Sie gut zu uns gefunden haben. Alle anderen Herrschaften haben ihre Räume schon bezogen. Sie haben, so wie Sie wünschten, das kleinste Zimmer. Ich hoffe, Sie werden sich dennoch wohlfühlen.“

Sie schenkte der netten Frau ein herzliches Lächeln. „Da bin ich ganz sicher.“

Ihr Zimmer lag im zweiten Stock des ehemaligen Landsitzes eines schon länger verarmten Adligen. Seine Kinder wollten das hübsche Haus nicht aufgeben und hatten es in ein wirklich schönes Bed and Breakfast verwandelt. Für die Gruppe war es ebenso perfekt wie das erste Haus. Santanas Zimmer war klein, aber urgemütlich. Sonnengelb gestrichene Wände, ein auf antik getrimmtes Holzbett mit Blümchenbettwäsche, ein schnörkeliger Kleiderschrank, der einer Elizabeth

Bennet gewiss auch Freude bereitet hätte, und ein komplettes Set, um sich leckeren Tee zuzubereiten. Das tat sie dann auch erst einmal. Während der Scottish Breakfast in der großen Tasse vor sich hin dampfte, zog sie die Schuhe von den Füßen, entledigte sich ihrer Jacke, goss Sahne in den Tee, warf drei große Brocken Kandis hinterher und setzte sich mit ihrer Tasse aufs Bett. Sie saß kaum, als ihr Handy loskrakeelte. Lächelnd nahm sie den Anruf an, schaltete auf Lautsprecher und legte das Telefon neben sich.

„Hi Jane, frisst dich die Neugierde auf?"

„Was denkst du denn? Tag zwei mit Mister Universum. Erzähl schon, wie war er?"

„Professionell."

„Damit kommst du nicht durch. Ich sagte: Erzähle!"

Schmunzelnd nippte Santana an ihrem Tee. „Okay, dann hör zu." Sie berichtete so neutral wie möglich vom Ablauf des Tages. Von den beiden Schlössern ebenso wie den Aufnahmen im Park. Als sie zum Schluss kam, stockte sie. Noch immer ärgerlich drehte sie die Tasse in ihren Händen.

„Weiter!" Jane kannte kein Erbarmen.

„Ja, schon gut. Ich suche nach den richtigen Worten. Auf der Fahrt hierher wollte ich Mr Wonderful tatsächlich eine Freude machen." Sie berichtete von ihrer gemeinsamen Autofahrt und endete mit dem Donnerwetter, das sie sich daraufhin hatte anhören müssen.

„Nimm dir das nicht so zu Herzen."

„Ey, ich bin echt sauer auf ihn. Ich hatte das Gefühl, es hat ihm wirklich gefallen. Erst erzählt er was von Träumen in Schottland und dann verschwindet er ohne ein Wort, obwohl er hört, dass sie über mich herfallen."

Jane schwieg länger als sonst. „Hm, wahrscheinlich wollte er einfach nur seine Ruhe. Ehrlich, das klang doch regelrecht menschlich. Glaub mir, er taut schon noch auf."

Santana trank den letzten Schluck Tee und stellte die Porzellantasse achtsam auf dem Nachttisch ab. „Das muss er gar nicht. Ab heute halte ich mich dermaßen strikt an alle Vorgaben, dass es solche Ausflüge nicht mehr geben wird. Das hat er mit seinem Verhalten gerade verbockt."

„Kann ich sogar verstehen. Aber ich sag dir trotzdem, dass hinter diesem Hawk mehr steckt als du denkst. Ich hab da so ein Gefühl."

Während Jane und Santana weiter über die Psyche des Superstars der Branche philosophierten, stand der zwei Zimmer weiter in seinem Badezimmer. Hawk stützte die Hände auf dem Waschbecken ab und betrachtete sein Gesicht im Spiegel. „Super! Das hast du gut hinbekommen. Immer schön als der Arsch vom Dienst dastehen." Ärgerlich schaufelte er sich eiskaltes Wasser ins Gesicht und trocknete sich flüchtig ab. In seinem Zimmer stand auf dem Tisch alles, was er bereits von den Staaten aus geordert hatte: frische, aufgeschnittene Ananas, Erdbeeren, Ingwertee und eine Flasche seines Lieblingswassers. Die universelle Ananas verstand er ja noch, woher man allerdings zu dieser Jahreszeit in Schottland solch wunderschöne Erdbeeren bekam, war ihm ein Rätsel. In Gedanken versunken biss er in eine der prallen, roten Früchte. „Hey, die sind ja mal richtig gut.“

Nachdem er die Beeren aufgegessen hatte, meldete sich sein schlechtes Gewissen erneut. Ihm war natürlich bewusst, dass er diese Leckereien einzig Santana zu verdanken hatte. Ehrlich gesagt bezweifelte er stark, dass Evie in der Lage war, ohne Probleme einen Tisch in einem Restaurant zu ordern. Er verfügte über eine gute Beobachtungsgabe und Evie war schon nach wenigen Augenblicken durchs Raster gefallen. Überheblich mit einem ungesunden Maß an Selbstüberschätzung. Die perfekte Ergänzung zu seiner Freundin Rita. Die war auch der Grund, warum er sich vorhin so bescheuert benommen hatte. Genervt – derzeit vor allem von sich selbst – zog er die Bürste durch seine langen Haare. Wenn er sich in der Lobby für Santana eingesetzt hätte, hätte er ein paar klare Worte in Ritas Richtung fallen lassen können. Das war einfach nicht gut. Die Zwickmühle, in der er steckte, war so schon groß genug. Ach verdammt, warum nur hatte er sich auf diesen Deal eingelassen? Waren er oder seine Entscheidungsfähigkeit wirklich so leicht zu manipulieren? Hawk schlüpfte in einen schwarzen Rollkragenpullover und öffnete die Wasserflasche. Während ihm das kühle Wasser durch die Kehle rann, ging er zum Fenster, stellte die Flasche beiseite und betrachtete die Umgebung. Schön, so wie schon in Edinburgh. Das Haus lag in einem großen Garten mit ausgedehnten Rasenflächen, liebevoll gepflegten Blumenrabatten und eindrucksvollen Bäumen. Am Ende des Kiesweges markierte ein sehr alt aussehendes, grünes Tor aus Schmiedeeisen die Einfahrt. Es war so ruhig hier. Bestand die

Möglichkeit, dass er endlich einmal das ganze Chaos würde vergessen können, dass dieses Land ihn tatsächlich so weit erden konnte, dass er klare Gedanken und sinnvolle Entscheidungen würde treffen können? Hier war er weit weg von dem Glitzer und Glamour, die seine Mutter so sehr liebte und die er so verabscheute. Langsam wandte er sich um, sein Blick fiel auf die Reisetasche auf seinem Bett. Ganze zwei Schritte schaffte er, ehe er innehielt. Nein, dazu war es noch zu früh. Was, wenn er Dinge erfahren würde, die dann doch nur wieder Wasser auf den Mühlen seiner Mutter wären? Er lachte böse auf. Nein, von Enttäuschungen hatte er derzeit die Schnauze gestrichen voll.

Lust hatte sie ja eigentlich keine nach dem Auftritt von vorhin, nur waren ihre Wahlmöglichkeiten begrenzt. Also zog sich Santana eine weiße Bluse an, darüber eine honiggelbe Fantasie-Zirkusjacke mit schwarzen Tressen und goldenen Knöpfen. Das brauchte ihr Ego heute einfach. Dazu eine schwarze Jeanshose und schwarze Schnürstiefel. Grinsend zog sie ihrem Spiegelbild eine Grimasse. „Passt, zeig es ihnen!"

So wie sie es bereits bei der Planung geahnt hatte, war der Abend ein Rundumerfolg. Der charmante schottische Wirt erwies sich als wahrer Alleinunterhalter, die Speisen waren vielfältig und jeder fand etwas, das ihm schmeckte. Rita und das Team erhielten eine spontane Drehgenehmigung in dem alten, traditionsreichen Haus, und so filmte Terry einen entspannt wirkenden Hawk, während der mit dem Wirt plauschte. Es gab sehr gutes Bier, das im Nachbarort gebraut wurde, und die Stimmung war bestens. Santana kümmerte sich umsichtig darum, dass ein jeder genau das bekam, was er wollte, und selbst Rita schien sich zu amüsieren. Das konnte natürlich auch daran liegen, dass sie einen Sitzplatz neben Hawk ergattert hatte. Als der Wirt zum Abschied einen Dudelsack hervorkramte und sie mit Auld Lang Syne verabschiedete, war die Begeisterung groß. Mike schoss noch ein paar stimmungsvolle Bilder und so brachen sie in bester Laune auf, um zum Landhaus zurückzulaufen. Evie, Rita und Paul nahmen am Kamin in der Halle Platz, wo ein warmes Feuer vor sich hin knisterte, und bekamen vom Besitzer einen edlen Absacker in Form von 25 Jahre altem Single Malt Whisky angeboten. Zuletzt wies Santana noch auf das Frühstück hin, das im Salon serviert werden würde, fragte, ob sie noch jemandem helfen könne, und zog sich dann schnell zurück.

Zufrieden stapfte sie die Treppen hoch. Es war ihr gelungen, Hawk den kompletten Abend zu ignorieren. Für heute hatte er ihr genug Ärger beschert. Das reichte ihr vorläufig. Ihm heute noch mal über den Weg zu laufen stand nicht auf ihrer Wunschliste. Er schien das anders zu sehen. Kaum erreichte sie ihr Stockwerk und bog in Richtung ihres Zimmers ab, fühlte sie, wie eine Hand ihren Oberarm umschloss. Eine recht kräftige Hand.

„Hey, Santiago, ich wollte dir sagen, dass es mir leidtut, dass ich dich vorhin habe auflaufen lassen. Mein Problem ist, dass ich überreagiere, sobald Rita ihre Spinnenfinger im Spiel hat. Also, sorry, nimm es nicht persönlich okay?"

Seine Hand umfasste noch immer ihren Arm und der Blick aus diesen dunklen Augen ging ihr sogar im

Dämmerlicht des Flurs durch und durch. Was machte der Kerl da eigentlich mit ihr? Einerseits entschuldigte er sich bei ihr, andererseits wirkte er regelrecht bedrohlich.

„Sie wissen schon, dass Sie einem mit Ihrer Art einigermaßen Angst einjagen können, oder? Was wollen Sie? Mich lynchen oder sich entschuldigen?"

Kurzfristig wirkte er verdattert, dann huschte ein Lächeln über sein Gesicht. „Mich entschuldigen, ehrlich und aufrichtig. Das ging zuvor nicht. Würde Rita das mitbekommen, wäre das kontraproduktiv für dich."

„Wenn Sie das sagen. Okay, Entschuldigung angenommen. Ab heute gibt es keine Extrafahrten mehr."

Er ließ ihren Arm los und lächelte erneut. „Das wird sich zeigen."

Schon wieder verschwand er ohne ein Wort. Das beherrschte er vorzüglich. Verflucht noch einmal. Musste der Mann so gut riechen? Musste er Augen haben, die selbst im Dunklen funkelten? Vor allem aber: Drehte sie jetzt komplett durch? Ungehalten sperrte sie ihre Zimmertür auf und verschloss sie hinter sich. Rechtschaffen müde duschte sie in aller Eile und legte ihre Klamotten für den nächsten Tag zurecht. Gerade, als sie unter die dicke, kuschlige Decke krabbelte, sah sie es. Eine einzige, langstielige Rose in einer silbernen Vase. Die war vorhin ganz sicher nicht dagewesen, die hätte sie gesehen. Ob Hawk …?

„Santana, schalt dein Hirn ein. Die kommt vom Haus und nicht von ihm." Grummelnd schlüpfte sie unter die Decke, allerdings nicht, ohne der ausgesprochen schönen Rose einen letzten Blick zu gönnen.

9. Mensch ärgere dich

Wann genau war eigentlich der Loch Lomond zur Touristenattraktion Nummer eins geworden? Derzeit war alles in der näheren und weiteren Umgebung überlaufen. Den Menschenmassen entsprechend stöhnte dann auch Rita ungehalten auf. „Wie bitteschön soll man denn hier filmen? Sobald wir anfangen, werden doch alle auf uns aufmerksam. Ist ja nicht so, dass Hawk alleine nicht schon genug Aufsehen erregt."

„Bitte beruhigen Sie sich, die Stelle, die ich für uns gewählt habe, ist sehr ruhig und heute außerdem exklusiv für uns abgesperrt. Wir haben drei Stunden, in denen keine Menschenseele das Team oder die Aufnahmen stören wird." Santana warf zuerst Rita und dann Paul einen beruhigenden Blick zu. „Wir fahren sofort los, wenn Sie den Startschuss geben."

Rita musterte sie sichtlich verblüfft, fand aber schnell ihre Sprache wieder. „Na also, scheint doch zu gehen. Kaum spricht man ein Machtwort, schon läuft es. Zumindest ein wenig." Mit hoheitsvoll gerecktem Kinn rauschte die Fernsehfrau von dannen.

„Danke, Santana. Was ich schon seit gestern sagen wollte: Sie leisten sehr gute Arbeit. Aber wie Sie sehen, kommt man recht schwer zu Wort." Paul klopfte ihr freundlich lächelnd auf die Schulter. „Nicht kirre machen, sondern schottische Ruhe walten lassen."

Santana nickte zustimmend. „Vielen Dank, Paul, das freut mich. Keine Bange, die schottische Ruhe liegt mir im Blut."

„Dann ist es ja gut. Ich hole mal unser Zeug, nicht, dass ich das hinderliche Element bin."

Grinsend drehte sie sich um. Geteiltes Leid war wirklich halbes Leid.

Die kurze Fahrt zu der von ihr ausgewählten Uferregion führte sie weg von den großen Menschenansammlungen und in eine Gegend, in die sich Touristen eher selten verliefen. Dank mehrerer Telefonate war es ihr gelungen, einen großen Parkplatz samt Strandabschnitt absperren zu lassen. Trauerweiden ließen am steinigen Ufer ihre Äste in den See hängen, knorrige Bäume wuchsen halb in den See hinein und boten die Möglichkeit, sich auf ihnen ablichten zu lassen. Am gegenüberliegenden Ufer zogen sich endlose Wälder in zahllosen Grüntönen die sanften Hügel hinauf. In der Nacht hatte es geregnet und nun schaffte es tatsächlich die Sonne durch die Wolken. Nebelfetzen waberten über der Oberfläche des Lochs und zauberten eine mystische Atmosphäre. Mike war begeistert.

„Perfekt! So muss Schottland sein. Himmel, die Götter lieben uns." Er sah sich um. „Finn, beweg dich schneller. Dieses Ambiente bekommen wir so rasch nicht wieder." An Terry gewandt fuhr er fort: „Mann, filmt das. Das wollen unsere Landsleute doch sehen. Outlander-Klischee pur."

Ryan, Hawks Assistent, hyperventilierte fast. „Schneller, wird's bald, baut mir einen Tisch auf. Hawk muss in die Maske. Muss ich alles selbst machen?"

Stacey verdrehte die Augen. „Beruhige dich, nimm lieber ein paar deiner rosa Pillen. Mann, wir haben einen Trailer, schon vergessen? Hawk sitzt da längst drin. Soll ich ihm sagen, du brauchst noch ein bisschen?"

„Dumme Kuh!" Sichtlich angepisst rauschte Ryan ab.

Stacey sah ihm kopfschüttelnd nach. „Hey, Santana, denk dir nichts, der ist immer so. Mister Superwichtig. Ich geh dann mal und versuche, unseren Star noch schöner zu machen. Dauert nicht lange, versprochen."

Wie auch? Schön war er ja, aber …

Während alle um sie herum in hektische Betriebsamkeit verfielen, war Santana vor allem damit beschäftigt, neugierige Zaungäste in Schach zu halten, die nur allzu gerne die Absperrbänder samt Hinweisschildern ignorierten. Vor allem einige Damen, die argwöhnten, es handle sich um Aufnahmen zu ihrer derzeitigen Sehnsuchts-Serie, waren nur schwer im Zaum zu halten. Aus den Augenwinkeln sah sie, dass Hawk inzwischen am Set war. In einen Kilt nach alter Art gekleidet und mit dem bereits bekannten, groben Leinenhemd kletterte er flott und gekonnt auf einen der fast waagrecht in den See hinausragenden Bäume. Es ließ sich nicht verhindern, dass manche Damen ihn schnell erkannten. „O mein Gott, das ist ja Hawk Vaughn. Ich muss ihn kennenlernen, Sie müssen mich durchlassen. Unbedingt! Ich zahle auch dafür."

Es gab diverse finanziell durchaus erwägenswerte Angebote, aber Santana schmetterte alles mit stoischer Ruhe ab. „Es tut mir sehr leid, aber ich kann und darf niemanden durchlassen. Hier wird gearbeitet und die Zeit drängt, da niemand weiß, wie lange das Wetter halten wird."

Die Tränen und das Schluchzen einiger zeigten deutlich, dass ihnen die wettertechnischen Ausführungen einerlei waren. „Das dürfen Sie nicht tun. So eine Chance kommt nie wieder. Ich hätte mir niemals träumen lassen, diesem Mann so nahe zu sein."

„Nun, meine Damen, vielleicht kann ich Sie hiermit etwas trösten. Miss Kinnear macht nur ihren Job, bitte haben Sie Verständnis. Aber wer gerne möchte, für den habe ich einige Goodies und auch Autogramme. Nun denn, wen darf ich erfreuen?"

Santana war perplex. Ausgerechnet der von ihr zuvor noch im Geiste verfluchte Ryan war neben ihr aufgetaucht. In den Händen und unter den Armen ganze Stapel mit Autogrammkarten und Postern, die er einladend in die Höhe hielt.

Während er die begehrten Artikel verteilte, lächelte er ihr aufmunternd zu. „Sorry wegen vorhin, aber für mich ist der Job echt wichtig. Daher mag es sein, dass ich ab und an dämlich rüberkomme. Nimm es bitte nicht persönlich."

„Keine Bange, tu ich nicht. Ich brauch den Job ebenso, also willkommen im Club."

Mit breitem Grinsen drückte Ryan ihr einen Stapel Autogrammkarten in die Hand. „Da, mach ein paar Menschen glücklich."

Nach einer Weile übernahmen die Chauffeure der Rover die Aufgabe, die Absperrungen zu überwachen, und Santana führte die Crew zu ihrem ganz persönlichen, magischen Baum wenige Meter entfernt. Sie nannte ihn den Wikinger-Baum. Uralt und von Wind und Wetter geformt, bildete sein Stamm eine Art natürlichen Sitz. Er sah aus wie der Thron eines vor Jahrhunderten verstorbenen Fürsten des wilden Seefahrervolkes. Auch Mike erkannte die Magie dieses kleinen, abgeschiedenen Uferabschnittes sofort. „Sehr, sehr cool, Santana. Der Traum eines jeden Fotografen, wirklich." Hawk war so groß, dass er regelrecht martialisch wirkte, als er sich auf dem Sitz niederließ. Das Resultat ließ alle kurzfristig schweigen. Es war, als gehörten Mann und Baum von jeher zusammen. Sein schwarzes Haar hob sich glänzend von dem silbergrauen Holz ab, seine Kupferhaut harmonierte einmalig mit der glatten Rinde. Als er behutsam über einen der vom rauen Wind und Regen geschliffenen Äste strich, glaubte Santana, ein Lächeln auf seinen Lippen zu erkennen. Es konnte aber auch eine Täuschung gewesen sein.

Terry war restlos begeistert. „O Mann, das sind wunderbare Aufnahmen. Leute, wenn wir das mit dem Song Loch Lomond unterlegen, haben wir schon gewonnen. Das könnte der Werbetrailer für diese Staffel werden, echt!"

Rita und Paul nickten zustimmend. „Das ist richtig. Diese Atmosphäre ist unschlagbar." Rita wandte sich an Evie, die, bedingt dadurch, dass hochhackige Pumps miserabel mit dem steinigen Ufer harmonierten, mit angesäuerter Miene herumstand. „Meine Liebe, ganz großes Kino. Das hast du exzellent gewählt. Hervorragend, ganz hervorragend."

Prompt zog ein siegessicheres Lächeln über Evies Gesicht. „Jahrzehntelange Erfahrung, meine Liebe. Das muss sich ja auszahlen, nicht wahr?"

Mike, der eine ganze Fotoserie geschossen hatte, ließ die Kamera sinken und warf Santana einen sichtlich amüsierten Blick zu. „Ja, Erfahrung und echtes Können heben sich wirklich immer von der Masse ab."

„Hey, Leute! Ich hab da mal eine Bitte. Könnt ihr alle für ein paar Minuten verschwinden? Ich denke, wir haben sowohl genug Filmmaterial als auch Fotos, oder?" Hawks Stimme klang fordernd wie immer. Man konnte hören, dass er keinen Widerspruch gewohnt war.

„Aber gewiss, Darling. Ihr habt ihn gehört, packt zusammen, und zwar schnell. Lasst ihn alleine." Rita sah sich eindeutig als sein ganz persönlicher Bodyguard.

„Ich werde dir auf ewig dankbar sein, Sweetheart." So viel Sarkasmus in einem solch kurzen Satz. Santana war beeindruckt. Fast schon bemitleidenswert war der Umstand, dass Rita das nicht mitbekam.

„Darling, du weißt doch, dass ich immer für dich da bin."

Santana wusste nicht so ganz, ob es ein Kichern oder doch ein dezenter Würgereiz war, was ihr da die Kehle hochstieg. Also konzentrierte sie sich darauf, Sam zu helfen, seine Ton-Ausrüstung zu verstauen sowie Finn zu unterstützen, der akribisch die Objektive in ihre Aussparungen in den Fotokoffern steckte. „Komm, ich helfe dir tragen, dann geht es schneller." Sie streckte die Hand nach einem der Alukoffer aus.

„Nichts da, Santa, du bleibst hier. Ich brauche jemanden, der mir was von der Geschichte der Umgebung erzählt. Danach kannst du auch verschwinden." Na, da hatte aber jemand wieder seinen Charmehaushalt vernachlässigt. Sie schluckte mühsam eine schnippische

Erwiderung herunter und nickte stattdessen. „Okay, wenn Sie das möchten."

„Ich möchte das! Und ihr anderen könntet euch jetzt ein bisschen beeilen, sonst müssen wir gleich wieder weiter und es hat sich mit meiner schottischen Meditation."

„Ihr habt ihn gehört! Beeilt euch, gönnen wir ihm ein paar Minuten Ruhe. Los geht's!" Mike sprach ein Machtwort und es entging Santana nicht, dass er Hawk gleichzeitig in seine Schranken wies. Das mit den ein paar Minuten war deutlich gewesen. Alle, selbst Rita, verließen den Strandabschnitt. Nur leise wehten ihre Stimmen zu ihnen herüber. Santana steckte ihre Hände in die Taschen der giftgrünen Jacke, die sie heute trug, und musterte Hawk fragend. Ihr war nicht klar, was er mit der Aktion bezweckte. „Was möchten Sie denn, dass ich erzähle? Die Geschichte des Lochs oder der Umgebung?"

Er schwieg eine gefühlte Ewigkeit. Dann schüttelte er mit gerunzelter Stirn den Kopf. „Das hier ist einer deiner Lieblingsorte, nicht wahr? Du fühlst dich hier wohl und du spürst, dass der Platz und dieser Baum etwas Besonderes ausstrahlen, stimmts?"

Überrascht nickte sie. „Ja. Darum hab ich euch ja auch hergebracht. Hier kann man Kraft tanken und tatsächlich Ruhe finden. An diese Stelle kommt selten jemand und bei euch weiß ich, dass ihr wieder verschwindet. Folglich laufe ich wohl kaum Gefahr, dass ihr zukünftig dauernd hier herumhängt."

Sein spontanes, prustendes Lachen bewies ihr, dass er sehr gut verstanden hatte. „Gut erklärt muss ich sagen. Und außerdem sehr ehrlich."

„Tja, so bin ich. Aber noch mal, was wollen Sie denn wissen?"

Wieder schüttelte er den Kopf. „Gar nichts. Ich will, dass du die Klappe hältst und dich einfach hierhersetzt." Er zeigte auf den dicken, knorrigen Ast neben sich.

Zögernd trat sie auf ihn zu. Erst nach einem erneuten Blick als Absicherung, dass er es wirklich ernst meinte, setzte sie sich. Hawk lehnte seinen Kopf mit leisem Stöhnen wieder an den Stamm des Baumes, sah auf den See und sagte kein Wort. Er verunsicherte sie und das nicht zu knapp. Was bezweckte er hiermit? Der Wind blies ihr eine Haarsträhne ins Gesicht, die sich aus dem lockeren Pferdeschwanz gelöst hatte. Sie kam ihr ganz gelegen, da sie ihr Gesicht teilweise verbarg, und so beäugte sie den Mann neugierig. Sie konnte regelrecht sehen, wie er sich entspannte. Schweigend saßen sie eine ganze Weile nebeneinander und letztendlich gab sie auf, den Grund herausfinden zu wollen. Sie tat es ihm gleich und ließ ihren Blick über den See und die gegenüberliegenden Hügel gleiten. Wenn sie in diesem Augenblick ganz ehrlich zu sich war, so musste sie zugeben, dass sie seine Gegenwart als angenehm empfand. Jedes Mal, wenn eine sanfte Brise über das Ufer strich, hatte sie den Duft seines Aftershaves in der Nase, der sich mit seinem ganz eigenen vermischte. Und – verdammt nochmal – der Mann roch wirklich gut. Trotzdem wartete sie gespannt darauf, wann der Moment kam, in dem er sie, wie zuvor angekündigt, wegschicken würde.

Er kam jedoch anders als erwartet. „Hey, Schottenmädel, ich denke, wir müssen los. Geh schon mal vor. Ich komme gleich nach, sag das den anderen."

„Okay, mache ich." Überrascht kletterte sie von ihrem Ast und klopfte sich etwas imaginären Staub von ihrer Hose. Nach einem letzten Blick auf Hawk stapfte sie los, als sie seine Stimme noch einmal vernahm.

„Danke, Schottenmädel."

Sie wandte sich nicht um, sonst hätte er ihr zufriedenes Grinsen zu Gesicht bekommen. „Gern geschehen, Highlander."

Es war wenig verwunderlich, dass Rita nach dieser Aktion für den Rest des Tages ein wachsames Auge auf sie hatte. Allerdings verhielt sich Santana mustergültig, auch wenn es sie ab und an den letzten Nerv kostete. Als weitere Location stand heute lediglich ein schöner Platz im Nationalpark mit herrlichem Blick auf Berge und Ebenen auf dem Plan. Schon jetzt waren alle sehr froh um die Landrover und Santana mochte gar nicht daran denken, wie sie sich mit den Limousinen über die Single Track Roads hätten quälen müssen. Zwar fluchte der Fahrer des Trailers ziemlich, aber hier half alles nichts, da musste er durch.

Kaum hatte Santana ein stabiles Handynetz, rief sie in der Unterkunft für die kommenden Nacht an. Drei nebeneinanderliegende Cottages mit herrlichem Blick und jeweils zwei Schlafzimmern, Bädern en suite und einer Küche. Für Rita und Paul hatte sie das schönste ausgewählt und hoffte, dass Evie keine Szene machte, weil sie mit den beiden in einem Cottage untergebracht war. Die Ausstattung war luxuriös. Sie selbst würde mit den Chauffeuren in den Räumen im Haupthaus wohnen, einem ehemaligen, liebevoll restaurierten Farmgebäude. Hier teilte man sich zu zweit ein Badezimmer, was für die Gäste ein No-Go gewesen wäre. Dass Ryan sich sichtlich freute, mit ihnen im Haupthaus wohnen zu dürfen, überraschte Santana. „Du willst echt nicht in die Cottages? Die sind aber luxuriöser als das Haus."

„Lady, vertrau mir. Ich weiß ein weniger aufwändiges Einzelzimmer zu schätzen. Außerdem wollte ich mir schon lange mit dir ein Bad teilen." Der Kerl hatte ja Humor!

Das Abendessen würde in der ebenfalls umgebauten Scheune der Farm stattfinden und die Speisen und Getränke wurden von einem etablierten Hotel geliefert. Das schottische Büfett würde hoffentlich für jeden etwas bieten. Durch Ryans Entscheidung verfügte Hawk über sein eigenes Reich, und Santana stellte sicher, dass er alles bekam, was auf seinen Listen stand. Die Besitzer waren etwas verwundert, dass man französisches Mineralwasser orderte, wo schottisches Highland-Wasser verfügbar war, fügten sich aber, wenn auch mit fragendem Blick. Während sich alle in ihren Cottages einrichteten – selbst Evie und Rita waren entzückt –, eilte Santana zwischen Haupthaus und Scheune hin und her, um den Aufbau für das Dinner zu überwachen. Das Grundstück lag abseits aller größeren Straßen und man hörte Motorengeräusche lediglich in weiter Ferne. Das Anwesen verfügte zudem über einen antiken Ziehbrunnen, mehrere auf dem Gelände verteilte Sitzbänke und einen von Blumenranken überwucherten Pavillon. Von den Bänken aus hatte man einen unbeschreiblichen Blick auf das vor ihnen liegende Tal.

Als Santana sicher war, alles erledigt und sich um alles gekümmert zu haben, setzte sie sich aufatmend auf eine der Bänke und rief Jane an.

„Na endlich! Ich dachte schon, du hast mich vergessen."

Sie schüttelte nachsichtig den Kopf. „Wie könnte ich dich vergessen? Ich musste lediglich dafür sorgen, dass heute Abend alles flutscht. Das mit den Cottages war sowieso schon gewagt genug. Das Dinner muss perfekt sein."

„Gewagt, dass ich nicht lache." Jane schnaubte leise in den Hörer. „Ich hab mir die Dinger im Internet angesehen. So was von wunderschön und romantisch, dann noch die traumhafte Lage. Zweifle nicht immer an deinen Entscheidungen. Du hast das richtig gut ausgewählt. Und jetzt erbitte ich Berichterstattung in puncto Mister Universum, und zwar zügig, wenn ich bitten darf."

Janes Neugier erheiterte sie und so berichtete sie haargenau, was alles geschehen war.

„O Gott, wie romantisch. Er genießt deine Nähe. Du ahnst ja nicht, was ich dafür geben würde."

„Und du ahnst nicht, was ich für deine Fantasie geben würde. Keine Ahnung, was das am Loch Lomond sollte, aber von Nähe genießen sind wir meilenweit entfernt."

„Ach, und was macht dich da so sicher?" Janes Stimme klang herausfordernd.

„Na alles einfach. Er kann tatsächlich nett sein, aber dann kommen wieder so heftige Hammer. Um ehrlich zu sein, bin ich mir keineswegs sicher, welches der echte Hawk ist. Der arrogante Arsch, der es gewohnt ist, dass man ihm die Füße küsst, oder der Kerl, der ab und an ein Lächeln zustande bringt und einen mit einer unerwartet freundlichen Bemerkung überrascht.“

„Mein Rat: Gib dem Kerl mit dem Lächeln eine Chance. Du weißt schon, Intuition.“

„Hm, ich denk drüber nach. Jetzt sollte ich aber duschen und mich in ein vorzeigbares menschliches Wesen verwandeln, um Evie nicht zu blamieren.“

„Och, dazu braucht sie dich sicher nicht, das kann sie ganz alleine.“ Janes Kichern ließ auch sie schmunzeln.

Nachdenklich, die Worte der Freundin noch im Ohr, schlenderte sie zurück zum Haus. Auf dem Weg kam sie an dem abgelegenen Pavillon vorbei. Hawks Stimme kannte sie mittlerweile, selbst wenn er so leise sprach wie jetzt. „Verdammt noch mal. Wie oft soll ich es dir eigentlich noch sagen? Halte dich aus meinem Privatleben heraus. Glaubst du, dass du dich irgendwann dazu herablassen könntest, zu begreifen, dass du vor allem meine Mutter bist? Hör auf, in meinem Leben herumzupfuschen.“ Er hielt inne, lauschte wohl der Antwort und sein böses Lachen zeigte ihr deutlich, dass diese ihm nicht gefiel. „O Mann! Das glaubst du doch selbst nicht. Du karrieregeiles Stück hast doch keinen blassen Schimmer von Liebe. Noch einmal, in der Hoffnung, dass es irgendwann ankommt: Halt dich zurück. Hast du mich verstanden? Sonst hat das eines Tages richtig böse Folgen für dich.“

Sie schaffte es nicht, noch langsamer zu gehen und stehen bleiben konnte sie wohl schlecht. Daher setzte Santana ihren Weg zum Haus fort. So sprach er mit seiner Mutter? Ihr würde es nie im ganzen Leben in den Sinn kommen, in diesem Ton mit ihren Eltern zu sprechen. Was mochte zwischen Mutter und Sohn vorgefallen sein, dass er sie so geringschätzte? Es ging sie nichts an, das war sein Leben. Nachdenklich machte es sie aber schon – und zwar ganz gewaltig.

Auch an diesem Abend schien sie alles richtig gemacht zu haben. Rita und Paul beglückwünschten eine huldvoll lächelnde Evie und Santana klopfte sich innerlich auf die Schulter. Hawk hatte die große Ehre, den Haggis – das schottische Nationalgericht aus Schafsinnereien, Kräutern und Gewürzen – anzuschneiden, eine in Schottland durchaus gewichtige Zeremonie. Santana musste sich gewaltig in die Wange beißen, um sich das Lachen zu verkneifen, als er das Messer in den Schafsdarm stieß und die graugrüne Masse herausquoll. Sein Blick war schlicht unbezahlbar. Als wüsste er, dass sie nur mühsam die Fassung bewahrte, warf er ihr einen finsteren Blick zu, den sie mit einem hilflosen Schulterzucken beantwortete. Terry und Sam bannten das Ganze auf Film, und als die Überraschung des Abends auftrat – eine schottische Band, die so ziemlich alles im Repertoire hatte, was man von einem schottischen Event erwartete –, schien alles perfekt.

Es war Hawk, der den entscheidenden Fehler des Tages machte. Bei einer wunderschönen Variante von Caledonia, der gesungenen Liebeserklärung an Schottland, bat er Santana, mit ihm zu tanzen. Es kam vollkommen überraschend für sie. Er erhob sich, kam auf sie zu – obwohl sie sich ans hinterste Ende des Tisches gesetzt hatte – und musterte sie aus zusammengekniffenen Augen. „Also, Santiago, du riskierst doch gerne eine dicke Lippe. Jetzt zeig, was dahintersteckt, los, komm tanzen." Ablehnen kam nicht infrage, daher stand sie mit gemischten Gefühlen auf. „Darin bin ich nicht wirklich gut."

„Das wird sich zeigen." Er hielt ihr seine Hand entgegen und wohl oder übel griff sie danach. Das war ganz gewiss nicht gut.

Abgesehen davon, woher konnte der Mann denn bitte so gut tanzen? Sein Arm umfasste ihre Hüfte und sie überließ sich seiner Führung. Wohl um das Gewitter etwas abzumildern, tanzte Paul mit seiner Frau und Ryan forderte Evie auf. Ein kurzer Blick in Ritas Gesicht bewies Santana, dass sie diesen kurzen Augenblick bitterlich würde büßen müssen. Dass ihr das kurzfristig einerlei war, dafür sorgte ein Satz, den Hawk ihr ins Ohr flüsterte. „Auch wenn es derzeit nicht so aussieht, aber ich bin der Kerl, der ab und an ein Lächeln zustande bringt."

10. Scharmützel auf Urquhart Castle

Santana hätte nicht gedacht, dass die nächste Eiszeit dermaßen schnell über Schottland hereinbrechen könnte. Da aber war sie auch noch nicht in Ritas Dunstkreis gewesen. Seit Hawk mit ihr getanzt hatte, würdigte diese sie keines Blickes. Halt, das stimmte nicht ganz: Wenn sie es tat, dann waren diese Blicke tödlich.

Es war sowieso ein schwieriger Tag. Die lange Fahrt von ihren Cottages aus entlang des Loch Ness bis Urquhart Castle war anstrengend. Santana hatte vorab per E-Mail in die USA davor gewarnt und zur Antwort bekommen, dass man unbedingt auf das legendäre Schloss wollte.

Sie hatte für alles gesorgt, konnte jedoch nicht verhindern, dass die Gruppe zwar pünktlich, aber müde und hungrig am Ziel ankam. Mike entspannte die Lage, soweit es in seiner Macht lag. „Leute, wir müssen eh erst aufbauen. Santana sagte mir, hier gäbe es einen sehr gemütlichen Tea Room. Wir haben zeitlich vorausschauend geplant, also wenn jemand gerne was essen oder trinken möchte, soll es an mir nicht scheitern."

„Uns eine dermaßen lange Fahrt zuzumuten ist unmöglich." Rita feuerte einen giftigen Blick in Santanas

Richtung. „Mein Rücken quält mich schrecklich. Ich brauche dringend eine Schmerztablette.“

Es war klar, dass Evie sie sofort herbeizitierte. „Santana, nachdem du offenbar schon in der Planung versagt hast, sorge jetzt bitte wenigstens dafür, dass Rita sofort ein Medikament bekommt.“

Wie gerne wäre sie ihr ins Gesicht gesprungen! „Selbstverständlich, auch wenn ich mir die Bemerkung erlauben darf, mich lediglich an den Ablaufplan gehalten zu haben.“

Rita verzog pikiert die Lippen. „Nun, von einem Profi erwarte ich eigentlich, dass er dann eben entsprechend umplant.“

„Ja, das hätte man wirklich erwarten können. Ich bin sehr aufgebracht, Santana, und jetzt beeile dich endlich, sonst geht es Rita noch schlechter.“

Hier war Schweigen eindeutig Gold und so fügte sie sich. Während Mike, Finn, Terry und Sam sich in den extra für sie abgesperrten Bereich des Castles aufmachten, trabte sie in die Verwaltung und bat um eine Ibuprofen-Tablette. Natürlich ließ man sie erst wieder gehen, nachdem Santana zugesagt hatte, dass ein jeder ein Autogramm von Hawk bekommen würde. Rasch lief sie zurück, um eine schwer leidende Rita vorzufinden.

„Das wird aber auch Zeit. Mein Rücken bringt mich um. Hoffentlich ist das kein billiges Aspirin. Das vertrage ich nicht.“

Sie versicherte ihr, dass es das Beste sei, das die Hausapotheke des Schlosses zu bieten hatte, sorgte für ein Glas Wasser und hoffte, dass die Sache damit erledigt war. Bekanntlich starb ja die Hoffnung zuletzt und heute schien Rita nicht gewillt, sie aus ihren Fängen zu entlassen. Während Hawk sich fertig gestylt in Position begab – heute in einer Art Piratenlook mit Kniebundhosen und schwarzem Spitzenhemd, was bei ihm vor allem wegen der langen Haare gut zur Wirkung kam –, stänkerte Rita weiter. War es zuerst der Lichteinfall, der ihre Aufnahmen störte, so war es später das abfallende Gelände. Selbst Paul warf seiner Frau mehrfach einen mahnenden Blick zu, den sie tunlichst ignorierte.

Mike hingegen war rundum zufrieden. Die Mauern der Ruine mit dem Loch Ness im Hintergrund bildeten die perfekte Kulisse, in die Hawk sich nahtlos einfügte, so als gehöre er zum Inventar.

Nun war eine Schlossruine kein endloser Spielplatz, sondern eine historische Stätte, die es nicht zuließ, dass man überall herumkletterte. Santana beobachtete seit einer Weile mit wachsender Sorge, dass Rita den Weg zum Loch Ness eingehend in Augenschein nahm. Er gehörte nicht zu dem Bereich, den die Verwaltung des Schlosses für sie abgesperrt hatte, was ohnehin schon sehr entgegenkommend gewesen war. Als Rita Evie zu sich beorderte, schwante ihr Böses. Während Mike und Finn hochkonzentriert fotografierten und die Gunst der Stunde sowie eine perfekt stehende Sonne nutzten, schien Rita sehr unzufrieden. Santana verstand nicht warum. Ihr Team hatte dieselben Bedingungen wie die Fotografen, und wenn sie Terry und Sam beobachtete, waren die sehr guter Dinge.

In dem Moment, als Evie mit verkniffener Miene herbeirauschte, wusste sie schon, dass das nur schiefgehen konnte.

„Santana, so geht das nicht. Rita braucht auch eine Absperrung für das Ufer unten an der Schlossmauer und das bitte jetzt sofort. Kümmere dich darum, sonst ist der Tag für Rita vergeudet."

Es war reine Willkür, aber was sollte sie tun? Also machte sie sich erneut auf in die Verwaltung. Hier beschied man ihr, dass es auf keinen Fall möglich war, das weitere Gelände ad hoc zu sperren. Die Gästescharen mussten sowieso schon auf einen Teil der Burg verzichten, man konnte ihnen nicht auch noch den Zugang zum Ufer verwehren. Schließlich musste ein jeder trotz Einschränkung den vollen Eintrittspreis begleichen. Santana hatte dafür vollstes Verständnis, ahnte jedoch, wie Rita darauf reagieren würde. Sie wusste nur zu gut, dass die nur darauf wartete, sie den Wölfen zum Fraß vorzuwerfen.

So vernünftig wie möglich erklärte sie Evie, Rita und Paul bei ihrer Rückkehr, dass man nachträglich keine Veränderungen vornehmen könnte. Erstaunt beobachtete sie, wie Rita sich wortlos auf dem Absatz umdrehte und zu Terry stöckelte. Sie glaubte ihren Ohren nicht zu trauen, als Rita ihn aufforderte, alle heutigen Aufnahmen zu löschen. Sie wünsche sich welche mit dem See im Hintergrund und das habe die fehlerhafte Organisation des heutigen Tages unmöglich gemacht. Terrys verblüffte Bemerkung, dass er ausgesprochen gute, stimmungsvolle Aufnahmen im Kasten habe, wischte sie mit einer ungehaltenen Handbewegung beiseite. „Was gut und stimmungsvoll ist, entscheide noch immer ich. Und ich sage, die Aufnahmen sind wertlos." An Evie gewandt fuhr sie mit spitzer Stimme fort: „Sagte ich nicht, dass du deine Helferin besser im Griff haben musst? Das kostet mich ein Vermögen. Ich hätte gute Lust, der unfähigen Dame alles von ihrem Lohn abziehen zu lassen. Solch fehlende Professionalität ist mir noch nie untergekommen."

Santana lauschte fassungslos. Nur am Rand bekam sie mit, dass Mike aufgehört hatte zu fotografieren und Gäste jenseits der Absperrungen neugierig zu ihnen herüber spähten. Wie nicht anders zu erwarten, reagierte Evie hilflos wie immer und daher hochgradig unprofessionell. Sie wandte sich Santana zu und überschüttete sie mit Vorwürfen. Selbst Ritas Vorschlag, Santana das Gehalt zu kürzen, war offenbar auf offene Ohren gestoßen. Das komplette Team stand angesichts der wütenden Rita und der nun auch tobenden Evie mit betretenen Mienen in der Ruine. Auf Mikes Stirn erschienen drohende Falten und sein Gesichtsausdruck verfinsterte sich zusehends.

„Du bist unfähig, auch nur die geringsten Kleinigkeiten ordentlich zu erledigen." Wenn Evie übers Ziel hinausschoss, dann gründlich.

„Ja, ein wahres Wort. Es wäre angeraten, die junge Frau auszutauschen, das ist untragbar. Ich ..." Weiter kam Rita nicht.

„Wenn hier jemand ausgetauscht wird, dann du. Was außer Stunk zu machen beherrschst du eigentlich? In dem Augenblick, in dem nicht alles exakt nach deinem Kopf geht, führst du dich auf wie ein ungezogenes, trotziges Kind. Dein Geld? Mann, Rita, komm mal zurück auf den Boden. Du bist geduldeter Gast bei diesem Shooting. Alles könnte gut laufen, wenn du nicht andauernd die Hollywood-Diva heraushängen lassen müsstest." Hawks Gesicht war gefährlich nahe vor

Ritas und so sehr sie sich sonst diese Nähe ersehnte, so sehr schreckte sie im Augenblick zurück. Hawk schäumte vor Zorn. „Du kapierst rein gar nichts, oder? Abgesprochen war, dass du und dein Team das Shooting begleiten. Also halt dich an die Abmachungen, sonst lasse ich mal die Diva raushängen, und vertrau mir, das beherrsche ich wie kein Zweiter." Er drehte sich um und sein Blick fand Evie, die plötzlich recht kleinlaut wirkte. „Und zu Ihnen. Reißen Sie sich gefälligst zusammen und zwar sofort. Von Anfang an hat Santana alles perfekt organisiert. Ihre miesen Schikanen und Ihr Ablenken von Ihrer eklatanten Unfähigkeit sind abstoßend. Ich habe für heute die Schnauze voll! Ich breche das Shooting ab, ist das klar? Die Schuld daran tragen die beiden Zicken hier, die nicht ansatzweise ihre Grenzen kennen. Der finanzielle Schaden geht auf eure Kappe, das wollte ich nur einmal erwähnt haben."

Zu Santanas grenzenlosem Erstaunen nickten tatsächlich beide und blickten betreten zu Boden.

Hawk wandte sich an Santana. „Wie weit ist die Unterkunft für die nächste Nacht entfernt?"

„Etwa zwanzig Minuten. Ein kleines Schloss, das zum Gästehaus umgebaut wurde."

Er nickte mit grimmiger Miene. „Gut, dann bringt mich jetzt sofort jemand dort hin. Und ich warne euch, wenn noch einmal irgendwer dermaßen unverschämt auf Santana herumhackt, dann hat das Konsequenzen, und zwar richtige, habe ich mich für alle verständlich artikuliert?" Er trat zu Rita. „Hast du das auch kapiert, Darling?"

„Bitte rege dich nicht auf. Ich weiß ja, dass ich heute etwas ungehalten war. Ich bedauere es wirklich aufrichtig, das musst du mir glauben, mein Lieber." Ihr Blick war der eines kleinen, traurigen Mädchens. Hawk wandte sich ab, griff nach seiner Jacke, die Ryan in der Hand hielt, und grummelte noch immer wütend. „Du willst nicht wissen, was ich glaube, vertrau mir."

Tatsächlich verließ Hawk das Shooting. Zurück blieb eine höchst überraschte Crew, die Santana bewundernde und aufmunternde Blicke zuwarf. Mike fasste das Ganze schließlich in Worte. „Respekt! Seit ich ihn kenne, und das ist schon eine ganze Weile, hat er sich noch nie dermaßen für jemanden eingesetzt. Er muss dich wirklich schätzen."

So sehr sie sich tief in ihrem Herzen darüber freute, dass er für sie eingetreten war, so sehr wusste Santana aber auch, dass sie das noch würde büßen müssen. Ein Blick in Ritas wütend funkelnde Augen genügte, um zu begreifen, dass sie richtig lag.

Schadensbegrenzung war angesagt. Zuerst beratschlagte sie mit Mike, dann mit Terry und Paul. Während Rita und Evie sich im gemeinsamen Leid fanden und sich gegenseitig bemitleideten, eilte Santana erneut in Richtung Verwaltung. Es dauerte etwas, aber nach zwanzig Minuten guten Zuredens, unterstützt von diversen Autogrammkarten und Postern Hawks, gelang ihr das schier Unmögliche: Für den kommenden Tag erhielt sie eine Drehgenehmigung, die das Ufer des Loch Ness einschloss. Ihr fiel ein Stein vom Herzen, denn mit diesem kleinen Sieg nahm sie zumindest der aufgebrachten Rita den Wind aus den Segeln. Nachdem es nicht in den Anforderungen gestanden hatte, war dies eindeutig ein Erfolg, der einzig und allein auf ihr Konto ging.

„Santana, du bist ein organisatorisches Naturtalent. Das muss einfach einmal gesagt werden. Rita, Paul, habt ihr das gehört? Ich denke, wir sollten uns bei der jungen Dame einmal explizit bedanken." Mikes Tonfall ließ selbst Rita keine Wahl.

„Danke für das Engagement, ich weiß es zu schätzen." Man konnte ihr zwar deutlich ansehen, dass sie sich wahrscheinlich lieber die Zunge abgebissen hätte, aber nachdem selbst Paul sie mit gerunzelter Stirn musterte, gab sie nach.

Santana war jedoch vor allem ärgerlich auf Evie. Ihr fortwährend in den Rücken zu fallen war einfach keine Art. „Evie, ich hoffe doch, dass das jetzt auch in deinem Sinne ist?"

Evies Mund war nur noch ein schmaler Strich. „Ist es, durchaus." Zu mehr konnte sie sich nicht durchringen.

„Lady, das war klasse. Ich habe auch heute schon sehr gute Fotos gemacht. Aber besser zu viele als zu wenige." Mike kratzte sich nachdenklich am Kinn. „Bringt das aber nicht unseren Ablauf durcheinander?"

„Nicht wenn wir morgen sehr diszipliniert arbeiten und keine weiteren Sonderwünsche eingebracht werden." Santana sah schmunzelnd zu ihm auf. „Ihr hattet ja gefragt, ob Culloden sich als Location anbieten würde. Ich rate davon ab. Es wäre nicht weise, auf einem Schlachtfeld, das so viele Emotionen und so viel Geschichte in sich trägt, Werbebilder für Whisky zu schießen."

Mike nickte. „Ja, du liegst absolut richtig. Das wäre sehr unklug. Aber sehen würde ich es dennoch gerne. Denkst du, wir dürfen drauf?"

„Das dürft ihr, ich habe gefragt, ihr dürft sogar drehen, solange es eine ruhige und vor allem respektvolle Sache bleibt. Vergesst nicht, dass es die Grabstätte zahlloser Highlander ist. Das heißt, Hawk kann über das Schlachtfeld laufen und ihr könnt ihn dabei filmen. Auf Wunsch wird sogar ein Guide gestellt. Damit habt ihr eine sehr eindrucksvolle, emotionale Sequenz für die Dokumentation, was denkt ihr?"

Paul war begeistert. „Santana, ich verspreche, dass wir uns mustergültig benehmen werden. Das ist eine wirklich gute Nachricht. Vielen, vielen Dank für diese einmalige Chance."

So weit, so gut. Paul war ab heute wohl auf ihrer Seite. Das Team Rita wurde langsam übersichtlich.

Sie verbrachten die Nacht in zwei herrlichen Unterkünften in Nairnside. Das Dinner wurde im größeren der beiden Anwesen, dem einstigen Schloss, serviert. Die Landlady und der exzellente Koch zauberten ein köstliches Drei-Gänge-Menü mit wahlweise fangfrischem Fisch oder zartem Rinderfilet.

Zu Santanas Erstaunen erschien Hawk nicht zum Abendessen. Die Dame des Hauses teilte mit, dass er sich früh zurückgezogen und um einen kleinen Snack gebeten hatte. Dass Rita daraufhin sofort aufsprang und erklärte, sie müsse nach ihm sehen, verwunderte Santana nicht wirklich. Sie registrierte Pauls verärgerten Gesichtsausdruck sowie Mikes Hand, die sich beruhigend auf dessen Schulter legte. Da stand es anscheinend nicht besonders gut um eine Beziehung. Während sie sich den köstlichen Lachs schmecken ließ, dachte sie darüber nach, was im Kopf einer Frau wie Rita wohl vor sich ging. Das Resultat ihrer Überlegungen fiel nicht zu deren Gunsten aus.

Der parkähnliche Garten ihrer heutigen Unterkunft bot ihm die Möglichkeit, sich endlich einmal wieder unsichtbar zu machen. Wann war er eigentlich das letzte Mal auf einen Baum geklettert? Das musste Jahre her sein. Hawk spähte durch das dichte Blätterwerk. Dieses riesige Exemplar am Ende des Gartens war perfekt. Hierher würde wohl niemand kommen, Rita schon gar nicht. Ihre Stöckelschuhe und der weiche Rasen vertrugen sich ganz sicher nicht. Ein unschlagbares Argument, um an diesen Ort zu flüchten. Unentschlossen starrte er auf das Bündel Briefe in seinen Händen. Verdammt noch mal, er war doch sonst kein derartiges Weichei. Warum zum Teufel hatte er eine solche Heidenangst vor dem, was darinstehen könnte? Die Briefe waren zum Teil schon recht alt. Er schob das blaue Band zur Seite, mit dem das Bündel verschnürt war. Das Datum des Poststempels auf dem untersten Brief lag einen Tag vor seinem fünften Geburtstag. So ging es weiter. An jedem Geburtstag musste ein Brief gekommen sein. Ebenso jedes Weihnachten sowie zu seinen High-School- und College-Abschlüssen. Sämtliche Briefe waren niemals geöffnet worden. Sollte tatsächlich alles eine Lüge gewesen sein? Was würde er in diesen Schreiben finden? Die Wahrheit oder weitere Rätsel, weitere belastende Ungereimtheiten? Er hätte jetzt gerne einfach nur laut gebrüllt, seinen Frust, seine Wut und seine Ängste in die Nacht hinausgeschrien, aber

bei der absoluten Stille hier wäre das keine gute Idee.
Wieder starrte er auf die Briefe in seinen Händen. Er
wusste, dass sie ihm keine Antwort auf seine zahllosen
Fragen geben konnten, so lange er zu feige war, sie endlich zu öffnen.

„Hey, Santiago! Sorg sofort dafür, dass ich eine vernünftige Matratze bekomme, sonst fällt das Shooting
für morgen flach. Bei der jetzigen tut mein Rücken
schon vom Ansehen weh.“

Und schon war er wieder verschwunden. Santana
legte verwirrt ihre Gabel beiseite. Alleine Ritas ankla-
gend-triumphierender Blick und Evies zusammengekniffene Lippen sorgten in Windeseile dafür, dass sie
keinen Hunger mehr hatte. „Schon gut, ihr müsst
nichts sagen. Ich kümmere mich sofort darum.“

„Junge Frau, wann ich etwas sage, musst du schon
mir überlassen. Das wird ja immer schöner.“ Rita holte
tief Luft.

„Rita! Sie sagte, sie kümmert sich darum. Belass es
bitte dabei.“ Pauls Stimme wies einen Unterton auf, der
Santana bis heute nicht aufgefallen war. Das schien
seine Frau allerdings auch zu registrieren, denn sie beließ es bei einem ärgerlichen Schulterzucken und einem giftigen Blick in ihre Richtung.

Eilig erhob sie sich, wies noch einmal kurz auf den ge-
änderten Ablauf für den Folgetag hin und verabschiedete sich, wobei sie Evies Blick wissentlich auswich.

In der Empfangshalle, wo in einem offenen Kamin
ein gemütliches Feuer vor sich hin flackerte, fand sie
den Hausherrn. „Verzeihung, ich möchte keine Umstände machen, aber wäre es möglich, das Mr Vaughn

eine neue oder zumindest eine andere Matratze bekommt? Er scheint mit der jetzigen nicht klarzukommen."

Der freundliche Landlord zwinkerte ihr verschwörerisch zu und meinte nach einem prüfenden Blick hinter sich: „Alles klar, ich weiß Bescheid. Ich wünsche eine gute Nacht." Da just in diesem Augenblick das Telefon am Tresen läutete, blieb sie ratlos mit offenem Mund zurück, als er eilig verschwand.

Waren denn jetzt alle verrückt geworden?

„Jane, ich weiß wirklich nicht mehr, was das alles soll. Im Ernst! Ich halte mich exakt an den mir vorgegebenen Ablaufplan. Nicht nur das, ich mache sogar immer den Hauch mehr, damit nichts daneben geht. Und was ist das Ende vom Lied? Die gnädige Frau äußert einen Sonderwunsch nach dem anderen und Evie, anstatt sich professionell zu verhalten und mit mir an einem Strang zu ziehen, benimmt sich wie die Axt im Walde. Himmel noch einmal, steht in meinem Anforderungsprofil irgendwo, dass ich hellsehen können sollte?"

Janes Stimme kam leise und beruhigend aus dem Lausprecher ihres Mobiltelefons. „Ganz ruhig, meine Süße. Ich darf elegant einen Bogen schlagen zum Anfang deiner Erzählung? Gut, denn da sagtest du, dass Hawk der Kragen geplatzt ist, Das ist doch gut, oder etwa nicht?"

Santana zog sich ihre Bluse über den Kopf und feuerte das unschuldige Kleidungstück verärgert in den offenen Koffer am Boden. „Das dachte ich tatsächlich kurzfristig auch. Vor allem, weil Paul langsam aufzuwachen scheint. Ich habe ja, realistisch betrachtet, keinen einzigen Fehler gemacht. Du hast auch Recht, wenn du sagst, ich hätte mich über seine scheinbare Unterstützung gefreut. Allerdings ist die Zeit mit dem Mann ein fortwährendes Wechselbad der Gefühle. Am Nachmittag verteidigt er mich, am Abend haut er mich vor versammelter Mannschaft in die Pfanne. Das mit der Matratze ist Blödsinn! Das Landhaus hat alles renoviert und dabei auch die Matratzen ausgetauscht. Sie sind perfekt! Und was soll dann die komische Reaktion des Besitzers? Ich weiß, ich hätte nachhaken sollen, aber ehrlich, ich habe langsam keine Lust mehr."

Die Freundin schwieg ihr fast zu lange. „Piano, Santana, jetzt mal der Reihe nach. Er hat dir geholfen und du hattest das Gefühl, er hat sich gleich danach über seine Reaktion geärgert? Das glaube ich so nicht. Nach allem, was du erzählt hast, passt das nicht zu ihm. Sorry, aber wenn jemand recht genau weiß, was er will, dann ist das doch er, oder?"

„Eigentlich schon."

„Nicht nur eigentlich. Da steckt etwas anderes dahinter. Was, kann ich dir nicht sagen, aber es geht nicht gegen dich."

Grummelnd schlüpfte sie in ihr Nachthemd und warf sich aufs Bett. Das Handy hüpfte in die Höhe und sie erwischte es gerade noch, ehe es auf den Boden fallen konnte. „Was soll dahinterstecken? Der Typ lässt seine Launen genauso an mir aus wie Rita und Evie. Die Zicken gehen mir so auf die Nerven. Sie kommen mir vor wie die beiden alten Typen aus der Muppet Show, nur mit viel weniger schwarzem Humor." Janes lautes Lachen brachte sie zum Schmunzeln. „Du hast leicht lachen. Ich stecke hier noch einige Tage in einer Möchtegern-Hollywood-Parallelwelt fest."

„Armes Mäuschen. Ich würde jetzt gerne mit dir wetten, wollen wir?"

„Worum denn bitte? Ob ich ohne bleibenden psychischen Schaden aus dieser Nummer herauskomme?"

„Ganz und gar nicht. Ich möchte wetten, dass du demnächst dein ganz eigenes Wunder erlebst." Jane klang sehr überzeugend.

„Deinen grenzenlosen Optimismus habe ich schon immer bewundert, weißt du das?"

„Den hattest du auch einmal, ist noch gar nicht so lange her, meine Liebe. Abwarten. Wir wetten um ein Abendessen bei Miller & Carter, in Ordnung?"

Santana rief sich die Speisekarte mit den ausgesprochen stattlichen Preisen ins Gedächtnis. Andererseits war das Restaurant unglaublich gut und sie verband Erinnerung an herrliche, unterhaltsame Abende damit. „Okay, auch wenn du mir heute schon ernsthaft leidtust, denn die Zeche geht ganz sicher auf dich."

„Vergiss es. Hach, ich freu mich schon auf ein schönes, saftiges, weltbestes Steak."

Lachend ließ Santana sich tiefer in die weichen Kissen sinken. „Du bezauberndes Träumerchen. Ich mach jetzt Schluss, morgen sollte ich ausgeschlafen sein, um dem Wahnsinn die Stirn zu bieten."

„Tu das, mein Schatz, lass dich ja nicht unterkriegen. Und hab ein wachsames Auge auf den Wunderknaben. Ich werde das Gefühl nicht los, dass er ganz anders ist, als du denkst."

11. Das Wunder von Glencoe

Über zwei Stunden, seit dem frühen Morgen, waren sie jetzt auf Urquhart Castle und alles lief problemlos. Zwar spielte das Wetter nicht so mit wie gestern, aber auch der Nebel, der über dem Loch Ness hing, hatte etwas Mystisches. Mike mochte die Atmosphäre und auch Terry, der entgegen den Anweisungen seiner Chefin die gestrigen Aufnahmen nicht gelöscht hatte, verkündete, dass alles sehr harmonisch und stimmungsvoll werden würde.

„Da hast du sehr viel Glück gehabt, ich hoffe, du bist dir dessen bewusst?"

Santana schluckte Evies Bemerkung kommentarlos und half Finn dabei, die Reflektoren zu platzieren, um Hawk angemessen in Szene zu setzen. Er stand am Ufer des Loch Ness, hinter ihm ragten die trutzigen, grauen Burgmauern in den wolkenverhangenen Himmel und vor ihm rollten kleine Wellen ans Ufer. Mike reckte beide Daumen in die Höhe. „Cool, Leute. Das ist alles, was ich wollte. Terry, Hawk gehört jetzt ganz dir. Wir können hier zusammenpacken."

Während Terry Hawk unter Anleitung von Rita und Paul am Ufer filmte und ihm schließlich ins Schloss folgte, wo er sich seinen wartenden Fans zeigen sollte, die Wind von der Aktion bekommen hatten, half Santana Mike und Finn.

„Ist wirklich alles so okay für euch?"

Mike musterte sie. „Lady, ganz entspannt bleiben. Glaub mir, ich würde mich melden, wenn etwas nicht passt. Ich bin's, Mike, verstanden? Bring da nichts durcheinander. Der Troublemaker sorgt gerade dafür, dass Hawks Anhänger ihm vor laufender Kamera huldigen."

Sie schüttelte ungläubig den Kopf. „Glaubst du wirklich, dass Rita den Medien einen Wink gegeben hat? Denkst du, sie wissen von ihr von dem Shooting?"

„Natürlich, von wem denn sonst? Die Schlossverwaltung war es ganz sicher nicht. Die riskieren keine Klage von uns. Du erinnerst dich? In der Anforderung stand, dass um absolute Geheimhaltung gebeten wird."

Sie zog eine zweifelnde Grimasse. „Ja, gebeten."

„Nope! Das war Rita, ich kenne sie ja nun schon ein paar Tage. Sie kann jetzt da oben ihren angebeteten Liebling vor den tobenden Massen retten. Sie ist und bleibt eine Intrigantin, der nichts heilig ist außer ihrer Kohle und ihrem Herzblatt."

Finn kicherte vergnügt vor sich hin. „Das Herzblatt flippt allerdings demnächst dermaßen aus, ich schwör es euch. Man sieht es an seinem Gesichtsausdruck. Wenn sein Management nicht so einen irrwitzigen Knebelvertrag unterschrieben hätte, würde er Rita Nessie zum Fraß vorwerfen, wetten?"

Mike zuckte gelangweilt mit den Schultern. „Was mein geringstes Problem wäre."

Santana legte den letzten Reflektor zusammen und packte ihn in die dafür vorgesehene Hülle. „Es geht mich zwar nichts an, aber warum ist Rita so hinter Hawk her? Sie hat doch den Exklusivvertrag, was will sie denn noch?"

Mikes Lächeln hatte etwas Väterliches. „Na was wohl? Sie will ihn."

Geahnt hatte sie das schon lange, die Bestätigung zu bekommen überraschte sie dennoch. „Sie ist doch verheiratet? Und so ganz nebenbei auch grob dreißig Jahre älter?"

Der Fotograf lachte. „Lass sie das nicht hören. Wo sie doch gerade einmal zweiunddreißig ist."

Sicherheitshalber beließ sie es bei einer ungläubigen Grimasse.

Finn nahm zwei der Alukoffer unter die Arme. „Hört auf, über die werte Rita zu lästern, und helft beim Einpacken. Täusche ich mich oder wollte da jemand private Bilder in Culloden schießen?"

Culloden! Mochten auch so viele Bilder des legendären Schlachtfeldes Einsamkeit und Andacht suggerieren, so sah die Realität ganz anders aus. Scharen von Touristen liefen über das geschichtsträchtige Gelände. Ganze Reisebusse karrten Gäste aus aller Welt an, die einen Blick auf den Landstrich erhaschen wollten, der den Untergang der einstigen Highland-Kultur besiegelt hatte.

Der Guide, der sie bereits bei ihrer Ankunft erwartete und sie zuerst durch das Gebäude mit der Ausstellung rund um die traurige Schlacht führte, erzählte spannend und mitreißend. Selbst Rita lauschte seinen Worten mit weit aufgerissenen Augen und Terry filmte auf Hawks Wunsch von Anfang an mit. Sie bekamen eine

Sondervorstellung des 3D-Films der Schlacht und Santana erkannte, dass es Hawk sehr berührte. Zog er Parallelen von den unterdrückten, gejagten Schotten zu seinem eigenen Volk? Nach dem Film bat er den Guide, ihm mehr über Bonnie Prince Charlie und die tragische Geschichte zu berichten. Der Mann freute sich sehr über das Interesse des berühmten Gastes, ebenso darüber, dass das Ganze gefilmt wurde.

„Wissen Sie, es ist wichtig, dass die Welt Culloden nicht vergisst. Das hier ist ein riesiges Grab. Wir laufen auf Schritt und Tritt über die Skelette derer, die damals ihr Leben verloren haben. Sie ruhen hier unter dem Heidekraut. Alles, was wir uns wünschen ist, dass sie Frieden haben dürfen und nicht in Vergessenheit geraten.“

Hawk wandte sich ihm zu. „Warum erwähnen Sie das so explizit? Besteht die Gefahr, dass die Grabstätte geschlossen wird?“

Der Guide verneinte. „Viel schlimmer. Sie wollen hier bauen. Es ist noch nicht endgültig beschlossen, aber es gibt wohl Pläne, hier Häuser und Gewerbegebiete zu errichten.“

„Auf einem Schlachtfeld? Auf den Knochen der Menschen, die einst für ihre Freiheit gekämpft haben? Ich könnte schon wieder einmal kotzen.“

„Sie sprechen das aus, was ich so direkt nicht äußern darf. Vielen Dank dafür.“ Der Guide lächelte Hawk mit trauriger Miene an. „Ich denke, ganz besonders Sie können unsere Hilflosigkeit, unsere Trauer gut nachvollziehen.“

Hawk nickte grimmig. „Davon dürfen Sie ausgehen. Dieses Vorgehen ist mir nur zu gut bekannt.“ Er hatte den letzten Satz sehr deutlich in Richtung Kamera geäußert. Da war er wieder, der wütende, der zornige Mann, der Unrecht sah und nur wenig dagegen unternehmen konnte. „Ich verspreche Ihnen, dass ich Sie, sofern es in meiner Macht liegt, unterstützen werde."

Ein Strahlen ging über das Gesicht des Guides und auch Terry sah sehr zufrieden aus. Verständlich, denn hier zeigte sich einmal nicht der glattgebügelte Superstar, sondern der Mann, der sich dahinter verbarg.

Der Wagen mit dem Catering war mittlerweile eingetroffen. Die Crew, auch Hawk und der Guide, den man herzlich einlud, bekamen schmackhafte Sandwiches, Scones, Tee, Kaffee und auf Wunsch kalte Getränke. Es ließ sich auch jetzt nicht vermeiden, dass andere Besucher auf das Geschehen rund um die Dreharbeiten aufmerksam wurden. Erneut erwiesen sich die Fahrer als die perfekten Ordner, doch Hawk zeigte sich überdurchschnittlich leutselig und freundlich. Er schrieb zahllose Autogramme, ließ sich filmen und fotografieren, versicherte aber immer wieder, dass man das Ganze mit dem Hashtag Culloden posten müsse. Aha, seine Supportkampagne hatte wohl schon begonnen. Der Kerl steckte voller Überraschungen.

Sie mussten sich nach dem Aufenthalt in Culloden sputen, um das heutige Nachtquartier in Fort William rechtzeitig zu erreichen. Der einstige, auf einer kleinen Anhöhe liegende Adelswohnsitz war vor vielen Jahren zu einem Guesthouse umgebaut worden und bot heute anspruchsvollen Gästen aus der ganzen Welt einen traumhaften Blick über den Loch Linnhe. Mike wollte vor Sonnenuntergang dort eintreffen und mit Hawk am See Fotos schießen, da man am Folgetag früh zum

Ben Nevis aufbrechen musste, um dort das Licht zu nutzen. Folglich drängte Santana freundlich zur Eile und es gelang ihr tatsächlich, alle einigermaßen rechtzeitig in die Geländewagen zu bekommen. Als sie in ihren stieg, staunte sie nicht schlecht über ihren Beifahrer. „Hey, nicht dass es dann wieder heißt, ich hätte Sie entführt."

Hawk zuckte die Schultern. „Sieh nach hinten, ich habe Stacey dazu verdonnert, auf mich aufzupassen."

„Ganz klar, als ob du das nötig hättest."

„Klappe, Stacey. Tu einfach, was ich dir sage. Schließlich zahle ich dir ein Vermögen dafür."

Santana sah im Rückspiegel, wie Stacey die Augen verdrehte und die Stirn runzelte. „Ja, ich weiß schon kaum mehr wohin mit meinem Reichtum."

Amüsiert startete sie den Motor. Immerhin behandelte er alle um sich herum wie Leibeigene. Sie befand sich in allerbester Gesellschaft.

Sie und die anderen Fahrer ignorierten diverse Geschwindigkeitsbegrenzungen und erreichten ihr Domizil bei Tageslicht. Während Stacey ihren Chef sofort – gefolgt von Mike, Finn, Ryan und einem fluchenden Trailerfahrer, der es nur dank seiner Geschicklichkeit schaffte, die winzige Uferstraße zu befahren – zum Ufer begleitete, wandte sich Santana dem Haus zu. Der in dezentem Rosa gestrichene Prachtbau gefiel ihr sehr. Sie kannte das Haus bereits von einer ihrer Recherchereisen, die sie gemeinsam mit Allan unternommen hatte und bei der sie eine koreanische Reisegruppe mit dem viktorianischen Prachtbau sehr glücklich gemacht hatten. Zu ihrer großen Freude war es ihr ob der fortgeschrittenen Jahreszeit gelungen, das ganze Haus zu mieten. Das Dinner wurde am Abend in einem Hotel serviert, das nur wenige Schritte entfernt war. Hier war für die Gruppe der Wintergarten mit Blick auf den nächtlichen See reserviert worden und Mike ließ es sich nicht nehmen, einige Nachtaufnahmen zu schießen. Allerdings ohne Hawk, der mit ernster Miene erklärte, sein Arbeitstag wäre endgültig zu Ende. Er war sichtlich unglücklich darüber, auch an diesem Abend neben Rita sitzen zu müssen, betrachtete man seine Leichenbittermiene. Immerhin hatte Mike sich zu seiner Rechten niedergelassen. Somit ging es ihm hoffentlich halbwegs gut.

Santana runzelte die Stirn. Seltsam. Warum bitteschön sorgte sie sich um sein Wohlergehen? Im Auto hatte er die komplette Fahrt geschwiegen, während Stacey auf ihrem Handy herumspielte. Dass sie das Radio eingeschaltet und eine CD von Alter Bridge spielte, kommentierte er ebenso wenig wie ihre zugegeben etwas rasante Fahrweise. Kurz, alles schien ihm egal zu sein. Sie sollte sich weniger um ihn und als mehr um sich sorgen. Nur noch ein paar Tage, dann war das alles hier vorüber und im Reisebüro in Edinburgh würde wieder der Alltag Einzug halten. Hawk Vaughn hingegen würde in seinen Learjet klettern und auf Nimmerwiedersehen verschwinden – so wie das ja auch geplant war. Und warum, verdammt nochmal, machte sie dieser Gedanke so traurig?

„Himmel, macht schneller! Das Wetter meint es nicht gut mit uns. Das Bergmotiv bringt uns rein gar nichts, wenn man den Berg vor lauter Wolken nicht sieht." Mikes ungewohnte Nervosität war verständlich. Das

Motiv des Ben Nevis, des höchsten Berges Schottlands, war beindruckend – so man ihn denn ganz sehen konnte. Von Westen her zogen Wolken auf und der Gipfel begann bereits, wie so oft, sich in Nebel zu hüllen. Schlechte Voraussetzungen.

Santana unterstützte ihn nach Leibeskräften. Alle wurden eingespannt, die Fahrer packten Kofferräume voll und das TV-Team – außer Rita – half, wo es nötig war. So befanden sich alle Wagen samt Trailer knapp zwanzig Minuten nach dem Frühstück auf dem Weg zum Fuße des Berges.

Mike fuhr voraus, um die beste Stelle zu finden. Noch immer verfolgten die Wolken sie und Santana sah – im wahrsten Sinne des Wortes – langsam schwarz. Okay, wohl eher grau, aber viel besser war das auch nicht. Schließlich bremste Mike an einer flachen Felsplatte, neben der sich ein kleiner Bach durch die Natur schlängelte. Hinter ihnen breitete sich die Ebene in Richtung Fort William aus und vor ihnen lag das gerade noch erkennbare Massiv des Berges. Mike und Finn sprangen aus dem Wagen und Santana parkte neben ihnen.

„Was kann ich tun?" Jetzt zählte jede Minute, wenn das Shooting einigermaßen erfolgreich werden sollte.

Finn wies sie an, Stacey und Ryan funktionierten einfach, der Trailer war sofort zur Stelle und Hawk fügte sich problemlos Mikes Anweisungen. „Lederjacke, schwarzes Longsleeve, Jeans und Schnürstiefel. Lasst die Jeans lässig auf dem Rand der Stiefel aufstehen, okay?"

Keine Viertelstunde später kam Hawk perfekt gestylt aus dem Trailer. „Sorry, schneller ging es nicht."

„Alles gut. Stell dich auf die Felsplatte, Hände in die Jackentasche, schlag den Kragen hoch. Pass dich dem Wetter an. Sieh nach oben, so, als würdest du den Gipfel suchen. Ja, perfekt. Das Wetter mag scheiße sein, aber da man den Berg noch erkennen kann, wird das Bild der Hammer. So ist es nun einmal in dieser Gegend. Himmel, Finn, halt den Reflektor tiefer, ja, genau so."

Unaufhaltsam drängten die Wolken herbei und doch war Mike kaum zu bremsen. Stacey hatte ihre liebe Not, Hawks Haare einigermaßen im Zaum zu halten, da auch der Wind auffrischte, aber gerade das gefiel Mike. „Hammer, ich sag es euch. Ich werde ein paar Schwarz-Weiß-Bilder daraus machen. Unser Auftraggeber wird begeistert sein. Vollkommen natürlich, passend zu seinem rauchig-erdigen Whisky."

Zu Santanas Überraschung spielte Hawk ohne zu murren mit. Selbst als die Wolkendecke immer dichter wurde und der Berg nicht einmal mehr zu erahnen war. Ja sogar, als die Wolken so tief hingen, dass die Feuchtigkeit sich als Nebel auf ihrer aller Haut legte, ließ er Mike noch immer gewähren. Endlich ließ der strahlend die Kamera sinken. „Das wars, Leute, mehr und besser geht einfach nicht. Wie ich schon sagte, es braucht keine Sonne für richtig gute Werbebilder."

„Das mag ja für euch stimmen. Für uns ist das vollkommen sinnlos. Ein verlorener Tag. Ich hatte mir romantische Aufnahmen erhofft. Dieser graue Nebel, die Wolken und die Kälte machen alles zunichte." Rita war hörbar unzufrieden.

Mike, der gerade sein Equipment zusammenpackte, zuckte mit den Schultern. „Himmel, wo ist dein

Problem? Mach es wie ich. Nimm es so, wie es kommt. Die Natur hält sich nicht an Shooting- oder Drehpläne, das sollte die Erfahrung dich inzwischen gelehrt haben."

Terry meldete sich zögernd zu Wort und wies auf die verzaubert-mystische Landschaft. „Rita, wenn Hawk hier aus dem Nebel kommt, können wir da eine tolle Sequenz zusammenschneiden, wirklich. Ich fände das sehr schön und spannend."

Rita zog ihren dicken Strickcardigan enger um sich. Sie wirkte nicht nur unglücklich, sie verstand es auch, das in ihrer unfreundlichsten Art in Worte zu fassen. „Ich habe langsam die Nase voll. Schließlich lebt meine Show davon, dass Hawk mit Menschen interagiert. Mag ja nett aussehen, dass er über Schlachtfelder läuft und durch Nebelwände rennt, aber mir bringt das überhaupt nichts. Wir müssen endlich einmal in Städte, müssen shoppen gehen oder uns auf belebten Plätzen zeigen und beliebte Restaurants besuchen. Wenn ich schon die Aufnahmen, die ich mir erhofft habe, nicht bekomme, dann müssen wir eben umplanen."

Mike verschloss seine Fotokoffer und richtete sich schweigend wieder auf.

Santana kannte ihn als freundlichen, entgegenkommenden Mann, der stets professionell blieb. Selbst wenn die Umstände einmal nicht optimal waren, so wie eben heute, verstand er es, sich zu arrangieren. Mit Rita wollte er sich offenbar nicht mehr arrangieren. „Rita, wie oft soll ich es dir denn noch sagen? Du kapierst es einfach nicht, oder? Du bist unser Gast! Was auch immer du mit Hawks Management ausgehandelt haben magst ist mir scheißegal, hörst du? Hier geht es um die Kampagne, hast du das noch immer nicht verstanden? Merkst du eigentlich nicht, dass ein jeder versucht, dir den roten Teppich auszurollen? Terry ist ein exzellenter Kameramann. Er hat das perfekte Auge. Wenn er sagt, dass er aus dem Ambiente hier etwas Besonderes zaubern kann, warum zur Hölle musst du dann wieder dagegen schießen? Hast du jemals das Wort Kooperation gehört? Kennst du es überhaupt? Ich habe sehr gut aufgepasst. Bis heute habt ihr geniale Aufnahmen im Kasten, Aufnahmen, die so nicht unbedingt abgesprochen waren. Das Wetter war wirklich gnädig, alle haben mitgespielt. Egal, wo wir aufgekreuzt sind, Santana reißt sich den Hintern auf, um all das möglich zu machen. Was kommt von dir? Gekeife und Undank! Wenn du nicht endlich damit aufhörst, werfe ich dich aus der Produktion. Ein Telefonat mit unserem Auftraggeber und du bist raus.“

Rita stand mit offenem Mund und weit aufgerissenen Augen vor ihm. Sie schluckte mehrmals, ehe sie ihre Sprache wiederfand. „Das ist eine Unverschämtheit von dir. Schließlich habe ich Rechte, die ich sehr wohl kenne. Ich muss mich von dir nicht wie ein Schulkind abkanzeln lassen. Was glaubst du denn, wen du vor dir hast?“

Mike verzog die Lippen zu einem ironischen Lächeln. „Lass mich nachdenken: eine verwöhnte, verzogene, sich fortwährend selbst überschätzende Frau, die es nie gelernt hat, sich an Regeln zu halten. In dem Augenblick, in dem du nicht das bekommst, was du willst, benimmst du dich wie ein trotziges Kind. Ein sehr ungezogenes Kind, wenn ich das noch einwerfen darf.“

Aus Ritas Mund kam ein erstickter Laut und an der Röte, die ihr ins Gesicht stieg, konnte man erkennen, dass sie Mikes Anspielung auf Hawk verstanden hatte. Ehe sie antworten konnte, tat Paul das für sie. Er ignorierte seine Ehefrau schlichtweg.

„Mike, lass es gut sein. Ich kümmere mich darum." An Terry und den noch immer wartenden Hawk gewandt, fuhr er sehr ruhig fort. „Bitte, wenn ihr es genauso machen würdet, wie Terry vorgeschlagen hat, wäre das perfekt. Hawk, geht das für dich klar?"

Der nickte. „Kein Thema, wenn Terry einen Plan hat, dann lass uns das durchziehen, ehe es richtig anfängt zu regnen."

O weh. Das sah nicht gut aus für die kommenden Tage. Damit, dass man sich dermaßen in die Haare bekam, hatte Santana nicht gerechnet. Ihr erster Eindruck von Rita hatte nicht getrogen: ein Problemfall auf zwei Beinen. Während sie den beiden Fotografen half, ihre teure Ausrüstung zu verstauen, hörte sie im Hintergrund Rita auf Evie einreden.

Sie wuchtete den letzten Koffer in Mikes Auto. „Pass auf, demnächst bin ich an dem Wetter auch noch schuld. Könnten wir die beiden nicht irgendwo in den Highlands vergessen? Bitte!"

Seufzend schlug Mike den Kofferraum zu. „Glaub mir, daran denke ich seit dem zweiten Tag. Vielleicht kommt ja eine passende Gelegenheit." Er sah nachdenklich zum Himmel. „Mist, verdammter. Sehe ich das richtig, dass bei dem Wetter ein Shooting in Glencoe nicht ratsam ist?"

Sie nickte. „Bedauerlicherweise. Wenn du magst, können wir gerne hinfahren." Sie überlegte. „Mein

Vorschlag wäre, dass wir die Fahrt zum Castle Stalker auf uns nehmen. Kennst du das?"

Mike runzelte die Stirn. „Die Ruine, die im Loch Linnhe steht, auf der kleinen Landzunge? Kommen wir da hin? Das wäre ein geiler Hintergrund."

Santana klopfte ihm freundschaftlich auf die Schulter. „Der Kinnear-Charme wird es schon irgendwie ermöglichen."

Nicht nur, dass der Himmel schon während der Fahrt wieder aufklarte, sie wurden sogar mittels kleiner, flacher Boote zur Burg gebracht und so bekam Mike Aufnahmen, die er sich – laut eigener Aussage – so nie erträumt hätte. Castle Stalker aus der Nähe und als imposanter Hintergrund aus der Ferne stellte eine wahrlich märchenhafte Kulisse dar. Der Himmel war für eine gute Stunde wieder fast blau, Sonnenschein und eine gut gelaunte Crew komplettierten die Szenerie. Wäre da nicht Rita gewesen. Terry filmte alle Aufnahmen am Castle, da auch er absolut begeistert war. Sam fing Hawks Kommentare und Mikes Anweisungen ein, eine durchaus amüsante Sache, da beide gut gelaunt waren und sich gegenseitig hochschaukelten.

„Ich brauche Menschen! So interessiert das doch irgendwann keinen mehr." Rita sah so verkniffen aus, wie sie sich anhörte. Hawk, der sich gerade das Augen-Make-up aus dem Gesicht wischte, drehte sich abrupt zu ihr um. „Was passt dir denn jetzt schon wieder nicht? Du hast Sonne, du hast Romantik, du hast eine coole Burg, tolle Atmosphäre, bist live beim Shooting dabei – was denn noch?"

Sie wedelte aufgebracht mit den Armen. „Menschen, deine Fans, wir brauchen Aktion!"

Hawk kniff die Augen zu schmalen Schlitzen zusammen. „Frau, reiß dich zusammen, sonst verspreche ich dir bald mehr Aktion, als dir lieb ist." Seine gute Laune war dank Rita schnell verflogen. Er drehte sich um die eigene Achse. Als er Santana erblickte, rief er ihr im gewohnten Befehlston zu, sie solle seine Tasche aus dem Trailer holen. Sie tat wie ihr befohlen und wollte ihm die schwere Tasche gerade reichen, als er auch schon an ihr vorbeistapfte. „Mir reichts für heute. Mike sagt, er ist fertig, und du bringst mich jetzt irgendwo hin, wo ich was zu essen bekomme."

Sie verschwieg ihm lieber, dass sowieso ein Stopp an einem hübschen Coffee-Shop geplant war, rief den Fahrern noch letzte Anweisungen zu, bat Mike, ihr zu folgen und stieg zu dem bereits wartenden Hawk in den Rover. „Sorry, aber wenn ich mich nicht um den weiteren Ablauf kümmere, dann erleidet Evie einen nervösen Anfall."

Hawk schüttelte mit ungehaltenem Schnauben den Kopf. „Die Frau ist genauso unfähig wie Rita. Lass sie doch einmal auflaufen, wie wäre das denn?"

Sie warf ihm einen ungläubigen Blick zu. „Ich soll meine Chefin auflaufen lassen? Entschuldigen Sie, aber haben Sie sonst noch einen klugen Vorschlag?"

Sie glaubte kurzfristig, zu forsch gewesen zu sein, als sie ihn leise lachen hörte. „Nein, das war der beste für den Augenblick."

Zum Glück wussten alle Fahrer, wohin sie sollten. Hätte Glencoe als Location am heutigen Tag geklappt, so stünde nun auch der versteckte Coffee-Shop auf dem Plan, und so hatten sie ihr ursprüngliches Programm quasi wieder eingeholt.

Als sie durch die Tür des Cafés traten, wandte sich Hawk an Santana. „Du bleibst bei mir, klar. Ich will nicht, dass diese Dolly Parton für Arme wieder an mir herumfummelt.“

Es gelang ihr beim besten Willen nicht, das prustende Lachen zu unterdrücken. „Der war gut.“

„Ich weiß. Und jetzt besorg mir Tee, Milch, braunen Zucker und diese angeblich so tollen Gurkensandwiches.“

„Nicht ernsthaft, oder? Gurkensandwiches? Wie kommen Sie auf die abgefahrene Idee?“ Irgendwie war er heute noch seltsamer als sonst.

„Nun, das liest man doch überall. Sogar eure Queen isst das, stimmt doch, oder?“

„Ja, aber nein. Wirklich, wovon Sie da sprechen, das ist England. Das hier“, sie zeigte mit Nachdruck auf das gemütliche Interieur des Cafés, „das ist Schottland. Vertrauen Sie mir zumindest ein kleines bisschen?“

Er ließ sich in einen der zahlreichen Korbstühle plumpsen. „Überrasch mich.“

Sie verhandelte angestrengt mit der – kaum, dass die erkannte, wer da im Stuhl lümmelte – sehr kooperativen Bedienung und kehrte zu Hawk zurück. Gerade wollte sie sich auf die Holzbank ihm gegenüber setzen, als er mit stoischer Miene auf den Stuhl neben sich zeigte. „Hierher.“

Wieder einmal war ihre Zunge flinker als ihr Kopf. „Kann es sein, dass Sie in den USA einen Hund haben?“

Er betrachtete sie eine Weile nachdenklich, dann lachte er lauthals. „Leider nein, aber ich übe schon einmal, wie du siehst. Klappt wohl ganz gut.“

„Klar, wenn alle Angst haben.“

„Angst? Vor mir?"

„Okay, vor … Ihren Launen." Herrje, wo hatte sie sich da hineinmanövriert? Konnte sie nicht einmal ihren Mund halten?

Zu ihrer Überraschung schwieg er kurz. „Das mag so sein. Selber schuld, würde ich sagen. Ich wäre ja dumm, würde ich daran etwas ändern. Und mal unter uns, dumm bin ich nicht."

„Das bezweifle ich keine Sekunde."

Er grinste. „Die Kurve hast du gerade noch so gekriegt, das weißt du, ja?"

Mit den warmen Scones, der Clotted Cream, der Erdbeermarmelade und dem dampfenden Tee kam auch der Rest der Truppe an. Da Santana noch immer nicht saß, zog Hawk sie kurzerhand in den Sessel. „Ich sagte setzen!"

Die Stunde im Café war viel zu schnell vorüber. Zugegeben, seine Nähe war ihr angenehm. Mochte sie auch noch immer nicht in der Lage sein, ihn einzuordnen, so blitzte da doch immer öfter ein ganz anderer Mensch hervor. Ein Mensch, der gar nicht so übel zu sein schien. Santana sah auf ihre Armbanduhr, die von Mike als „voll Vintage im Zeitalter von Handys" bezeichnet wurde, und bat um Aufmerksamkeit. Sie mussten auf Mikes Wunsch hin einen bestimmten Baum am Ufer des Loch Linnhe vor Sonnenuntergang erreichen. Er brauchte nur den Baum und Hawk, der sich an den Stamm lehnte. „Das ist nicht für die Kampagne, das ist für ein Poster", erklärte er.

„Ach, Privataufnahmen, ja?" Rita, auf dem Fuße gefolgt von Evie, rauschte hoch erhobenen Hauptes an ihnen vorbei.

„Ich bring sie um." Mike sah ihr kopfschüttelnd hinterher.

„Tu mir den Gefallen und such einen Zeitpunkt aus, an dem ich zufällig wegsehe, okay?" Paul schlüpfte im Gehen in sein warmes Tweed-Sakko und warf Mike einen amüsierten Blick zu.

„Lässt sich sicher einrichten."

Hawk stieg, ohne sich um Ritas verkniffene Miene zu kümmern, wieder in Santanas Rover. „Fahr los. Mike macht das Foto auf meinen Wunsch. Ich brauch ein neues Poster. Der alte Baum dort hat was sehr Schönes, Spezielles, so wie der am Loch Lomond."

Jetzt hatte er auch noch eine Ader für magische Orte. Er wurde ihr langsam unheimlich.

Zurück in Fort William beobachtete Santana, wie Mike ihn in diversen Positionen ablichtete. Nach dem außerplanmäßigen Shooting bat Terry Hawk darum, ihn und Sam zum Hafen zu begleiten, da es dort auch in der Dämmerung eindrucksvolle Motive gäbe. Zu Santanas großer Überraschung ging Hawk kommentarlos mit. Was war nur mit dem kapriziösen Supermodel los? Sie gab sich die Antwort selbst: Die Magie Schottlands begann zu wirken!

Der Abend sollte ein kleiner Abstecher nach Italien werden. Ein italienisches Restaurant mit begnadetem Koch fuhr ein Büfett vom Allerfeinsten auf. Sie speisten im Frühstücksraum, der für sie zum Kaminzimmer umgemodelt worden war. Ein Feuer brannte und Dutzende hohe, rote Kerzen in silbernen Leuchtern verströmten warmes, weiches Licht. Der Duft von Rosmarin und Basilikum lag in der Luft und ab und an wehte ein Hauch von Knoblaucharoma durch den Raum. Alle waren glücklich. Fast alle. Obwohl Terry Rita glaubhaft versicherte, für diesen Tag wieder großartige Aufnahmen im Kasten zu haben und er Hawk sogar zum Umziehen auf dessen Zimmer hatte begleiten dürfen, zeigte sie sich höchst ungnädig. „Das ist alles nicht das, was ich mir vorgestellt habe. Aber ich darf meine Meinung ja wohl nicht einmal mehr äußern. Eine derartige Missachtung meiner Person habe ich wirklich noch nie erlebt."

„Rita, ich habe das Material mit Terry gesichtet. Es ist außerordentlich gut. So glaub uns doch einfach, ich bitte dich." Paul klang regelrecht flehend.

„Was ich erst glaube, wenn ich es sehe. Muss ich eigentlich auch um ein Glas Wein betteln oder bekomme ich das noch, ohne auf die Knie zu fallen?" Ihr Hang zur Theatralik war bemerkenswert. Vor allem, da die junge Frau, die dafür zuständig war, Wein nachzuschenken, direkt hinter ihr stand.

Das Essen war eine Offenbarung und selbst Hawk äußerte sich wohlwollend in Sachen italienische Küche. Nachdem er mehrmals von einer immer weinseliger werdenden Rita mit Häppchen versorgt worden war, bat er Santana um eine vernünftige Portion Lachsnudeln in Safransauce.

Sie kümmerte sich darum, auch wenn das bedeutete, dass der Unmut der Fernsehdame sich erneut auf sie konzentrierte. Aus den fröhlichen Gesprächen an der langen Tafel drangen, je später es wurde, mehr und mehr Ritas und Evies Stimmen heraus. Der schwere Rotwein schien den beiden die Hemmungen zu rauben. Mochten sie sich auch nicht direkt an Santana wenden, so hörte man doch aus ihrer Ecke fortwährendes Wehklagen über deren angeblich mangelhafte Arbeit.

„Hätte deine Assistentin von Anfang an einfach so geplant, wie es sich gehört, also groß, glamourös, dem Anlass entsprechend, dann würde mir nun nicht ein derartiger Verlust drohen."

„Hab Vertrauen in mich, meine Liebe, ich nehme das umgehend in die eigenen Hände. Unfähigkeit dulde ich nicht. Dazu bin ich zu sehr Perfektionistin."

Santana wunderte sich nicht schlecht, dass Evie überhaupt noch in der Lage war, das Wort „Perfektionistin" vernünftig zu artikulieren. Noch mehr wunderte es sie, dass sie es kannte. Die Freude über den gelungenen Abend ebbte mehr und mehr ab. Je lauter die Damen sich beklagten, desto leiser und betretener wurden die Gespräche. Hawk beendete das Ganze auf seine unnachahmliche Art. Er warf seine Serviette auf den leeren Teller, stürzte den Rest seines Weines hinunter und erhob sich.

„Ich gehe schlafen, denn wenn ich mir diesen haltlosen Schwachsinn über Santana noch eine Minute länger anhören muss, dann garantiere ich für nichts mehr. Gratulation, Ladys, ihr habt echt Potenzial als Stimmungskiller."

Wenn er wütend war, dann richtig. Und heute durfte Rita definitiv davon ausgehen. Sie passte in dieser Nacht perfekt in sein Stimmungschaos. Ebenso Evie. Diese unfassbar dumme Person! Selbst nichts zuwege bringen und nach unten treten ... wie er das hasste. Hawk öffnete das Fenster, um frische Luft hereinzulassen. Er trank sehr selten Alkohol und spürte den schweren, gehaltvollen Rotwein nach nur zwei Gläsern. Nachdenklich blickte er hinaus und genoss den traumhaft schönen Anblick des Loch Linnhe, dessen Oberfläche den Sternenhimmel widerspiegelte. Seit er hier war, spürte er, wie sich etwas in ihm veränderte. Die Stimme, die ihm zuflüsterte, endlich Mut zu beweisen, wurde von Tag zu Tag lauter. Er konnte sie nicht mehr ignorieren und wollte es auch gar nicht. In der frischen, klaren Luft schien auch sein Hirn besser und schneller zu arbeiten. Dennoch zögerte er, als er sich seinem Bett zuwandte. Wenn er es jetzt tat, dann ließ es sich es nicht mehr rückgängig machen. Schließlich konnte niemand ihm sagen, was ihn erwarten würde. Es bestand die Möglichkeit, dass seine letzte Hoffnung sich endgültig und für alle Zeiten in Luft auflöste. Schon jetzt war da so viel Wut in ihm, so viel Zorn, den er sich selbst oftmals nicht zu erklären vermochte. Wenn er nun herausfand, dass seine stillen Träume nichts als die Fantasie eines vom Leben enttäuschten Jungen waren – was dann?

Ein kühler Windhauch wehte, wie eine stille Aufforderung, ins Zimmer und ließ ihn schaudern. Jetzt oder nie! Er atmete tief ein und trat an das Bett. Das Bündel mit den Briefen lag neben seinem Kopfkissen und wartete auf ihn. Langsam, ja ängstlich, nahm er es und löste das Band. Vorsichtig, damit die Briefe nicht durcheinandergerieten, setzte er sich und legte den Stapel neben sich. Behutsam öffnete er den ersten, den ältesten der Briefe, und entfaltete das dünne Luftpostpapier. Sein Herz schlug so laut und schnell, dass es ihm Angst machte. Atemlos las er die ersten, teilweise bereits etwas verblichenen Zeilen.

Es war erstaunlich, wie fade ein köstliches Schokoladenmousse schmecken konnte, wenn man dazu die Stimmen von zwei absoluten Stimmungskillern im Ohr haben musste. Santana, die sich vorgenommen hatte, an diesem Abend auszuharren, um im Anschluss noch die Rechnung mit dem Chef des Restaurants durchzugehen, legte den langstieligen Löffel zur Seite.

„Sag nicht, diese Köstlichkeit schmeckt dir nicht." Finns Blick ruhte sehnsüchtig auf ihrem halbvollen Dessertglas.

Lächelnd schob sie das Glas in seine Richtung. „Wenn du noch Platz in deinem Magen hast."

Mit stoischer Miene beugte Finn sich vor und angelte danach. „Platz ist in der kleinsten Hütte. Und dafür erst recht." Er schob sich einen gehäuften Löffel der Süßigkeit in den Mund. „Aber bei dir liegt es an etwas anderem, stimmts?"

Santana zog lediglich die Schultern hoch und rümpfte die Nase. „Gut beobachtet."

Finn schluckte hastig. „Lass den Unsinn der zwei dummen Tussen nicht an dich ran. Das hast du nicht nötig. Ich habe selten von Mike so viel Lob über eine Organisation gehört. Im Ernst Santana, die beiden Heldinnen haben im Grunde keine Ahnung. Na komm, sei nicht so geknickt."

Leichter gesagt als getan. Insbesondere wenn Evie mit hoher Stimme ihre eigenen Leistungen auf dem organisatorischen Sektor lautstark pries und erklärte, andere müssten eben noch lernen.

Grinsend grub Finn seinen Löffel wieder in die Mousse. „Da hilft nur noch eines – Schokolade."

Sie wusste sehr wohl, dass er sie trösten wollte, nur kam der Ärger ihr mittlerweile wie ätzende Säure hoch. Ehe sie noch wütender werden konnte, stand sie auf, legte ihre Serviette neben ihren Teller und verabschiedete sich von der noch fröhlich zechenden Runde. Restaurantchef Gianni kam ihr auf dem Flur mit einer Platte zuckriger Petits Fours entgegen und sie beschlossen, die Rechnung am nächsten Morgen gemeinsam zu prüfen, sodass Santana sie abzeichnen konnte. Wie schade, es hätte so ein schöner Abend werden können!

In ihrem Zimmer brühte sie sich noch einen Tee auf, stellte sich unter die heiße Dusche und spülte so einen Teil ihrer miesen Stimmung durch den Abfluss. Müde krabbelte sie in ihr bequemes Bett. Das Letzte, an das sie dachte, war ein Paar fast schwarzer, sie prüfend musternder Augen.

Das rote Kajak glitt lautlos über die spiegelnde Oberfläche des Loch Linnhe. Behutsam tauchte Santana die Paddel ins Wasser. Langsam näherte sie sich der mit Steinen und Seegras überzogenen Sandbank, auf der Seehunde mit ihren Jungen in der Nachmittagssonne dösten. Ein faszinierender und beeindruckender Anblick. Sie war jetzt so nahe, dass sie die schwarzen Knopfaugen der Kleinen erkennen konnte. Eines der erwachsenen Tiere hob seinen Kopf und reckte sich der Sonne entgegen. Als es sich behäbig umdrehte, klopfte der breite Schwanz auf den Stein neben sich. Nanu, wie konnte das so laut und fordernd klingen?

„Santiago! Wach auf!"

Und seit wann konnten Seehunde sprechen? Einen Moment, hier stimmte etwas nicht.

„Wirds bald? Aufwachen, los mach schon!“

Mühsam kämpfte Santana sich aus ihrem schönen Traum zurück in die Realität, schälte sich aus ihrem Bett und schlurfte zur Tür. „Wer ist denn da?“

„Frag nicht so dumm, mach auf.“

Nun ja, fragen musste sie jetzt nicht mehr. „Ich mach ja schon.“ Mit ärgerlich gerunzelter Stirn öffnete sie einen winzigen Spalt, um die Tür sofort erstaunt ganz zu öffnen, als sie ihn sah.

„Hawk, Mr Vaughn, fehlt Ihnen etwas? Sie sehen nicht besonders gut aus.“

„Danke, das weiß ich selbst. Zieh dich an, du fährst mich jetzt nach Glencoe.“ Er sah noch finsterer aus als sonst. Seine langen Haare hingen ihm offen und zerzaust ins Gesicht und seine Augen waren rot und verquollen. Santana hätte schwören können, dass er geweint hatte. So abwegig das klingen mochte, aber eine andere Erklärung fand sie nicht. Er trug seine ausgewaschene, helle Jeans, ein Longsleeve und seine schwarze Lederjacke, in deren Taschen er seine Hände vergraben hatte. Er lehnte am Türrahmen und sah aus, als könnte er jeden Augenblick zu Boden sinken.

„Ich würde Sie lieber zu einem Arzt bringen. Sie machen mir gerade ziemlich Sorgen.“

Sichtlich entnervt schüttelte er den Kopf. „Mann, Santiago. Ich bin betrunken und ganz ehrlich, viel besser siehst du gerade auch nicht aus. Und nun zieh dir was an und komm endlich. Sonst setze ich mich selber ans Steuer. Keine Ahnung, was dabei rumkommt. Na, überredet?“

Sie überschlug in Windeseile ihre Möglichkeiten. Die waren begrenzt. Evie oder Rita wollte sie ihm auf keinen Fall antun. Ob er wollte, dass Mike oder Ryan ihn so sahen, konnte sie nicht sagen. Was sie jedoch wusste war, dass sie es nicht zulassen konnte, dass ihm etwas zustieß. Ganz abgesehen davon war da etwas an ihm, das sie tatsächlich rührte. Er wirkte … tja, wie eigentlich? Verzweifelt. Ja, das passte ganz gut.

„Schon gut, ich zieh mich ja schon an. Augenblick bitte." Sie wollte die Tür zudrücken, aber er stieß sich vom Rahmen ab und trat ein. „Mach schnell, ich weiß nicht, was passiert, wenn ich hier nicht bald rauskomme." Stöhnend setzte er sich auf ihr Bett und vergrub sein Gesicht in den Händen. Gar nicht übel. Der derzeit wahrscheinlich begehrteste Mann dieses Planeten saß in ihrem Zimmer. Auf ihrem Bett. Okay, betrunken und augenscheinlich am Ende, aber immerhin. Sie zog sich ein warmes Sweatshirt über, schlüpfte in ihre Baggy Jeans und bequemen Dockers und bändigte ihre Haare zu einem Pferdeschwanz. Jetzt noch das Handy und die Autoschlüssel.

„Also, ich wäre so weit. Und Sie sind sicher, dass Sie nach Glencoe wollen?"

„Sagte ich doch, oder?" Leicht schwankend erhob sich Hawk, fand aber schnell sein Gleichgewicht wieder und stapfte an ihr vorbei aus dem Zimmer.

„Gut, danke für das informative Gespräch." Kopfschüttelnd und noch immer etwas schlaftrunken folgte sie ihm. Im Vorbeigehen warf sie einen Blick auf den Radiowecker auf der Kommode. Es war kurz vor ein Uhr in der Nacht.

„Ihnen ist bewusst, dass ich tierischen Ärger bekommen werde, wenn das jemand merkt? Es sind gute vierzig Minuten bis dahin."

„Wirst du nicht. Ich verspreche es. Und jetzt fahr schon, sonst dauerts noch länger."

Während der ganzen Fahrt sprach Hawk kein einziges Wort. In Santanas Kopf raste es. Was sollte sie tun, wenn er einen Nervenzusammenbruch hatte oder sonst irgendwie ausrastete? Andererseits konnte sie es sich nicht vorstellen, dass sie bei ihm in Gefahr sein könnte.

Da sie sämtliche Verkehrsregeln ignorierte, hielten sie um halb zwei an einer der Parkbuchten im Tal von Glencoe. Santana sah den Jeep der Ranger schon, als sie den Motor abstellte.

Prompt stieg einer der beiden aus und kam langsam auf ihren Rover zu. Jetzt nur nicht negativ auffallen. Sie sprang eilig aus dem Wagen.

„Hey, hey, nicht wundern bitte. Mein Name ist Santana Kinnear. Ich betreue ein amerikanisches Foto- und TV-Team, wir wohnen derzeit in der Nähe von Fort William. Unser Superstar hat darum gebeten, einmal nachts im Tal von Glencoe sein zu dürfen."

„Selber hey, wer ist denn dein Superstar?" Es war überdeutlich, dass er nicht wirklich überzeugt war, keine nächtlichen Randalierer vor sich zu haben.

Sie setzte ihr gewinnendstes Lächeln ein. „Tyler Hawk Vaughn. Er ist für ein Werbeshooting in Schottland."

Die Augen des Rangers wurden groß. „Echt jetzt, du verarscht mich nicht?"

Sie musste ob des überraschten Gesichtsausdrucks schmunzeln. „Würde ich nie wagen, Sekunde." Hoffentlich spielte Hawk mit.

Aber es zeigte sich, dass er – betrunken hin, verwirrt her – einfach ein Profi war. Ehe sie den Rover umrunden konnte, stieg er bereits aus und band sich seine Haare mit einem Gummi zu einem Bun. Danach wandte er sich an den Ranger. „Hi, ich hoffe, es ist kein Problem? Ich hab so viel über das Tal gelesen. Ich wollte einmal hierher, wenn nicht tausende Touristen oder meine Crew dabei sind."

Der Ranger schüttelte sofort den Kopf. „Nein, überhaupt kein Problem, verlauft euch nur bitte nicht. Für diese Nacht sind heftige Regenfälle angekündigt worden. Geht nicht zu weit vom Wagen weg, okay?"

Sie versprachen, achtsam zu sein, und Hawk ließ sich sogar dazu herab, den beiden Rangern zuzuwinken, als sie losfuhren.

Der Wind jagte dunkle Wolkenfetzen über den Himmel. Immer wieder konnte man dazwischen die Sterne und den Mond sehen, der zumindest ansatzweise für Licht sorgte. Santana zeigte auf den schmalen Weg, der ins Tal führte. „Da müssen wir runter, ist das okay für dich?" Ihr reichte es jetzt mit den Förmlichkeiten.

Hawk nickte wortlos und marschierte sofort los. Er schien es kaum abwarten zu können. Sie verstand noch immer nichts, folgte ihm aber auf dem Fuße. Er war sehr schnell und trittsicher, und sie erreichten das Tal in Windeseile. Ohne sich nach ihr umzusehen, lief er auf eine steinerne Brücke zu, deren Umrisse im Mond- und Sternenlicht gut zu erkennen waren. Sie überquerten den Fluss und Hawk kletterte dahinter einen engen Steig zwischen zwei Felsblöcken hoch. Schwer atmend folgte sie ihm. Himmel noch mal, hatte der Mann Bergziegen in seiner Ahnenreihe? Oben angekommen, rang sie nach Luft und hielt sich die stechende Seite. Vorsichtig richtete sie sich auf und beobachtete staunend ihren Begleiter. Hawk stand aufrecht am Rand der Felsformation und sah hinaus in die Dunkelheit, aus der sich bei genauem Hinsehen die beeindruckenden Umrisse der Drei Schwestern, drei nebeneinanderstehender Berge, schälten. Nach einer Weile verschränkte er die Hände hinter dem Kopf, sah hinauf in den Nachthimmel ... und dann schrie er. Nein, das war kein einfacher Schrei, es klang wie das Brüllen eines verwundeten Raubtieres. Hawk schrie seinen Schmerz, woher auch immer der rühren mochte, hinaus in die Ebene. Irgendwann ging der Schrei in ein lautes, erschreckendes Schluchzen über und er fiel, die Hände noch immer im Nacken verschränkt, auf die Knie. Er machte ihr gehörige Angst. So etwas hatte sie noch nie erlebt. Darüber gelesen vielleicht, in dramatischen Büchern, aber selbst dabei zu sein und dann noch hier, mitten in der Nacht? Allerdings musste sie nicht lange überlegen. Mochte er auch bei vielen Anlässen das Ekel herauskehren, sie wusste es inzwischen besser. Zu oft hatte der andere, der eigentliche Hawk bereits sein Gesicht gezeigt. Mit drei großen Schritten war sie bei ihm. Wenn er sie wegstieß, konnte sie es auch nicht ändern, nur musste sie etwas tun. Sie kniete sich neben ihn und legte ihren Arm fest um seine breiten Schultern.

„Was kann ich tun? Bitte sprich mit mir. Ich habe Angst um dich."

Sie hörte, wie er tief die Nachtluft in seine Lungen sog. Noch sah er sie nicht an, schüttelte nur unmerklich den Kopf. „Hab keine Angst, weder um mich noch um dich. Ich ... ich bin weder wahnsinnig geworden noch bin ich ein irrer Serienkiller oder so etwas. Ich weiß nur nicht wohin mit meiner Wut. Ganz zu schweigen von der Trauer um ein ganzes, verschissenes Leben."

„Wie meinst du das? Was ist denn geschehen? Bitte sprich doch mit mir." Da er sie nicht wegstieß, wurde sie mutiger und umarmte ihn mit beiden Armen. Hawk versteifte sich nur ganz kurz, dann legte er seinen Kopf an ihre Schulter. „Sprechen? Santana, so viel Zeit haben wir nicht. Eine Lebenslüge erzählt sich nicht mal so in ein paar Minuten."

„Versuch es doch. Zumindest ein bisschen. Warum wolltest du denn ausgerechnet hierher?" Sie versuchte, einen Blick auf sein Gesicht zu erhaschen.

Hawk griff nach ihren Armen, drückte sie sanft und machte sich behutsam los. „Komm, setzen wir uns." Er deutete auf einen flachen Felsblock, nahm ihre Hand und zog sie mit sich. Er umfasste ihre Taille, hob sie problemlos auf den etwa eineinhalb Meter hohen Felsen und schwang sich dann selbst hinauf. Sie drängte ihn nicht, denn sie erkannte an seinem Blick, wie sehr er mit sich kämpfte.

„Dies hier ist Glencoe, nicht wahr? Man nennt es auch das Tal der Tränen, stimmts? Ich kenne die Geschichte, ich kann lesen, weißt du? Heute Nacht passt dieses Tal perfekt zu mir. Ich bin in den vergangenen Stunden durch mein ganz persönliches Tal der Tränen gegangen. Wobei ich die meiste Zeit nicht genau wusste, ob ich kotzen oder heulen sollte."

„Hat es etwas mit dem Auftrag zu tun? Bist du wütend auf einen von uns? Ich möchte dir wirklich helfen."

Er warf ihr einen nachsichtigen Blick zu. „Nein, Santana, das hier ist eine Nummer größer. Mit allen Ritas der Welt habe ich kein Problem. Ich gebe dir, ohne mit der Wimper zu zucken, stundenlag das größte Ekel der Welt, glaub mir. Wenn ich es wirklich möchte, könnte ich Rita so fertig machen, dass sie weinend zusammenbricht. Aber das will ich ja gar nicht. Ich will nur, dass sie ihre verdammten Grenzen akzeptiert. Nein, ich habe in den letzten Stunden herausgefunden, dass ich, seit ich vier Jahre alt bin, mit einer gottverdammten Lüge lebe. Meine eigene Mutter, dieses hinterhältige, verlogene Biest, war sich nicht zu schade, mich all die Jahre in einer erlogenen Realität leben zu lassen."

Sie schluckte schwer. Wie furchtbar musste es sein, von dem Menschen, der einem am nächsten stand, belogen und hintergangen zu werden! „Was sagt denn dein Vater dazu? Und du bist doch erwachsen. Bitte versteh das jetzt nicht falsch, aber du kannst dich doch wehren."

„Wehren? Das werde ich, oh, und wie ich das werde. Aber wie kommst du auf meinen Vater ...", er stockte und wandte ihr sein Gesicht zu. Ein schiefes Grinsen umspielte seine Lippen. „Da muss ich wohl weiter ausholen. Ich vergesse immer, dass du ja nicht direkt zu meinem weltweiten Fanclub gehörst."

Sie hüstelte dezent. „Nicht so wirklich, um ehrlich zu sein."

Er nickte grimmig. „Gut so. Also mein Vater ist kein Weißer ..."

„Sag bloß."

„Nicht frech werden, Santiago, klar?"

„Entschuldige."

„Passt schon. Also er ist ein Assiniboine, ein Native American oder landläufig: ein Indianer. Als meine

Mutter ihn kennenlernte, war er ein gutaussehender, hochbezahlter und hochgelobter Künstler. Seine Statuen und Kunstwerke stehen in den halben USA. Er konnte wirklich zaubern. Aus einem Baumstamm hat er mit einer Kettensäge einen Bären, einen Adler oder eine Flussnymphe gemacht, was auch immer du wolltest. Außerdem konnte er malen wie kein Zweiter. Als ich klein war, hingen noch Bilder von ihm an der Wand. Als meine Mutter begann, mich zu vermarkten, war ihm das – laut ihrer Aussage – ein Dorn im Auge. Er konnte angeblich nicht damit umgehen, dass sein minderjähriger Sohn an einem Tag mehr verdiente als er in einem Monat. Sie stritten sich dermaßen laut, dass die Polizei gerufen wurde. Angeblich begann er dann mit dem Trinken, hat meine Mutter geschlagen und damit gedroht, auch mich zu verprügeln. Daraufhin hat sie ihn rausgeworfen und als nächstes ein Kontaktverbot erwirkt. Urplötzlich war mein Vater aus meinem Leben verschwunden. Mir erzählten sie, er hätte nicht den Hauch Interesse an mir. Ihm ginge es nur um Geld, und er wollte seinen Anteil von dem, das ich verdiente. Jeder verteufelte ihn. Meine Großeltern mütterlicherseits, meine Nannys, die Medien, einfach alle. Meine Mutter schleppte mich durch die kompletten Staaten, mein Gesicht war auf ziemlich jeder Kekspackung oder Corn-Flakes-Schachtel, die es zu kaufen gab. Ich war der Vorzeigeindianer. Damals begann der neue Native American Hype. Du kennst sicher Filme wie „Der mit dem Wolf tanzt". Seitdem ist es wieder wahnsinnig in, ein Native zu sein. Ich passte perfekt ins Schema und verdiente mich dämlich, was ich so ganz nebenbei noch immer tue. Wenn ich hier und heute –

und mag ich auch noch immer etwas betrunken sein – über alles nachdenke, dann war ich so ein Vollidiot. Ich habe ihnen alles geglaubt und meinen Vater von Jahr zu Jahr mehr gehasst und verabscheut. Ich Trottel! Aber ich war so verdammt wütend auf ihn, weil er mich allein gelassen hat. Ich brauchte ihn doch. Na ja, um es abzukürzen: Vor ein paar Monaten habe ich ein Telefonat meiner Mutter mitbekommen. Ich hatte zuerst keinen Schimmer, mit wem sie sprach, aber bemerkte, dass ihre Stimme diesen hellen, hysterischen Klang hatte, bei dem ich immer genau weiß, dass sie im Unrecht ist. Sie sagte so was wie: Er will nichts von dir wissen, hast du das noch immer nicht kapiert? Dein Sohn existiert für dich nicht mehr, da zählt es auch nicht, dass er erwachsen ist. Seine Entscheidung lautet klar und deutlich, dass du für ihn gestorben bist. Zuerst dachte ich mir nichts dabei und dann habe ich mich doch entschlossen, mein Hirn einzuschalten. Das war offenbar mein Vater am anderen Ende. Warum, wenn ich ihm angeblich vollkommen egal war? Außerdem hatte ich das nie so gesagt. Ich habe ihn gehasst ja, aber ich wollte ihn immer sehen, notfalls um ihm in die Fresse zu schlagen, weil er mich mit dieser Frau allein gelassen hat. Und dann habe ich gleich noch mehr Hirn bewiesen und Ryan nach dem besten Detektiv losgeschickt. Beiden habe ich unmissverständlich klargemacht, was ihnen blüht, wenn sie die Klappe nicht halten können.“

„Du hast ihnen gedroht?“

„Und wie! Auf jeden Fall hat der Typ mir zwei Tage vor der Abreise ein Dokument zugemailt, zusammen mit einem sehr verwirrenden Anschreiben. Mein Vater ist kein obdachloser Säufer in einem Indianerreservat, sondern ein Bildhauer und Maler in einem kleinen Künstlerort auf den Florida Keys. Er lebt und arbeitet dort seit vielen Jahren. Der Schnüffler hat ihn ausfindig gemacht und besucht. Mein Dad hat ihm nicht nur viel erzählt, sondern ihm auch einen Packen Briefe mitgegeben, die er an mich geschickt hatte und die meine Mutter – Stück für Stück – ungeöffnet zurückgehen ließ. Ich hatte sie die ganze Zeit in meiner Tasche auf diesem Trip dabei und war zu feige, sie zu öffnen. Kannst du dir das vorstellen? Der ach so tolle Hawk Vaughn hat panische Angst vor der Wahrheit! Ein echter Held!"

„Unsinn! Du hast Angst, verletzt zu werden. Sei ehrlich, du hast die Hoffnung, dass das mit deinem Dad nicht stimmt, dass du ihm nicht einerlei bist. Gleichzeitig aber ist da die Furcht davor, herauszufinden, dass er doch nur hinter deinem Geld her war, wobei Florida Keys nicht gerade nach Armenhaus klingt."

„Siehst du, und schon wieder denkst du einfach schneller und logischer, als ich es jemals getan habe."

Sie schüttelte nachdrücklich den Kopf. „Unfug! Ich habe einfach den nötigen Abstand."

„Oder so. Auf alle Fälle war es heute endlich so weit. Ich habe das bisschen Mut, das in diesen Knochen steckt, zusammengekratzt und die Briefe gelesen. Santana, er hat mir zu jedem Geburtstag, jedes Weihnachten, Ostern und Thanksgiving geschrieben. Zu jedem Schuljahr und jedem Schulabschluss." Hawk konnte kaum weitersprechen. Erneut wurde er von heftigem Schluchzen geschüttelt. „Sein Brief zu meinem

Collegeabschluss, Santana ... er war so unglaublich stolz auf mich. Und was tu ich? Ich verfluche ihn."

Sie griff intuitiv nach seiner Hand und nahm sie in die ihren. „Du warst damals ein Kind! Deine Mutter war deine Bezugs- und Vertrauensperson. Du konntest es nicht wissen."

„Ich hätte darauf bestehen sollen, hätte mehr Fragen stellen müssen. Weißt du, was er dem Detektiv erzählt hat? Er konnte es nicht mehr ertragen, was meine Mutter mit mir getan hat. Mein Vater wollte es unterbinden, dass sie mir meine Kindheit stiehlt. Darum ging es in ihrem Streit. Meine Mutter hat ihre Felle und ihre Kapitalanlage schon am Horizont verschwinden sehen. Einen Tag später hat sie eine Rufmordkampagne vom Allerfeinsten gegen ihn gestartet. Alle Vorurteile wurden bedient. Haltloser Alkoholiker, Prügel, exzessive Lebensweise, Kindesmisshandlung und so weiter. Immer wieder schreibt er in seinen Briefen, dass er mir niemals etwas zuleide getan hätte und auch seine Frau nie angefasst habe. Meine Mutter beschreibt ihn als ein widerwärtiges Monster, und was macht er? Kein abfälliges Wort gegen sie, nur Tatsachen. In den Dokumenten waren auch die Kopien der einstigen Verfügung, dass er sich uns nicht mehr nähern durfte. Es hat ihm fast das Herz zerrissen, zumindest steht das in seinem Brief, den er mir an meinem ersten Schultag geschickt hat. Und er schreibt, ich solle lernen, fleißig sein und etwas aus mir und meinem Leben machen. Boy, das habe ich prima hinbekommen. Ich räkle mich vor Kameras und lebe davon."

Sie runzelte nachdenklich ihre Stirn. „Nun ja, das tust du aber verdammt gut. Du hast einen Collegeabschluss, du hast eine echt coole Karriere hingelegt und die Welt liegt dir zu Füßen. Jetzt mal im Ernst, man kann Schlimmeres aus seinem Leben machen."

Sie hörte ihn leise lachen. „Meinst du? Ich dachte, du findest das affig."

Sie wand sich. „Ja, zu Anfang. Aber es wäre echt schade, wenn du aus deinem Aussehen nichts gemacht hättest. Was letztendlich zählt ist, was dabei rauskommt, und das ist doch ganz passabel."

Nun lachte er wirklich. „Ganz passabel? Vielen Dank auch."

Sie zuckte die Schultern. „Wir wollen es nicht übertreiben. Das war für meine Verhältnisse schon ein echtes Lob."

Er zog sacht seine Hand aus den ihren und umfasste vorsichtig ihre Finger. „Ich weiß. Ich wusste es vom ersten Augenblick an, als ich aus dem Learjet kam und dich dort stehen sah. Du kannst dir nicht vorstellen, wie erfrischend es ist, in ein Gesicht zu sehen, das einen offen und ehrlich anblickt, mit dieser dezenten Mischung aus Zweifel und Neugier. Du sahst so anders aus als all die anderen."

„Hm, rothaariger Vintage-Hippie mit einen total schrägem Klamottengeschmack?"

„Exakt! Du warst wie ein Sonnenstrahl im Winter. Klingt vielleicht etwas kitschig, aber du warst herzerwärmend."

„Und du erzählst mir das alles jetzt warum genau?"

Wieder dieses warme, weiche Lachen. „Weil ich dich von der ersten Sekunde an mochte."

„Mich?"

„Nein, Evie. Natürlich dich."

„Ah ja, behandelst du Menschen, die du toll findest, immer wie Dobby, den Hauselfen?“

„Ja, vor allem, wenn ich sie schützen möchte.“

„Mich schützen? Indem du mich herumkommandierst, das Wort Bitte ignorierst, mich den Wölfen zum Fraß vorwirfst ... echt jetzt?“

„Echt jetzt! Und zwar dann, wenn der andere von dem Job, den er macht, abhängig ist. Und wenn ich weiß, dass Rita dir ohne zu zögern die Augen auskratzen würde, wenn sie etwas ahnen würde. Allerdings befürchte ich, sie macht sich eh schon ihre Gedanken. Als ich mich auf Urquhart nicht mehr im Griff hatte, muss sie es geahnt haben, so mies wie sie danach zu dir war.“

„Du willst mich wirklich schützen? Ernsthaft?“ Langsam dämmerte ihr, dass sich gerade ihr komplettes Weltbild veränderte.

„Jetzt hat sie es verstanden. Volle Punktzahl für die Reiseleiterin.“

„Wow.“ Mehr brachte sie nicht über die Lippen.

„Na, hapert es da gerade mit der vielgepriesenen Eloquenz?“ Sein Grinsen war verflucht selbstsicher.

„Halt dich zurück, Superstar. Aber ja, ich bin sprachlos.“

„Und wieder einmal hat mein Charme jemanden einfach so umgehauen. Jetzt ist die Katze aus dem Sack. Tut mir leid, wenn ich dich damit aus der Fassung bringe.“ Er sprang vom Felsen und streckte ihr die Arme entgegen. „Na komm.“

„Was hast du jetzt vor, also so allgemein?“

Er zuckte die Achseln. „Genau weiß ich es noch nicht. Zuerst muss sich das alles setzen, dann entscheide ich, was ich mache. Auf jeden Fall kommst du jetzt da runter.“

Sie sprang und landete unweigerlich in seinen Armen. Es fühlte sich verboten gut an. Allerdings klang das plötzliche Donnergrollen über ihnen so bedrohlich, dass sie sich zusammenriss. „Mist, der Ranger sagte noch, wir sollen nicht zu weit weg. Jetzt scheint das Unwetter aufzuziehen.“

„Wir schaffen das schon, komm.“ Wieder reichte er ihr seine Hand und sie folgte ihm vorsichtig den schmalen Steig zwischen den Felsen hinab. Als sie fast unten angelangt waren, tat sie einen unachtsamen Schritt, glitt aus und rutschte. Hawk reagierte blitzschnell und fing sie auf, ehe ihr etwas geschehen konnte. Schon wieder lag sie in seinen Armen und dieses Mal ließ er sie nicht los. Er zog sie ungestüm an sich, sah ihr kurz, aber dafür mit einer Intensität, die sie erzittern ließ, in die Augen. Und dann küsste er sie.

Sie verfügte ja über etwas Erfahrung mit Männern und auch mit Küssen. Allerdings gab es da die gewöhnungsbedürftige Akrobatik, die manche Exfreunde praktiziert hatten, und dann gab es Hawk. Noch nie, wirklich noch nie in ihrem Leben war sie so geküsst worden. Sie vergaß, wo sie war, sie vergaß Raum und Zeit. Da war kein Donner mehr, keine Windböen, keine Kälte – da war nur noch er. Seine Lippen, die sich wie selbstverständlich auf die ihren legten, seine Wärme, die sie einhüllte, seine Zärtlichkeit, von der sie sofort wusste, dass sie davon nie genug bekommen würde. Sein Kuss weckte eine Sehnsucht in ihr, die ihr fremd war und die sie begeisterte. Und dann seine Zunge, die so sanft ihre Lippen teilte, die ihre sacht umspielte, sie neckte, um dann tief in ihren Mund einzutauchen, fordernd, selbstsicher und berauschend.

Ein lauter Donnerschlag holte sie zurück ins Hier und Jetzt. Es war stockfinster geworden. Der Himmel zeigte sich pechschwarz, Sterne und Mond waren verschwunden, von der Umgebung war kaum mehr etwas zu sehen. Lediglich das Blitzen schneeweißer Zähne war zu erkennen.

„Auch wenn ich hier gerade überhaupt nicht wegwill, ich denke, wir müssen."

Zaudernd blickte Santana zum Himmel. „Es ist stockfinster und ich spüre die ersten Regentropfen. Dafür sehe ich nichts mehr. Miese Voraussetzungen."

Sie hörte ihn lachen und fühlte, wie er ihre Hand wieder umfasste. „Vertrau mir. Ich bringe dich heil zum Wagen. Einen Vorteil muss es ja haben, dass ich ein Halbblut bin."

Sie stolperte blind hinter ihm her und befürchtete schon, dass sie ewig im Tal umherirren würden, als er sie bereits auf den ansteigenden Pfad zum Parkplatz führte.

„Respekt. Ich sage nie wieder ein Wort gegen deine Pfadfinderfähigkeiten. Jetzt aber nichts wie ins Auto."

Kaum saßen sie auf ihren Sitzen, brach das Unwetter in seiner ganzen Urkraft los.

Hawk spähte neugierig aus dem Rover. „Ein Gewitter im Oktober? Reife Leistung! Du bietest mir echt eine ganze Menge, Santana."

„Was tut man nicht alles für ganz spezielle Gäste." Sie wollte gerade den Wagen starten, als er seine Hand ausstreckte und sehr behutsam ihr Gesicht zu sich drehte.

„Danke, Santana! Danke für alles."

12. Neid und andere Befindlichkeiten

Sie fuhr so langsam wie schon lange nicht mehr. Der Regen war dermaßen heftig, dass man kaum die Hand vor Augen sah, geschweige denn die Straße erkennen konnte. Auf diese Weise dauerte es beinahe eine Stunde, ehe sie in die Einfahrt ihres Guesthouses einbogen. Während sie vorsichtig die zur Hälfte überschwemmte Auffahrt zum Gebäude hinauffuhren, entdeckte Santana Rita. Sie stand, eine Zigarette rauchend, unter dem Vordach der Villa. Die hatte ihr ja nun gerade noch gefehlt! Hawk teilte diese Ansicht. „Verdammt, muss das denn sein? Das kann ja heiter werden."

Sie konnte kaum noch langsamer fahren und so ließ es sich nicht verhindern, dass sie schlussendlich neben dem Eingang zum Stehen kam. Hawk legte unauffällig seine Hand auf ihren Oberschenkel. „Los, raus. Wir müssen das leider hinter uns bringen."

Santana schaltete den Motor aus, atmete einmal tief ein und zog den Schlüssel ab. „Na dann."

Ritas ausnahmsweise ungeschminktes Gesicht war hochrot. „Wie darf ich das bitte verstehen? Hatte ich mich nicht klar und deutlich ausgedrückt? Keine

Alleingänge! Ich hasse es, wenn jemand sich einfach nicht an klare Anweisungen halten kann."

„Halt die Luft an!" Hawks Stimme klang schneidend und es war auch wieder dieser arrogante Unterton darin, den Santana so verabscheute. „Ich konnte nicht schlafen und mir ging es nicht gut. Es mag ja eine vollkommen bescheuerte Idee gewesen sein, aber auf jeden Fall bin ich mitten in der Nacht alleine losgelaufen, zuerst nur am See entlang. Keine Ahnung, was mich geritten hat, jedenfalls war ich über eine Stunde unterwegs. Als ich wieder klar denken konnte, hatte ich null Schimmer, wo ich war. Ich sah nur eine verlassene Straße, eine geschlossene Tankstelle und jede Menge Wolken am Horizont. Weißt du, liebste Rita, es ist schwer, mitten in der Nacht irgendwo in der Pampa ein Taxi zu finden. Es hätte mir nichts gebracht, dich anzurufen, oder bist du seit neuestem zum Schottlandprofi mutiert? Ich hatte die Nummer unserer Reiseleiterin im Handy und hab sie angerufen. Und ich bin sehr dankbar, dass sie mich gefunden und wieder hergebracht hat. Also sei einfach nur still und nerv mich nicht, klar?" Er rammte die Fäuste in die Taschen seiner Lederjacke und verschwand ohne ein weiteres Wort im Haus.

Rita blickte ihm mit gerunzelter Stirn hinterher. Es war deutlich, dass sie allzu gerne weitergetobt hätte, nur fehlte dazu nach Hawks Ansprache die Munition. So drehte sie sich zu Santana um, warf ihr einen giftigen Blick zu und fauchte: „Immer schön unentbehrlich machen, nicht wahr?" Mit diesen Worten schnippte sie ihre Kippe auf den weißen Kies der Auffahrt und rauschte zurück ins Haus.

„Dumme Ziege. Außerdem ist rauchen ungesund." Ärgerlich bückte Santana sich, nahm mit spitzen Fingern die Zigarettenkippe auf und entsorgte sie in dem Tongefäß, das für solche Zwecke neben dem Eingang stand. Es war bereits halb sechs, als sie wieder in ihr Bett schlüpfte. Was für eine Nacht! Wie sollte es weitergehen? Was hatte das alles nur zu bedeuten? „Worauf lasse ich mich hier eigentlich ein?" Verunsichert kuschelte sie sich in ihre Kissen.

Der Klingelton ihres Handys riss sie kaum zwei Stunden später aus einem unruhigen Schlummer. Fahlgraues Licht fiel durch den handbreiten Spalt zwischen den beiden roten Vorhängen und machte wenig Mut auf diesen Tag. Apropos Mut, den würde sie heute gewiss brauchen. Die vergangene Nacht sofort wieder vor Augen, schälte Santana sich lustlos aus den warmen Decken. Ja, wenn Hawk jetzt neben ihr läge, dann sähe das vielleicht anders ... „Spinnst du, Kinnear? Hast du komplett den Verstand verloren? Selbst wenn da was wäre, dann lediglich, um sofort wieder zum Scheitern verurteilt zu sein. Du und ein Weltstar? Wach auf, Santana!" Selbstgespräche waren nicht nur unheimlich, sondern in diesem Fall auch vollkommen sinnbefreit. Es brachte sie keinen Schritt weiter. Außerdem musste sie unten nach dem Rechten sehen und herausfinden, wie dieser Tag für Mike und die Crew noch zu retten war. Die Tatsache, dass draußen der Wind kräftig an den Fensterläden rüttelte, war wenig ermutigend.

Zwanzig Minuten später standen Mike, der laut eigener Aussage bereits seit sieben Uhr auf den Beinen war, und sie nebeneinander vor dem Haus und sahen mit zweifelndem Blick gen Himmel. Der präsentierte sich in allen erdenklichen Grautönen und war noch dazu verflixt undicht. Unangenehmer Sprühregen benetzte sogar unter dem Vordach ihre Gesichter.

„Los, gehen wir rein. Bringt ja nichts, wenn wir uns hier einregnen lassen." Mit festem Griff schob Mike sie zurück ins Haus. „Gehen wir frühstücken. Finn ist bereits dort."

Das köstliche Frühstücksbüfett konnte nur mäßig über das Wetter hinwegtrösten. Angespannt kaute Santana an ihren Rühreiern samt Speck.

„Sag mal, Santana, ihr Schotten habt doch Magie in den Genen. Wie wäre es mit einem Sonnentanz oder so was Ähnlichem?" Finn grinste sie herausfordernd an.

Sie schluckte den Bissen eilig hinunter und schaute ihn überrascht an. „Hey, dass ich nicht selbst daran gedacht habe. Natürlich, das ist die Lösung. Geht aber nur, wenn ich Hilfe habe. Du müsstest dich bis auf die Unterhose ausziehen und mit dem rituell entzündetem Kräuterbündel um mich herumtanzen, während ich die Götter der Kelten anrufe." Sie legte mit entschlossener Miene ihre Serviette neben ihren Teller und musterte Finn auffordernd. „Also, worauf warten wir noch?"

Der fuhr sich laut lachend durch die sowieso schon wirren roten Stacheln. „Och nö, so sehr es mich reizt, aber man muss wirklich auch einmal auf etwas verzichten können. Ich denke, das hier ist eine passende Gelegenheit, das unter Beweis zu stellen."

„Wie jetzt?" Santana warf Mike einen aufmunternden Blick zu. „Würdest du denn eventuell den wichtigen Part des Tänzers im Regen übernehmen?"

Lachend hob Mike beide Hände. „Danke für dein Vertrauen in meine Fähigkeiten, aber wenn unser rothaariger Möchtegern-Elf schon kneift, dann bin ich eine komplette Fehlbesetzung."

Santana legte sich mit enttäuschtem Blick und lautem Seufzen ihre Serviette wieder auf die Knie und lud sich eine ordentliche Portion Rührei auf die Gabel. „Tja, Leute, ihr könnt nicht sagen, ich sei nicht zu allem bereit gewesen."

Mike musterte sie amüsiert. „Santana, du bist unbezahlbar. Wirklich! Du wirst uns fehlen. Schon mal daran gedacht, in Amerika Karriere zu machen?"

Just in dieser Sekunde betrat Rita den Frühstücksraum. Sie konnte das Trio schlecht ignorieren und so kam ihr zumindest ein kühles „Guten Morgen" von den Lippen. Zu mehr konnte sie sich nicht aufraffen und setzte sich demonstrativ ans andere Ende des Raumes.

„Haben wir heute wieder eine Laune. Was bin ich froh, wenn ich diese Frau nicht mehr andauernd um mich habe." Mike biss deutlich angesäuert in seinen dick mit Butter und Orangenmarmelade bestrichenen Toast.

„Womit wir schon zwei wären." Kaum war Rita im Raum, kühlte sich die Zimmertemperatur um gefühlte fünf Grad ab. Schweigend widmete Santana sich wieder ihrem Frühstück. Paul, der einige Augenblicke später erschien, kam zu ihnen an den Tisch und wünschte freundlich guten Morgen und guten Appetit. Er erkundigte sich, ob es schon einen Plan gäbe, falls das Wetter so bleiben würde, und schenkt Santana ein aufmunterndes Lächeln. „Santana, Sie haben doch gewiss einen Plan B im Gepäck, so wie ich Sie kennengelernt habe?"

Erfreut schaute sie zu ihm auf. „Danke für die Blumen. Den gäbe es tatsächlich, nur bin ich mir nicht sicher, ob und wie weit Sie alle die Geschichte der Entstehung der Kathedrale von Arbroath und die sich um sie rankenden Legenden interessieren."

Finn knuffte sie feixend in die Rippen. „Brillante Idee, Santana, aber du weißt doch, man muss auch mal verzichten können."

Lächelnd wandte sie sich wieder an Paul. „Wie Sie sehen, wird mein Plan B mit mangelnder Begeisterung aufgenommen. Vorschlag: Wir alle beten für besseres Wetter oder essen zumindest unsere Teller leer."

Schmunzelnd klopfte Paul ihr auf die Schulter. „Dieser Plan gefällt mir sogar außerordentlich gut. Ich hole mir jetzt erst mal was zu essen. Bis später."

Noch während Paul sich seinen Teller am Büfett belud, betrat Hawk den Raum. Der graue Rollkragenpullover und die enge, schwarze Jeans zu schwarzen Sportschuhen, die Haare lässig hochgebunden – ein Gesamtkunstwerk, das durchaus einen zweiten, dritten oder gerne auch vierten Blick rechtfertigte. Allerdings ließ seine Laune offensichtlich zu wünschen übrig. Er nickte ihnen wortlos zu und ging dann, zu Santanas großer Überraschung, zu Rita und Paul, wo er sich auf den Stuhl neben Rita fallen ließ. Die war davon begeistert, lief sofort los und brachte ihrem Schützling diverse Leckereien vom Frühstücksbüfett. Im Laufen erteilte sie der freundlichen Servicekraft Anweisungen, die kurz darauf eine Teekanne und einen Krug Saft herbeischleppte. Offenbar war der frisch gepresste Saft am

Büfett nicht gut genug für Hawk. Irritiert steckte Santana sich den letzten Bissen ihres Frühstücks in den Mund. Drüben neigte Rita sich so weit zu Hawk, dass sie beinahe auf seinem Schoß saß, und flüsterte ihm etwas ins Ohr, woraufhin er lauthals lachte.

„Hatten wir letzte Nacht einen Alienüberfall samt Gehirnwäsche, oder was ist mit Hawk passiert?" Finn sprach aus, was sie dachte.

Wenn du wüsstest! Sie zog eine fragende Grimasse und trank ihren Tee aus. „Keine Ahnung. Vielleicht haben sie einen BFF-Pakt geschlossen."

Mikes Gesicht war ein wandelndes Fragezeichen. „Einen was? Klärt mich bitte mal jemand auf?"

Finn verdrehte in gespielter Verzweiflung die Augen. „Best Friends Forever! Mann, Mike, du musst dich wirklich mal mehr mit Social Media beschäftigen."

Der verzog angewidert das Gesicht. „Ich müsste so einiges, aber das ganz gewiss nicht." Dann lächelte er plötzlich und deutete zum Fenster. „Schade! Wir müssen gar nicht mehr halbnackt um Santana herumtanzen, dabei hatte ich mich gerade mit dem Gedanken angefreundet. Seht mal raus, das Wetter schlägt um. Hach, ich liebe dieses unvorhersehbare Land."

Tatsächlich sah man bereits die ersten Sonnenstrahlen, die sich, wenn auch noch zögerlich, durch die aufreißende Wolkendecke wagten. Erfreut klatschte Santana in die Hände. „Perfekt! Aufgeschoben ist ja nicht aufgehoben, Mike. Ich werde dich beizeiten an deine Bereitschaft zum Sonnentänzer erinnern, versprochen."

Der seufzte zum Gotterbarmen. „Soll ich dir was sagen? Daran zweifle ich keine Sekunde."

Eine knappe Stunde später war alles in den Wagen verstaut. Terry und Sam fuhren gemeinsam mit dem Trailer los, um schon mal die Lage an der nächsten Location in Augenschein zu nehmen. Während die Fahrer letzte Anweisungen bekamen und auch Santana ihr Gepäck in den Kofferraum warf, versuchte sie immer wieder, einen Blick von Hawk zu erhaschen. Mit dem aber war ein höchst sonderbarer Wandel vor sich gegangen. Er war dermaßen freundlich zu Rita, dass es Santana beinahe schon Übelkeit verursachte. Sie hatte ihn ja schon so einiges genannt, das Wort „Schleimer" war bis heute nicht dabei gewesen. Das war doch nicht er! Eine Antwort auf ihre Fragen bekam sie jedenfalls nicht. Im Gegenteil, er wich konstant ihrem Blick aus und ignorierte sie komplett. Rita genügte das offenbar noch immer nicht. Gerade als sie in den Rover klettern wollte, in dem Stacey, die sich bei ihr inzwischen sichtlich wohl fühlte, bereits wartete, kam Evie angeschossen.

„Santana, stopp! Sofort!" Schwer atmend baute ihre Chefin sich vor ihr auf. „Kannst du mir erklären, was das letzte Nacht sollte? Wie kannst du solch ein Risiko eingehen? Was wäre gewesen, wenn ihr einen Unfall gehabt hättet? Es ist deine Pflicht, mich bei einem solchen Problem sofort zu kontaktieren." Mit giftigem Blick stemmte Evie ihre Hände in die Hüften. „Ich höre, junge Dame!"

Es reichte. Seit Tagen ertrug sie aus der Luft gegriffene Anschuldigen, dumme Bemerkungen und unprofessionelle Angriffe. Heute war Evies Frage der berühmte Tropfen, der das Fass zum Überlaufen brachte.

In Verbindung mit Hawks seltsamen Verhalten nach dem, was letzte Nacht geschehen war, genügte es ihr endgültig. Ihre Nerven waren doch ziemlich angeschlagen.

„Evie, hör zu. Was bitteschön wäre passiert, wenn ich dich geweckt hätte? Panikattacken im ganzen Haus? Eine kreischende Rita, ein ärgerlicher Paul? Und was hättest du getan? Na, nun sag schon? Du hättest umsichtig und lösungsorientiert sofort die Umgebungskarte im Rover aufgerufen und das Gebiet, in dem er sich hätte befinden können, eingekreist? Dann wärst du bei Nacht und Nebel losgefahren und hättest versucht, all die Punkte zu finden, die er dir vage genannt hat? Mann, wach auf, Evie. Ich bin mitten in der Nacht aus dem Bett, habe ihn gesucht und gefunden und gänzlich unbeschadet wieder hier abgeliefert. Das hat er der holden Rita übrigens auch selbst gesagt, da sie bei unserer Ankunft vor der Tür stand und bereits zum Großangriff auf mich rüstete. Ich habe jedes dumme Problem gelöst, das sich durch Rita ergeben hat und so ganz nebenbei auch dadurch, dass du mir konstant in den Rücken fällst. Alles lief reibungslos und bis auf Rita, der es verdammt noch mal nicht um den Erfolg der Show geht, sondern darum, dass sie Hawk ins Bett bekommt, sind alle vollauf zufrieden. Bitte, wenn du das anders siehst, dann ruf jetzt sofort Allan an und sag ihm, dass du mich feuerst. Wenn dem nicht so ist, dann lass mich meinen Job fertig machen und sobald wir wieder in Edinburgh sind, musst du mein Gesicht niemals wiedersehen, okay?" Da sie spürte, wie ihr die Tränen die Kehle hochstiegen, wandte sie sich abrupt ab und machte einen Schritt auf den Rover zu, als sie Evies Stimme hörte.

„Santana, warte. Es tut mir leid, ehrlich. Du hast wirklich gut gearbeitet. Bitte entschuldige, ja?"

Überrumpelt von Evies plötzlicher, unerwarteter Einsicht, drehte sie sich zu ihr um. „Okay. Dann lass uns das zu Ende bringen. Ich habe keine Ahnung woher dein plötzlicher Sinneswandel kommt, aber es freut mich."

Evie nickte zögerlich. „Gut. Ich kümmere mich weiter um Rita. Sie ist eine vielschichtige Persönlichkeit."

„Hm, so kann man es auch sagen." Wesentlich entspannter als noch vor einigen Momenten stieg Santana endlich in das Auto.

Stacey betrachtete sie mit einer Mischung aus unverhohlener Neugier und Bewunderung. „Meinen uneingeschränkten Respekt, Miss Santana. Das nenne ich einmal eine klare und deutliche Ansage. Und meinen Glückwunsch zum Ausgang der Diskussion, das hätte ich nicht erwartet."

Sie griff über die Schulter und zog den Sicherheitsgurt nach vorn. „Ganz ehrlich? Ich auch nicht. Ich nehme an, es war eine Mischung aus der Tatsache, dass ihr sonst nie jemand die Meinung sagt, und der Erwähnung von Allan."

„Allan?" Stacey warf ihr einen ratlosen Blick zu.

„Ihr Mann und der eigentliche Chef des Reisebüros. Er war es, der darauf bestanden hat, dass ich das Projekt mit ihr zusammen mache."

Stacey nickte eifrig. „Eine weise Entscheidung, der Mann scheint seine Angetraute gut zu kennen. Ich mag mir nicht vorstellen, was passiert wäre, wenn sie das allein hätte stemmen müssen."

„Frag nicht." Wild entschlossen, das Projekt – wie auch immer – zu einem erfolgreichen Ende zu führen, startete sie den Geländewagen.

Der Dunnottar Woodland Park erwartete die Crew mit zahllosen, traumhaften Fotomotiven. Mike und Finn waren genauso begeistert wie Terry und Paul. Während Mike aufbaute, filmte Terry bereits, wie Hawk fasziniert durch die malerische Umgebung des Waldes spazierte. Wie in einer Märchenwelt warteten Höhlen, uralte Brunnen, geheimnisvolle Hügelbauten und Ruinen auf sie. Rita schmiegte sich an Hawk und durchstreifte mit ihm die Ruinen einer einstigen Burganlage, ehe sie sich von Terry filmen ließen, wie sie Farne und fremdartige Pflanzen bestaunten. Santana saß auf einem abgelegenen Felsblock und betrachtete das Ganze kopfschüttelnd. Wie konnte Paul diese Frau nur ertragen? Der Mann war doch eigentlich ganz in Ordnung.

„Hast du eigentlich nichts zu tun? Ich weiß ja nicht, wofür du bezahlt wirst, da wir hier so gut wie alles selbst finden und erledigen müssen." Konnte Rita Gedanken lesen oder woher kam dieser unverhohlene Zorn auf sie? Santana war kurzzeitig sprachlos.

„Verehrte Rita, ich darf Ihnen versichern, dass ich für heute alles getan und organisiert habe, was auf meiner Liste stand. In einer guten Stunde kommt das Catering, das Ihnen und den anderen hoffentlich zusagen wird. Für den Fall, dass ich etwas gegen Ihren Unterzucker tun kann, so sorge ich gerne auch jetzt schon dafür, dass Sie etwas zu essen bekommen.“

Rita kniff eindeutig empört die Augen zusammen. „Abwarten, junge Frau, dir wird das Spotten noch vergehen, dafür werde ich sorgen.“ Wutschnaubend rauschte die Produzentin wieder zu Hawk. „Darling, ehe Mike anfängt, lass uns noch eine kurze Sequenz an diesem magischen Brunnen drehen. Das sieht so bezaubernd aus, und ich weiß auch schon, was ich mir vom Brunnengeist wünschen werde.“

Anstatt sie, wie sonst auch, einfach beiseitezuschieben wie ein lästiges Insekt, legte der tatsächlich seinen Arm um ihre Schultern. „Ich will deinen Wünschen nicht im Weg stehen, Rita.“ Langsam erschien ihr Finns Bemerkung mit der extraterrestrischen Gehirnwäsche immer wahrscheinlicher.

Mike gelangen Aufnahmen, die ihn zu regelrechten Begeisterungsstürmen hinrissen. „Wahnsinn, ich bin ja sonst kein Fanboy von Wäldern und alten Sagen, aber das hier ist schon etwas Besonderes. Danke, dass du uns hierhergebracht hast, Santana.“

„Es freut mich, dass ich das Richtige gefunden habe. Eure Anweisung lautete Wald, das war nicht besonders aussagekräftig, weißt du.“ Sie schenkte dem zufriedenen Starfotografen ein dankbares Lächeln. Den Blick zu Rita vermied sie tunlichst.

Das Catering kam in Form eines herrlichen, alten VW-Bullys, der ihnen warme und kalte Getränke, Sandwiches, eine schmackhafte Fischsuppe in ausgehöhlten, kleinen Broten und mundgerecht zugeschnittene Kuchenstücke brachte. Terry filmte, Mike fotografierte und Finn bemerkte nach der dritten Fischsuppe, dass er gerne bleiben würde. Eigentlich war alles gut. Eigentlich! Santana entging nicht, dass Rita mehrmals vehement auf Evie einredete. Die jedoch zeigte sich tatsächlich wenig kooperativ und wies, wenn auch noch zögerlich, auf den gelungenen Tag hin. Rita holte sich mit säuerlicher Miene ein Sandwich und sah sich nach einem geeigneten Sitzplatz um. Zwar gab es zahllose Steine, Mäuerchen oder weiches Moos, aber Rita wandte sich mit ihrer hohen Stimme hilfesuchend an Hawk. Der hatte es sich auf einem Mauerrest bequem gemacht und verspeiste soeben den Rest seiner Suppe. „Darling, hast du noch ein Plätzchen auf deinen Knien? Es mangelt hier eindeutig an Komfort."

Santana hielt die Luft an, besonders da etwa zwei Schritte neben Hawk Paul auf einem Stein saß und sich ein Stück Kuchen schmecken ließ. Hawk reagierte anders als erwartet. Er legte den Rest des Brotes beiseite und machte eine einladende Handbewegung. „Wenn ich dir damit helfen kann."

Santanas Blick huschte unweigerlich zu Paul. Der, so schien es ihr, gelangte zunehmend an die Grenzen seiner bewundernswerten Geduld. Zumindest wurde er blasser und sie erkannte, wie seine Kiefer mahlten. Allerdings wusste sie auch, dass es in irgendeiner Form auf sie zurückfallen würde, sollte Paul jetzt ausrasten. Daher kam sie dem zuvor. „Paul, hat der Kuchen geschmeckt? Ich hole mir noch einen, darf ich Ihnen ein Stück mitbringen?" Santana zauberte ihr charmantestes Lächeln hervor und legte Paul freundschaftlich ihre Linke auf die Schulter. Der sah zu ihr hoch und entspannte sich augenblicklich. „Das ist sehr lieb, Santana. Aber wissen Sie was? Ich komme gleich mit, dann kann

ich besser auswählen." Er erhob sich, ohne seine Frau
noch eines Blickes zu würdigen, hakte sich bei Santana
unter und begleitete sie zum Bully. Die wild flirtende
Rita tunlichst ignorierend, setzten sie sich zu Mike und
Finn, wo sie sich einen köstlichen Schokoladen-Brow-
nie und eine Lemoncurd Pie gönnten.

Als die langsam sinkende Sonne ihre Strahlen in einem ganz bestimmten Winkel durch die Bäume
schickte, rief Mike sein Team und auch Hawk nochmals zur Konzentration auf. Solch ein Szenario konnte
er sich schwerlich entgehen lassen. Hawk sah aus wie
der legendäre Elfenkönig Oberon, als Mike ihn zwischen den Bäumen und Farnen in Szene setzte. Erst als
es langsam empfindlich kühl wurde, gaben Mike und
Finn das Zeichen zum Aufbruch. „Leute, ein Riesen-
dank an alle für das heutige Shooting. Nach dem miesen Morgen war ich der Meinung, dass dieser Tag gelaufen wäre. Da sieht man mal wieder, wie sehr man
sich täuschen kann." Mike verneigte sich leicht. „Auf einen schönen Abend."

Aufatmend machte Santana sich an die Planung für
die nächsten Stunden. Den Trailer schickte sie schon
heute weiter nach Stonehaven. Für den Fahrer war
dort in einer Pension ein Zimmer gebucht. Es war wichtig, dass er bereits vor Ort war, wenn sie am nächsten
Tag eintrafen, vor allem aber, dass er einen Parkplatz
direkt am Strand fand, wo die letzten Aufnahmen gemacht werden sollten. So brach der Fahrer fröhlich
winkend in Richtung Stonehaven auf, während sie zu
zwei traumhaften Cottages auf der Strecke nach Inver-
urie fuhren. Da Mike in seinem Anforderungsschrei-
ben um abgelegene Orte gebeten hatte, sofern möglich,

waren diese Häuser perfekt. Mit jeweils fünf Gästezimmern waren sie wie geschaffen für die Gruppe. Die Dame des Hauses war Französin und Santana war mit ihr übereingekommen, ein französisches Drei-Gänge-Menü anzubieten. Die Fahrer wohnten in einem kleinen Guesthouse, das zur Anlage gehörte und wo sie im dazugehörigen Pub gut versorgt sein würden. Die Cottages lagen abgeschieden in einem großen Garten, den die Besitzer in einen Märchenpark verwandelt hatten. Santana freute sich schon auf einen Spaziergang darin, allerdings waren ihre Bonuspunkte in Sachen gutes Wetter offenbar für heute aufgebraucht. Schon als sie unter dem gigantischen, schmiedeeisernen Bogen hindurch fuhren, der sie, überwuchert von wildem Wein, willkommen hieß, klatschten die ersten Tropfen auf die Windschutzscheibe. Kaum war ihr Gepäck in die Cottages gebracht worden, begann es auch schon, heftig zu regnen. Zum Glück waren die Cottages durch einen hübschen Gang verbunden, sodass auch die Gäste im anderen Haus trockenen Fußes zum Abendessen kommen würden. Die Fahrer verabschiedeten sich und so blieb nur Santanas Rover einsam in der Auffahrt stehen.

In ihrem Zimmer, dem kleinsten von allen, ließ sie sich stöhnend auf ihr Bett fallen.

„Du sollst nicht stöhnen, du sollst erzählen. Spann mich nicht so auf die Folter. Himmel noch mal. Wenn du so weitermachst, komme ich noch zu dir." Jane war eindeutig neugierig. „Ich warte!"

„Ich habe mir doch nur einen Tee gekocht. Tja, und nach all dem, was in der Nacht geschehen ist, hat er mich heute keines einzigen Blickes gewürdigt. Rita hat sich ihm am Morgen an den Hals geworfen und gefühlt hing sie da den ganzen Tag." Sie schlürfte ihren köstlichen Ginger Lemon und suchte nach den richtigen Worten. „Inzwischen glaube ich, dass er letzte Nacht einfach nur jemanden zum Reden brauchte und da war ich wohl die unkomplizierteste Wahl. Wie sonst ist es zu erklären, dass er sich so verhält? Kein Blick, kein Wort!" Sie legte das Handy neben sich aufs Kopfkissen und umfasste die heiße Tasse mit beiden Händen.

„Kann es sein, dass er deine Flirterei mit Mike und Finn am Morgen in den falschen Hals bekommen hat?"

Sie verbrannte sich fast die Zunge. „So ein Unsinn. Das war lustiges Geplänkel, mehr nicht. Und er hat uns ja schon beim Reinkommen kaum beachtet."

„Dann steckt was anderes dahinter. Mein Gott, Santana, Hawk Vaughn hat dich geküsst. Dich!"

„Was soll das denn bitte heißen? So hässlich bin ich ja nun auch wieder nicht, als dass das eine Zumutung wäre." Sie konnte nicht verhindern, dass sich ein dezent säuerlicher Ton in ihre Stimme mischte.

„So hab ich das auch nicht gemeint. Dumme Kuh! Aber gerade du, die immer behauptet Das ist nicht meine Welt, Männer wie er sehen mich nicht einmal, bla bla ...! Du hast Stein und Bein geschworen, dass du ihn hassen wirst, stattdessen küsst ihr euch, mitten in der Nacht, im Tal von Glencoe. Wahnsinn!"

Santana trank ihren Tee aus und stellte die Tasse auf das winzige Nachtkästchen. „Na ja, wenn er so weitermacht, dann bin ich mit dem Vorhaben, ihn zu hassen, wieder ganz gut beraten."

„Auf gar keinen Fall, dass er sich so seltsam verhält, hat ganz sicher einen guten Grund. Auch dass Rita dir gegenüber nach wie vor dermaßen biestig auftritt, ist sehr seltsam. Nach dem heutigen Tag müsste sie doch eigentlich jubilieren."

Santana zuckte zögerlich die Schultern. „Ja, schon."

„Eben. Also ist da etwas passiert, was du einfach noch nicht weißt." Jane schien sich dazu entschieden zu haben, in jeder Beziehung Hawks Interessen zu vertreten.

„Es würde mich wirklich interessieren, was das sein sollte. Was so Weltbewegendes könnte sich zwischen dem Moment, in dem er auf sein Zimmer gerannt ist, und heute, als er in den Frühstücksraum kam, wohl ereignet haben?"

Jane schnaubte höchst ungehalten. „Wer sitzt denn an der Quelle, du oder ich? Find es gefälligst heraus, ehe du schon wieder ein Urteil fällst. Ich bin ganz sicher, er mag dich."

„Dir ist echt nicht mehr zu helfen, weißt du das? Ich muss mich fertigmachen, das Essen wartet und ich mag französische Küche."

„Na dann, chérie, genieß den Abend!"

Janes Wunsch war gut gemeint. Allerdings war es leichter gesagt als getan. Das Dinner verlief in angespannter Atmosphäre. Zumindest was den Tisch anbelangte, an dem Rita, Paul, Hawk, Terry und Sam saßen. Zu Santanas Erstaunen ließ Evie sich an diesem Abend wegen Kopfschmerzen entschuldigen. Sie wollte wohl aus der Schusslinie zwischen ihr und Rita sein. So saß Santana gemeinsam mit Mike, Finn, Stacey und Ryan am Tisch und die Stimmung war wesentlich besser als bei den Nachbarn. So unauffällig wie möglich spähte sie immer wieder hinüber.

„Paul ist kurz davor zu explodieren. Rita scheint mir heute zu weit gegangen zu sein."

Soviel zu ihrer Unauffälligkeit. „Gut, dass wir nur noch einen Tag haben, an dem gearbeitet wird." Sie sah zu dem nachdenklich wirkenden Mike. Der aber zuckte nur die Achseln. „Santana, das alles ginge mir an einem ganz bestimmten Körperteil vorbei, wenn die Frau nicht eine dermaßen negative Aura hätte, mit der sie alles vergiftet. Sie ist und bleibt ein egoistisches Biest."

„Dem euer Superstar seit heute aus der Hand frisst." Dass das etwas pampig klang, war ihr durchaus bewusst. Erschrocken sah sie zu Mike. Der schien das ähnlich zu sehen. „Ein Umstand, der nicht nur dich ins Grübeln geraten lässt."

Immerhin war sie nicht alleine mit ihrer Verwunderung. Die Crème brulée zum Nachtisch riss alle zu Begeisterungsstürmen hin, wobei auch der Rest des Essens vorzüglich gewesen war. Einziger Wermutstropfen war der Umstand, dass Paul plötzlich aufsprang und aus dem Raum lief. Er kam auch nicht mehr wieder. Mike, Finn und Stacey, die im anderen Haus wohnten, verabschiedeten sich kurz vor Mitternacht, um am letzten Tag noch einmal richtig fit zu sein. Zu Santanas Verwunderung schloss Hawk sich ihnen an, wobei er sie allerdings wieder keines Blickes würdigte. Sie ging noch in die Küche und bedankte sich von ganzem Herzen für das exzellente Essen, ehe sie sich in ihr Zimmerchen zurückzog.

Vor dem Haus schien die Welt unterzugehen. Die grau-schwarze Regenwand wirkte bedrohlich und der

Wind, der mit seinen heftigen Böen in diese Wasserwand fuhr, verstärkte das Ganze nur. Zaghaft öffnete sie ihr Fenster, um wenigstens etwas frische Luft vor dem Schlafengehen hereinzulassen. Eine sehr dumme Idee! Eiskalte Luft drang, vermischt mit Sprühregen, in den Raum und ließ sie schaudern. Zumindest in dieser Nacht kündigte sich der Winter mit all seiner Kälte und Unbehaglichkeit an. Gut, dass der vergangene Tag sich von einer anderen Seite gezeigt hatte. Eilig schloss sie das Fenster, duschte, putzte sich die Zähne und kroch unter die warme Decke, die sie sich bis zur Nasenspitze hochzog.

13. Der neue Hawk

Woher das gebieterische Pochen kam, erschloss sich ihr nicht sofort. Ein Blick zur Uhr zeigte, dass es zehn Minuten nach eins war, also mitten in der Nacht. Nur langsam begriff Santana, dass jemand an ihre Tür klopfte. Schon wieder! Wobei, wenn das ein reumütiger Hawk war, hätte das durchaus etwas Positives. Eilig rappelte sie sich auf und tapste zur Tür.

Es war nicht Hawk.

Vor ihr stand eine sichtlich aufgelöste und gleichzeitig fuchsteufelswilde Rita. Blieb ihr eigentlich nichts erspart?

Sie räusperte sich mühsam. „Rita, was ist passiert? Was kann ich für Sie tun?"

„Was passiert ist? Mein liebevoller Ehemann hat mich aus meinem Zimmer geworfen. Ich brauche also dringend ein Ersatzzimmer, und zwar jetzt!"

Noch immer nicht ganz wach, nickte Santana. „Ja, ich kümmere mich sofort darum."

„Das kannst du dir sparen. Das Haus ist komplett voll. Es gibt kein freies Zimmer mehr. Nirgends! Nicht einmal im Guesthouse der Fahrer." Sie musterte Santana mit einem dermaßen kalten Blick, dass die sofort wieder fror. „Ich gebe dir fünf Minuten, in denen ich meine Sachen hole, bis dahin hast du dein Zimmer geräumt und überlässt es mir. Keine Diskussion." Schon rauschte sie hoch erhobenen Hauptes den Gang hinunter.

Santana blieb verdattert im Türrahmen zurück. Was jetzt? Sie konnte es ihr kaum verwehren, wenn sie nicht riskieren wollte, dass Rita eine Riesenszene machte. Ratlos stopfte sie ihre Sachen in ihren Trolley und ihre Tasche. Sie schlüpfte in Jeans und Pullover und schaffte es gerade noch in Socken und Stiefel, als Rita schon wieder in der Tür stand. „Gott, das ist ja kein Zimmer, das ist ein Schuhkarton. Wie soll ich denn hier schlafen?" Mit vorwurfsvollem Blick schob sie sich an Santana vorbei und warf ihre Reisetasche und ein Beautycase auf das Bett. „Worauf wartest du? Sollen wir uns diese Bruchbude etwa teilen? Das darfst du getrost vergessen." Ein gehässiger Ausdruck trat in ihre Augen. „Du kannst es ja bei Paul versuchen, vielleicht lässt der dich in sein Bett, und jetzt raus hier."

Vollkommen überfahren von so viel Bosheit und Unverfrorenheit griff Santana nach ihrem Gepäck. „Paul wird schon seine Gründe haben, warum er Sie rausgeworfen hat. Und keine Bange, lieber schlafe ich im Verbindungsgang, ehe ich mir mit Ihnen was auch immer teile." Ohne auf Ritas Gekeife zu hören, zog sie die Tür hinter sich ins Schloss. Was nun? Guter Rat war teuer. Alle Zimmer waren belegt, der Trailer bereits in Stonehaven, ihre Möglichkeiten also recht eingeschränkt. Sie tastete in ihrer Hosentasche nach dem Autoschlüssel. Der Rover war derzeit wohl die beste Option.

Sie war klatschnass, als sie die Tür aufriss und auf den Sitz sprang. Keuchend wuchtete sie ihren Trolley und die Tasche neben sich. Gar nicht so einfach, wenn der Sturm einem beinahe die Wagentür wieder aus den klammen Fingern zerrte. Endlich gelang es ihr, die Tür zu schließen, und sie lehnte sich stöhnend zurück. Verdammt, war das kalt! Musste ausgerechnet in dieser Nacht der schottische Winter seine eisigen Vorboten losschicken? Hätte das nicht noch ein paar Tage Zeit gehabt? Zumindest so lange, bis sie wieder zuhause in Edinburgh auf dem Sofa am warmen Kaminfeuer sitzen konnte? Santana schlang die Arme um ihren zitternden Körper. Viel nutzte das nicht. Sich in einem klatschnassen Pullover zu umarmen mochte nett aussehen, war aber leider sinnfrei. Die Heizung des Rover funktionierte nur, wenn der Motor lief, und das konnte sie nicht riskieren. Daran, jetzt Aufmerksamkeit auf sich zu ziehen, war ihr nicht gelegen. Inzwischen waren die Scheiben komplett beschlagen, und auch wenn sie sich ein kleines Guckloch freiwischte, sah sie nichts als fette, auf der Windschutzscheibe zerberstende Regentropfen. Mit klammen Händen wühlte sie in ihrer Tasche nach einem trockenen Shirt. Immerhin das Oberteil würde sie wechseln können, ehe ihre Gelenke komplett eingefroren waren. Eine heftige Windböe brachte den großen Wagen ins Wanken. Exzellent! Ein tobendes Inferno und sie mittendrin. Sie zog ein schwarzes Shirt hervor und legte es neben sich. Den nassen Pulli auszuziehen grenzte an eine artistische Meisterleistung, da der Kragen ihr am Kopf klebte und sie sich verrenken musste, um überhaupt aus den Ärmeln zu kommen. Inzwischen zitterte sie wie Espenlaub und ihre Zähne klapperten so sehr, dass sie fürchtete, man könnte es auch draußen noch hören.

Allerdings war wohl kaum jemand so bescheuert, bei dem Wetter im Freien herumzulaufen. Wütend rupfte sie sich endlich das Teil vom Körper, wobei sie kurz dachte, ihre Nase wäre in dem engen Kragen zurückgeblieben. „Mistjob! Blödes, überspanntes Filmpack!"

Und Hawk konnte ihr auch gestohlen bleiben. Launisch wie eine Filmdiva aus den 40er Jahren. Die Joan Crawford des Modelbusiness.

Mit feuchter Haut in ein knallenges Shirt schlüpfen zu wollen war ambitioniert. Ziemlich sogar. Schon bei der Hälfte der Ärmel gab sie auf. Hilflos ließ sie sich in den Sitz zurückfallen – in klammer Unterwäsche und mit den Armen bis zur Hälfte in einem Shirt, in das man definitiv nur trocken hineinkam. Sie sah aus, als hätte sie sich freiwillig in eine Zwangsjacke gequetscht.

„Scheiße!" Wütend und verzweifelt zugleich lehnte sie ihre Stirn an das Lenkrad.

Der Regen wurde immer lauter. Das mussten ja die reinsten Eimerladungen sein, die da an ihre Tür … Augenblick. Das war kein Regen. Vorsichtig wischte sie die beschlagene Seitenscheibe etwas frei. Da war nichts, nur Regen. Wieder klatschte es, dieses Mal neben ihr. Und dann legte sich eine Hand von außen an die Scheibe.

Santana erschrak fast zu Tode. Sämtliche Horrorfilme liefen im Schnelldurchlauf vor ihrem inneren Auge ab.

„Santana! Komm schon raus da!" Der irre Mörder kannte ihren Namen!

Sie öffnete mit ihren in den Ärmeln steckenden Händen umständlich die Autotür. Was sie sah, war ein riesiger Regenschirm und Hawks Gesicht. Ein sehr besorgtes Gesicht.

Er hielt die Tür fest und machte eine fordernde Kopfbewegung. „Komm mit! Sofort!"

Jetzt war ganz sicher nicht der Augenblick, in dem sie sich über seine uncharmante Art Gedanken machen sollte. „Schon gut, ich komm ja. Meine Sachen ..."

„Lass das Zeug da drin, gib mir den Schlüssel, warte, ich helfe dir. Und jetzt ab mit dir." Hawk zog sie mit sich und schloss vom Eingang aus den Rover ab. Dann schob er sie ins Innere, klappte den Schirm zu und stellte ihn in einen eisernen Korb neben der Eingangstür. Er schüttelte sich wie ein junger Hund. „Gott, ist das ekelhaft." Sein Blick blieb an ihr hängen und erst jetzt sah er ihr seltsames Outfit.

Um seine Mundwinkel zuckte es verdächtig. „Interessantes Styling. Muss ich mir merken."

Als sie just in diesem Moment herzhaft niesen musste, wurde er sofort wieder ernst. „Komm, ich helfe dir, das Ding auszuziehen, und jetzt ab in mein Zimmer mit dir. Hier die Treppe hoch, direkt unter dem Dach."

Mit zitternden Knien wankte Santana die schmale Treppe empor, die sie in die Dachsuite führte. Hawk stieß die nur angelehnte Tür auf und zog sie mit sich. Sofort umfing sie wohlige Wärme. In einem Kamin brannte ein wärmendes Feuer – gut, ein Gasfeuer, aber immerhin. Nur die Nachttischlampe verbreitete zusätzlich etwas Licht, aber das große, einladende Kingsize-Bett konnte sie trotzdem erkennen.

„Zieh das alles aus, jetzt gleich. Du bist eisig kalt. Mach schnell."

„Aber ich hab nichts zum Umziehen dabei."

Seufzend ging er ins Badezimmer und kam mit einem dicken, weichen Bademantel zurück. „Das sollte genügen, um dich darin einzuwickeln. Aber es ergibt sowieso mehr Sinn, wenn du erst mal heiß duschst. Ich mach dir so lange einen Tee. Was hättest du denn gerne?"

Bibbernd griff sie nach dem Bademantel. „Was hast du denn da?"

Grinsend deutete er auf die Anrichte, wo auch ein Wasserkocher und Tassen standen. „Ein ziemlich gutes, wohlsortiertes Supermarktangebot. Was immer du willst."

„Erdbeer-Gurke, bitte." Auch wenn ihre Zähne noch immer aufeinanderschlugen, das konnte sie sich einfach nicht verkneifen.

„Frau, du machst mich fertig. Verschwinde in die Dusche, sofort!"

Wenn man fror, und zwar so richtig, wenn man befürchtete, dass einem nie wieder warm sein würde, war heißes Wasser besser als jeder Millionengewinn. Mit geschlossenen Augen stand sie unter dem heißen Duschstrahl und genoss jede Sekunde. Sie spürte, wie sie langsam wieder auftaute. Er hatte die Dusch-Luxusausführung in seinem Badezimmer, eine normale und eine große Tropendusche. Vor allem aber gab es hier teure Körperpflegeprodukte. Der große Star zu sein war eindeutig von Vorteil. Genüsslich verteilte sie Vanilla-Musk-Duschlotion auf ihrem Körper. Irgendwann beschloss sie, dass es reichte und ihr wieder warm genug war. Vorsichtig stieg sie aus der runden Kabine. Ja, ihre Finger und Zehen waren alle noch da, zumindest konnte sie ihre Gliedmaßen wieder spüren.

Rasch föhnte sie ihre Haare an, um einigermaßen ansehnlich zu sein, und wickelte sich in den kuscheligen Bademantel. Neugierig betrachtete sie sich im Spiegel. Sah gar nicht mal so übel aus. Der Mantel war ihr viel zu groß und in zu großen Klamotten sahen die meisten Frauen niedlich aus. Sie schlug den Kragen hoch und tapste auf bloßen Füßen zurück zu Hawk. Der stand mit dem Rücken zu ihr und goss soeben eine große Tasse Tee auf. Lächelnd schnupperte sie. „Das ist aber nicht Erdbeer-Gurke.“

„Nein, das ist Holunder-Honig. Ich habe beschlossen, dass das gut für dich ist.“ Er wandte sich ihr zu und reichte ihr die dampfende Tasse. „Vorsicht, sehr heiß. Setz dich in den Sessel am Kamin. Ist zwar unechtes Feuer aber wenigstens schön warm.“

Sie tat wie ihr geheißen, setzte sich, zog die Beine an und kuschelte sich in den behaglichen Lehnsessel. „Schönes Zimmer hast du. So warm.“

Hawk ignorierte ihre Witzeleien. Mit ernster Miene zog er den zweiten Sessel heran und setzte sich ihr gegenüber. In seinen dunklen Augen schimmerte ein seltsamer Ausdruck. „Kannst du mir sagen, warum du mitten in der Nacht durch den Regen rennst und riskierst, dir den Tod zu holen, anstatt zu mir zu kommen?“

Ihr fiel um ein Haar die Tasse aus der Hand. „Ja, wie denn? Nachdem, was du gestern mit Rita abgezogen hast? Wenn ihr über Nacht beschließt, die besten Freunde zu sein und du mich keines einzigen Blickes mehr würdigst, dann laufe ich doch nicht heulend zu dir. Was denkst du denn von mir?“

Er hob tadelnd die rechte Augenbraue. „Ich denke, dass du ein ganz schön schräges Wesen bist, das schon wieder interpretiert anstatt einfach mal um die Ecke zu denken. Himmel, Santana! Was glaubst du wäre gestern passiert, wenn ich das getan hätte, wonach mir war?"

„Wonach war dir denn? Danach, Rita auf deinen Knien zu schaukeln?" Sie biss sich auf die Lippe. So gemein wollte sie eigentlich gar nicht sein, aber nun war es schon raus.

Hawk wischte ihre Bemerkung mit einer ungeduldigen Handbewegung beiseite. „Nein, mir war hiernach, du dummes Huhn." Er erhob sich in einer fließenden, eleganten Bewegung, ging vor ihr auf die Knie, nahm ihr Gesicht zwischen seine Hände und küsste sie. Danach räusperte er sich und ging zurück zu seinem Sessel. „Dass du so schnell denkst, diese Nacht in Glencoe habe mir nichts bedeutet, tut ein wenig weh, weißt du das? Was zur Hölle hast du eigentlich für einen Eindruck von mir?"

Sie fühlte, wie ihr zusätzlich zu der Restwärme der Dusche jetzt langsam aber stetig eine ganz andere Wärme ins Gesicht stieg. Wahrscheinlich war sie inzwischen knallrot. „Tut mir leid. Ehrlich, ich wollte dich nicht kränken, aber es passte so schön in das Bild, das ich von Männern wie dir habe. Außerdem passte es perfekt zu meinen Erfahrungswerten. Kerle wie du sehen mich eher als moderne Vogelscheuche, musst du wissen."

Er verengte die Augen zu Schlitzen und fixierte sie regelrecht lauernd. „Und was bitte sind Kerle wie ich? Nur mal aus Interesse."

Verdammt, musste er sie in solche Erklärungsnot bringen? „Das sind die Superschönen, die Makellosen, die, denen alles zufliegt und die einfach alles bekommen können. Diese Männer wissen, dass sie jede Frau haben können. Daher liegt ihre Messlatte, was Frauen anbelangt, so richtig hoch." Sie warf ihm einen bösen Blick zu. „Hör auf zu grinsen, das ist nicht lustig."

Er verneinte lachend. „Sorry, ist es doch. Vor allem das mit der Latte."

Santana runzelte anklagend die Stirn. „Sehr witzig, wirklich. Was ich sagen will ist, dass solche Männer sich die tollsten und schönsten Frauen rauspicken. Modemäuschen, Models, Schauspielerinnen, reiche Töchter, Influencerinnen und, ach was weiß ich alles. Aber die angeln sich doch nicht so einen schrägen Vogel wie mich."

Hawk lehnte sich zurück und sah eine Weile schweigend in die Flammen des Kamins, dann schüttelte er entschlossen den Kopf. „Santana, du hast ganz schön einen an der Klatsche. Du bist eine schöne, interessante, kluge und außergewöhnliche Frau. Allein dein Kleidungsstil macht dich zu etwas Besonderem. Du schwimmst nicht im breiigen Mainstream mit, du hebst dich ab. Du lebst dein Leben, in deinen Klamotten, mit deinem Humor und mit deinem schlauen, wenn auch leicht verrückten Kopf. Du bist wunderbar!" Er beugte sich vor und stützte die Ellbogen auf seinen Knien ab. „Ich hatte Angst, dass du dich nicht für mich interessieren könntest. Zumindest hat sich das am Anfang so angefühlt. Du warst, um es vorsichtig auszudrücken, zurückhaltend. Und dein Gesichtsausdruck sagte das, was du selbst nicht – oder zumindest nicht laut – gesagt hast: Was für ein Arsch! Aber ich wusste von Anfang an, dass du es wert warst zu kämpfen."

„Um mir das zu zeigen hast du aber meist eine seltsame Art an den Tag gelegt, echt!"

Grinsend versank er wieder in seinem Sessel, was bei seiner Größe nicht leicht war. „Ich habe schließlich einen Ruf zu verlieren. Wenn ich anfange, duldsam und nett zu sein, tanzen mir alle auf der Nase rum. Ich halte es da mit meinem alten Kumpel Marilyn Manson: Benimm dich wie ein Rockstar, dann behandeln sie dich auch wie einen.

So einfach ist das."

Ihr schwirrte der Kopf. Was erzählte er da so nebenbei im entspannten Plauderton? Sie war ihm von Anfang an aufgefallen und das durchaus positiv? Aber er war doch total … noch während sie fieberhaft überlegte, schossen kurze Szenen durch ihre Erinnerung: der Abend in Prestonfield House, als sie ihre Fish and Chips in der Lobby genoss und Hawk ihr kurzerhand ihre Chips stibitzte. Sein Alleingang mit ihr nach dem Shooting auf Doune Castle, ganz zu schweigen von seinem Ausraster auf Urquhart. War sie also tatsächlich mit Blindheit geschlagen?

„Santana, bist du noch bei mir?"

Sie blickte verwirrt auf. Zum einen, wann war er aufgestanden, und zum zweiten, warum war sein Gesicht gerade einmal eine Handbreit von ihrem entfernt? „Entschuldige bitte, ich war in Gedanken. Was hast du mich gefragt?"

„Ich fragte, ob es dir wieder warm ist. Als Paul bei mir geklopft hat und meinte, du hättest dein Zimmer räumen müssen, war ich stinksauer. Nachdem wir dich im Haus nicht gefunden haben, war mir klar, dass du in deinem Auto sitzen musst und das bei der Kälte und dem Wetter."

„Paul?"

„Ja, der ist einfühlsamer, als du denkst. Paul ahnt schon länger, dass du mir nicht gleichgültig bist."

Irritiert nippte sie an ihrem ausgesprochen leckeren Holundertee. „Schön, dass alle anderen es merken. Schön, wenn man seinen Vorurteilen so hemmungslos frönt, dass man nichts mehr mitbekommt."

Er nahm ihr wortlos die Tasse aus der Hand und stellte sie auf dem Boden ab. Dann hob er sie hoch, als wöge sie gerade mal zehn Pfund, setzte sich und zog sie auf seinen Schoß. „Hast du mal daran gedacht, mir zu vertrauen? Vielleicht nach und nach?"

Ihm so nah zu sein, sein herbes Aftershave zu riechen, den Duft seiner langen Haare, die ihm wie eine seidige Flutwelle weit über die Schultern fielen, und gleichzeitig seine Hand zu spüren, die an ihrer Wange lag und ihr Gesicht behutsam drehte, sodass sie ihm in die Augen sehen musste, war ein bisschen viel auf einmal. „Ähm. Wie war noch mal die Frage?"

Feixend stupste er ihr mit dem Zeigefinger an die Nasenspitze. „Wie jetzt, irritiere ich dich etwa? Bringe ich dich aus dem Konzept?" Sein Finger glitt sehr langsam und sanft von ihrer Nase zu ihren Lippen, strich zart darüber, ehe er ihn über ihr Kinn zu ihrem Hals wandern ließ. Eine so sachte und doch intensive Berührung, dass sie erschauerte. „Ha, dir ist doch noch kalt."

Sie fing seine Hand ein und hielt sie fest. „Falsch gedacht, Mr Universum. Mir war schon lange nicht mehr so warm."

Wieder zuckte es verdächtig um seine Mundwinkel. „Was so eine heiße Dusche und ein dicker Bademantel nicht alles bewirken, nicht wahr? Aber sicher ist es der Tee."

Santana seufzte tief. „Super. Wahrscheinlich hab ich das verdient, mach dich ruhig noch ein bisschen lustig über mich."

Er hob seine Hand, die sie noch immer mit der ihren umschloss, und küsste ihre Finger, einen jeden einzeln. „Schon dabei."

Er löste seine Finger aus den ihren und legte seine Hand wieder an ihren Hals. Sein Blick fing ihren ein und ließ ihn nicht mehr los, während er sehr langsam und genüsslich seine Finger über ihr Schlüsselbein und dann weiter zwischen die Falten des Bademantels und zum Ansatz ihrer Brüste gleiten ließ. In ihrem Bauch rüsteten sich tausende Schmetterlinge zum Groß-kampf. Geschah das hier wirklich, war das tatsächlich alles real oder lag sie bereits heftig fiebernd und dem Kältetod nahe in ihrem Rover? Es musste so sein – sie halluzinierte, so einfach war das. Es kostete sie zwei Versuche, ehe der Satz raus war. „Das hier, das passiert nicht wirklich, oder? Ich träume oder habe Wahnvor-stellungen. Wahrscheinlich hab ich mir in der kurzen Zeit im Rover eine Lungenentzündung geholt und liege in den letzten Zügen."

Sein Mund war ihr nah, viel zu nah. „Warte, ich we-cke dich auf." Seine Rechte legte sich über ihre Brust und die Linke grub sich in ihr Haar. Seine Lippen fühl-ten sich noch immer so unfassbar gut an, wie sie es in Erinnerung hatte. Der Kuss war zuerst fragend, vor-sichtig, ja fast scheu, doch als sie mit der Zungenspitze über seine Unterlippe fuhr, spürte sie, wie er fordernder wurde. In ihrem Bauch kribbelte es, ihr Herz vollführte einen Doppelsalto und ihre Haut prickelte sehr angenehm. So viel also zu: Der stellt für mich keine Gefahr dar. Hawk war eindeutig das Gefährlichste, das ihr jemals begegnet war. Noch nie zuvor war sie so geküsst worden, noch nie zuvor hatte ihr ganzer Körper bei einer einfachen Berührung dermaßen verrücktgespielt. Sie wollte ihre Lippen nicht von den seinen lösen, aber sie musste ihn einfach ansehen. Santana legte ihre Hände an seine Wangen. Er war glattrasiert und seine Haut fühlte sich an, wie sie aussah – makellos. Verdammt, verdammt! Was sollte ausgerechnet sie mit einem solch einzigartigen, wunderschönen Wesen? Ein Gedanke, der sich angesichts des Lächelns, das seinen Mund umspielte, sehr schnell verflüchtigte. „Woran denkst du?"

„Daran, dass du viel zu perfekt für mich bist. Aber auch daran, dass mich noch nie ein Mann so geküsst hat."

Seine Augenbraue zuckte amüsiert nach oben. „Du meinst so?"

Er küsste sie erneut und sofort begann ihre Haut wieder zu kribbeln. Je intensiver sein Kuss wurde, desto wärmer wurde ihr. Wenn schon denn schon! Sie war viel zu weit gegangen, um jetzt noch zurück zu können. Seine Hände waren zärtlich, sanft, liebevoll, seine Lippen magisch, und so schmiegte sie sich noch enger an ihn.

„Santana, ich möchte nicht, dass dir wieder kalt wird." Er blieb vollkommen ernst bei diesen Worten. „Ich glaube, du musst dringend ins Bett."

Lachend schlang sie ihre Arme um seinen Nacken. „Ich glaube, du hast recht. Wir wollen ja schließlich nicht riskieren, dass ich doch noch krank werde, nicht wahr?"

Hawk setzte sie vorsichtig auf seinem Bett ab und richtete sich dann wieder auf. Allein wie er sich sein Shirt über den Kopf zog, ließ sie tief Luft holen. Ganz zu schweigen davon, wie seine langen Haare über seinen Oberkörper flossen. Wenn er sich bei den Shootings rasch umkleidete, hatte sie des Öfteren einen Blick auf seinen durchtrainierten Oberkörper und das bewundernswerte Sixpack erhaschen können. Diese Pracht aber direkt vor der Nase zu haben, quasi in Reichweite, war etwas ganz anderes. Zögernd streckte sie die Hand aus und legte sie auf seine Brust. „Gut, jetzt begreife ich es; du bist tatsächlich echt."

Hawk schüttelte in gespielter Verzweiflung den Kopf. „Frau, was soll ich nur mit dir machen." Er strahlte sie an. „Ah, warte – ich weiß es."

Er streifte ihr den Bademantel ab, streichelte ihr erhitztes Gesicht und küsste sie wieder. Quälend langsam glitt er an ihr hinunter, küsste ihre Halsbeuge, ihr Schlüsselbein, ihre Brüste – so lange, bis sie es nicht mehr aushielt, still zu liegen. Santana grub ihre Hände in sein Haar und zog ihn zu sich hoch. Ein letztes Aufblitzen ihres Verstandes ließ sie einen Sekundenbruchteil darüber nachdenken, seit wann sie zu einer derartigen Leidenschaft fähig war. Egal! Sie wollte diesen unglaublichen, diesen schönen, liebevollen und so leidenschaftlichen Mann, und das so sehr, wie sie noch nie zuvor jemanden gewollt hatte.

„Santana, sieh mich an, bitte, sieh mich an."

Sie versank in der samtigen Dunkelheit seiner Augen, während ihre Hände seinen Rücken streichelten. Jede einzelne seiner Berührungen löste ein Feuerwerk der Gefühle in ihr aus, und als er sanft die Innenseite ihrer Oberschenkel berührte, bog sie sich ihm aufstöhnend entgegen. Santana fühlte, hörte und schmeckte nur noch ihn. Ihre Finger krallten sich in seinen harten Rücken und sie legte ihre Stirn an die seine.

„Hör nicht auf, hör ja nie wieder auf!"

Stunden später lagen sie, atemlos und verschwitzt, eng aneinandergeschmiegt auf seinem Bett. Sie wusste nicht mehr, wie oft sie sich geliebt hatten, konnte sich nur noch vage daran erinnern, dass sie sich gegenseitig alles Mögliche und Unmögliche geschworen hatten – eins aber wusste sie: Sie war noch nie so glücklich gewesen.

„Weißt du, dass ich fest vorhatte, dich zu hassen?" Sie wickelte sich eine seiner seidigen Haarsträhnen um den Zeigefinger.

„Hm, ist mir kaum aufgefallen." Hawk kraulte ihr liebevoll den schweißnassen Nacken.

„Lügner! Natürlich ist es dir aufgefallen."

Sie spürte, wie er mit den Schultern zuckte. „Ja, und das machte dich noch interessanter, als du es sowieso schon warst. Wenn man andauernd von Menschen wie Rita oder den Typen von der Presse umgeben ist, dann verliert man irgendwann den Bezug zur Realität, leider. Ich bin wirklich kein arrogantes Arschloch, also zumindest will ich es nicht sein. Allerdings ist es in der Branche leichter, wenn du dich aufführst wie der besagte Rockstar. Keiner widerspricht dir mehr, keiner nervt – jeder ist froh, wenn alles gut geht und du keinen Wutanfall auf die Bretter legst."

„Bei Mike klappt das aber nicht, was?" Sie verrenkte sich etwas und suchte seinen Blick.

Lächelnd küsste er sie auf die Stirn. „Nein, bei Mike klappt das ganz und gar nicht. Bei Mike würde ich mir das niemals herausnehmen. Ich liebe Mike wie einen großen Bruder. Er hat mir von Anfang an alle Flausen ausgetrieben. Bei ihm komme ich gar nicht auf die Idee zur Diva zu mutieren."

„Ja, er sagte sowas in der Richtung. Ihr seid ein gutes, erfolgreiches Gespann. Allerdings hatte ich bei dir und Rita andauernd Angst, dass du irgendwann explodierst. Bist du dann ja auch."

Hawk stieß prustend die Luft aus. „Ja, Rita ist prädestiniert dafür, dir den allerletzten Nerv zu rauben. Sicher ist die Show gut, perfekte Publicity, wenn du es so nennen willst. Aber ich fühle mich damit nicht wohl. Sie wollen mich andauernd als jemand inszenieren, der ich verdammt noch mal nicht bin. Ich muss da dringend mal aktiv werden, je schneller desto besser." Was genau er damit meinte, erfuhr Santana nicht mehr. Hawk schloss sie fest in seine Arme und küsste ihre Nasenspitze. „Und jetzt schlafen wir noch ein wenig, sonst wird der letzte Tag in Sachen Fotos die Zombieapokalypse."

Sie hätte es sich nie träumen lassen, dass es so himmlisch sein konnte, in den Armen eines Schönlings einzuschlafen.

14. Das Model und das Meer

Santana war vor ihm wach. Fasziniert starrte sie auf sein Profil, das im weichen Licht des Morgens ausgesprochen ansehnlich wirkte. Ach was, ansehnlich – der Mann war einfach einzigartig. Wie es allerdings weitergehen sollte, erschloss sich ihr nicht, selbst wenn sie sich darüber den Kopf zerbrach. Wenn Hawk sein Leben ändern wollte, dann musste er wohl oder übel unliebsame Entscheidungen treffen. Dazu gehörte gewiss sein Rückzug aus der Reality Show. Rita würde noch mehr toben, sein Management – und mochte das hundertmal seine Mutter sein – hatte bindende Verträge unterzeichnet und es ging um Summen, bei denen sie mit den Kommastellen aufpassen musste, da sie noch nie auch nur ansatzweise so viel Geld ihr Eigen genannt hatte. Keine guten Voraussetzungen, egal in welche Richtung sie auch dachte.

„Guten Morgen, Mylady, habt Ihr gut geschlafen?" Hawk reckte sich genüsslich. „Weißt du, dass ich echt gerne mal eine Weile auf so einem schottischen Schloss leben würde? Mit dir als meiner Lady? Ich finde eure Geschichte absolut begeisternd."

Santana schmunzelte. „Wer weiß, vielleicht ist deine Mutter ja eine Nachfahrin schottischer Adliger, solcher, die nach der Schlacht von Culloden fliehen mussten? Bei deinem Vater wage ich das zu bezweifeln.“

Er musste so sehr lachen, dass er sich verschluckte. „Herrlich! Emely Vaughn – eine schottische Clanlady. Passen Highheels mit Stilettoabsätzen zu eurer Kleidung? Nein, vertrau mir, Santana, da muss ich improvisieren und mir einen schottischen Stammbaum basteln. Meine Mutter ist alles andere als schottisch.“

Liebevoll strich sie ihm über die Wange. „Ich nehm dich auch ohne Schloss.“

„Das habe ich gehofft.“ Er küsste sie sanft auf die Lippen, ehe er sich erhob. „Ich würde gerne in alle Ewigkeit mit dir hier liegen, aber wir sollten, um den heutigen und den Abreisetag gut zu überstehen, einen zielführenden Plan haben. Vorschlag meinerseits: Wir machen uns fertig, du deponierst schon mal alles in deinem Wagen und wir treffen uns ungezwungen beim Frühstück. Ich würde dann sicherheitshalber mit Mike und Finn fahren. Stonehaven, habe ich das richtig im Kopf?“

Sie nickte überrascht. „Hast du. Ich dachte, du lässt dich einfach von A nach B kutschieren, ohne richtig zu wissen, wo du eigentlich bist?“

Hawk runzelte die Stirn. „Oh, ihr Ungläubigen! Ich will doch wissen, wo ich mich befinde. Außerdem will ich dann auch die Geschichte des Ortes kennen. Langsam solltest du doch wissen, dass ich nicht so ein unbedarftes Kerlchen bin, das nur seine Nase in die Kamera hält.“

„Sorry, das war nicht böse gemeint. Du kennst echt die komplette Route? Ich bin beeindruckt!“ Sie warf ihm einen entschuldigenden Blick zu. „Du bist ein wahrer Quell an Überraschungen."

„Davon darfst du ausgehen. Aber ernsthaft, lass uns das heute gut über die Runden bringen. Ich habe keine Lust, Rita in einem Wutanfall doch noch aus Versehen den Hals umzudrehen." Er küsste Santana auf die Stirn und sah ihr tief in die Augen. „Denn das könnte geschehen, wenn sie dich noch ein einziges Mal so heftig anraunzt."

Es gelang ihnen tatsächlich, Santanas Habseligkeiten ungesehen von allen anderen im Rover zu verstauen. Und so saß sie mit Finn bereits an einem der Tische im Frühstückszimmer, als Hawk hereinkam, sie freundlich grüßte und sich dann zu Terry und Paul setzte. Der geborene Diplomat.

„Schade, dass es schon fast vorüber ist. Hat großen Spaß gemacht, hier mit dir zu arbeiten. Mike sieht das genauso." Um ein Haar hätte sie Finns Lob gar nicht mitbekommen, so fasziniert beobachtete sie Hawk. „Santana?"

„Ja, oh, entschuldige, ich war geistig schon wieder mitten in der Planung. Das geht mir ähnlich, es war ein tolles Erlebnis und ich bin sehr froh, dass es für euch auch gut und, wie ich hoffe, erfolgreich war."

„War es! Ich bin sehr zufrieden." Mike stand mit breitem Grinsen im Gesicht neben ihr. „Das war ganz sicher nicht mein letztes Shooting auf der Insel. Heute noch der Strand samt Meer und ich bin wunschlos glücklich." Er setzte sich zu ihr und seinem Assistenten an den Tisch und stellte seinen Teller mit Rührei und einem gigantischen Berg Speck vorsichtig ab. „Ich möchte auch noch vermerken, dass der Auftraggeber mit den Beispielbildern, die ich geschickt habe, sehr zufrieden ist."

Santana atmete einmal tief durch. „Das hör ich gerne. Trotz allem, was ja laut Rita angeblich schiefgelaufen ist."

Mike hob entspannt eine Augenbraue. „Ganz ruhig bleiben, wir wissen alle, woher das kam. Das ist vollkommen bedeutungslos." Genüsslich kaute er sein Frühstück. „Ich bin mehr als zufrieden. Das ist es, was für dich zählt. Nicht unsere Hollywood-Diva, der man nichts recht machen kann."

Dass Rita das anders sah, bemerkte ein Blinder, als sie in das Zimmer stöckelte. Ihr Blick, als sie sah, dass Hawk neben Paul saß, sprach Bände. Sichtlich erbost setzte sie sich ans andere Ende des Raumes und ließ sich von der hilfsbereiten Bedienung das Frühstück bringen. Ihre Lippen waren zu einem Strich zusammengepresst und Santana ahnte, dass Hawk irgendetwas unternommen haben musste. So deutlich war es bis heute noch nie gewesen, dass es geradezu unglaublich in Rita brodelte. Als Evie sich zu ihr setzte, redete sie sofort ohne Punkt und Komma auf diese ein. Leider verstand Santana kein Wort und so wandte sie ihre Aufmerksamkeit wieder Mike und Finn zu, die sie gewiss mehr verdienten.

Eine gute Stunde später brach der Tross auf, um Stonehaven schnellstmöglich zu erreichen. Das Wetter hatte erneut umgeschlagen. Es war zwar richtig kalt, aber die Sonne strahlte dafür von einem fast wolkenlosen Himmel. Mike wollte unbedingt das Sonnenlicht nutzen und auch Paul und Terry hatten mit Hawk besprochen, wie sie ihn am Strand gut in Szene setzen wollten. In Stonehaven angelangt, wartete der Trailer bereits am langgezogenen Strand an einer für die Aufnahmen perfekten Position. Während Hawk sich schminken ließ und Mike mit Finn aufbaute, beeilte Santana sich, ihre Zimmer in dem gemütlichen Strandhotel zu checken. Das liebevoll restaurierte Backsteinhaus mit offenen Kaminen in den Schlafzimmern und Blick aufs Meer verfügte über genügend Zimmer, um die VIPs zu beherbergen. Sie selbst, Ryan und Stacey, ebenso die Fahrer, wohnten in zwei nahe gelegenen, hübschen Bed-and-Breakfast-Häusern. Ihr Bedauern, wenn sie daran dachte, dass Hawk diese Nacht gut fünfhundert Meter entfernt verbringen würde, war groß. Aber wenn sie keine unnötige Aufmerksamkeit erregen wollten, waren ihre Möglichkeiten eingeschränkt.

Erst als sie alles genau abgeklärt hatte, beeilte sie sich, zurück zum Strand zu kommen. Die Szene, die sich ihr dort bot, war höchst erheiternd. Zwar schien noch immer die Sonne und der fast weiße Strand lag im strahlenden Licht, allerdings war es durch den konstanten Wind recht frisch. Auf der Promenade bibberte sie ohne Jacke kräftig vor sich hin. Unten lag Hawk mit nacktem Oberkörper und ausgebreiteten Armen im kalten Sand.

„Hawk, Junge, nun versuch doch zumindest so zu tun, als würdest du die Hitze der Sonne genießen." In Mikes Stimme schwang deutlich ein Lachen mit.

„Wirklich witzig! Mir sterben gerade die Arme ab, du Witzbold! Beeil dich gefälligst, es ist eiskalt hier."

„Stell dich nicht so an. Soweit ich erkennen kann, läufst du noch nicht blau an."

Sie konnte Hawks Knurren bis zur Promenade hören. „Ja, weil ich im Gegensatz zu dir eine vernünftige Naturhautfarbe habe, du Arsch! Jetzt mach endlich."

„Ich glaube, er friert." Santana zuckte erschrocken zusammen, als Evies Stimme neben ihr erklang. „Hoffentlich hält er durch bis morgen."

„Äh, ja, da bin ich mir sicher. Er hat bis heute alles ertragen. Wind, Regen, Nebel, ich glaube, er ist hart im Nehmen." Noch immer verwundert sah sie zu Evie, die um einiges kleiner war als sie selbst. Die nickte nur, schwieg länger und wandte sich dann Santana zu. „Santana, ich möchte mich bei dir entschuldigen. Ich war ein echtes Ekel. Zu meiner Verteidigung muss ich anführen, dass ich immer nur das Beste für die Agentur will. Im Nachhinein muss ich zugeben, dass ich weit übers Ziel hinausgeschossen bin. Rita hat sich – ohne es mir zu sagen – bei Allan beschwert. Sie hat verlangt, dass du sofort von diesem Job abgezogen wirst, andernfalls würde sie den Aufenthalt abbrechen. Allan hat ihr wohl ganz ruhig und vernünftig erklärt, dass sie das jederzeit tun könne. Er hat auch gemeint, da ja die Fotocrew den Löwenanteil an den Kosten trägt, würde er ihr dann nur die letzten zwei Tage als Ausfallkosten getrennt in Rechnung stellen und natürlich die Zimmer für sie, Paul und ihre beiden Leute. Er hat ihr noch angeboten, ihr einen Rückflug mit British Airways zu buchen. Also nichts mehr mit dem Learjet, den der Auftraggeber komplett bezahlt hat. Daraufhin hat sie das Gespräch sehr verärgert abgebrochen." Evie schwieg erneut eine längere Zeit. „Danach hat er mir gehörig den Kopf gewaschen und ich muss zugeben, er hat recht. Du hast das alles wirklich gut und überlegt organisiert. Ich hätte mit meinem Hang zum Luxus so gut wie überall danebengelegen. Mich von Rita und ihren Hollywood-Attitüden so anstecken zu lassen war falsch. Nochmal, bitte entschuldige."

Santana musste erst einmal verarbeiten, was sie da zu hören bekam. Danach aber stieg Freude in ihr auf. „Schon gut, Evie. Ich freue mich, dass du es heute so betrachtest. Es hätte mich traurig gemacht, wenn ich den Job in der Agentur hätte aufgeben müssen. Danke, ehrlich!"

Evie gelang ein schiefes Lächeln. „Aufgeben? Wovon redest du, bitteschön? Wahrscheinlich würde Allan eher mich rausschmeißen, vor allem nach dem Lobgesang, den Mike wohl schon bei ihm abgesetzt hat."

„Öhm, vielen Dank. Also kann ich bleiben?" Das klang doch sehr positiv.

„Santana, du musst bleiben. Und wenn ich ab und an im Ton danebenliege, dann nimm es mir nicht übel. Ich bin einfach ein verwöhntes Einzelkind. Aber jetzt muss ich mich wieder um Rita kümmern. Sie darf mir nicht ganz abdriften, dazu hat sie zu viel Einfluss. Meine Nerven müssen da jetzt durch. Bitte nimm es dir nicht zu sehr zu Herzen, wenn sie noch einige Male durchdreht. Ich befürchte, dass Hawk etwas wegen ihr unternommen hat. Zumindest klang das heute beim Frühstück so. Aber es sind ja nur noch eineinhalb Tage. Ich werde ihr erzählen, ich hätte dich heftig gerügt, okay?" Evie verschwand in Richtung Kameracrew, die noch immer Hawks Kampf gegen Frostbeulen aufzeichnete, und ließ Santana erstaunt zurück. Das waren interessante

Neuigkeiten. Dann hatte er sein Vorhaben also bereits zu einem Teil in die Tat umgesetzt und begann tatsächlich, etwas zu verändern? Was, das wusste sie zwar nicht, aber dass er es tat, war gut.

Eine Stunde später erklärte ein zufrieden wirkender Mike die Aufnahmen für beendet und Hawk klopfte sich fluchend den Sand vom Körper. „Sobald ich meine Arme wieder spüre, setzt es etwas, das verspreche ich dir.“

Mike räumte in aller Seelenruhe seine Kamera in den passenden Koffer. „Mach du mal, ich erzittere vor Angst.“ Die komplette Crew wirkte zufrieden und erleichtert und auch Paul sah glücklich aus, nachdem er die Aufnahmen hatte filmen können und somit höchst amüsante Szenen im Kasten hatte.

Santana hatte für den Abend in einem urigen Pub auf dem Weg zum Dunnottar Castle ein rustikales Essen samt Burgern in allen Variationen und frischem Fisch bestellt. Ihnen blieb noch genügend Zeit, einzuchecken und sich frisch zu machen. So schlüpfte sie gerade nach einer warmen Dusche in ihre neue, hellblaue Jeans, die gut zu der dunkelblauen Armeejacke passte, als es an ihrer Tür klopfte. In der Annahme, jemand hätte ein Problem, riss sie diese eilig auf, nur um einen tiefenentspannten Hawk vor sich zu sehen. „Was ist, hast du Lust auf einen Strandspaziergang, ehe wir aufbrechen? Wir haben doch noch Zeit, nicht wahr?“

„Ja, haben wir, über eine Stunde sogar, aber findest du das ratsam? Wenn Rita uns sieht?“

Er zuckte lediglich die Achseln. „So what? Ich werde nicht wild knutschend mit dir am Strand abhängen, wobei ich das durchaus in Erwägung gezogen habe, glaub mir.“

Mit einem schadenfrohen Grinsen auf den Lippen musterte sie ihn. „Ach, noch teilweise gefroren, was? Noch nicht kussfähig, oder wie soll ich das verstehen?“ Eine höchst unbedachte Aussage, wie sie umgehend feststellen musste ...

Als sie wieder zu Atem kam, schnaubte Hawk lediglich gelangweilt. „Möchtest du noch mal fragen?“

„Im Prinzip schon, aber dann kommen wir nicht mehr an den Strand.“

Wenige Minuten später schlenderten sie entspannt plaudernd, ihre Stiefel samt Socken in den Händen, über den weichen Sand.

„Kann es sein, dass Rita irgendetwas ausheckt? Sie war heute wohl sehr, sehr wütend?“

Hawk zog eine schuldbewusste Grimasse. „Daran könnte eine E-Mail an mein Management schuld sein. Ich bat um eingehende Überprüfung des Vertrages. Meine Bitte lautete, es zumindest zukünftig nur noch mit Paul als Ansprechpartner zu tun zu haben. Ich muss zugeben, dass Ritas Aktionen mir zum Hals raushängen.“

„Kann ich verstehen, aber sei vorsichtig, nicht, dass sie dir zu sehr schadet.“ Sein Lächeln war entwaffnend. „Süße, die Frau kann mir bei Weitem nicht so sehr schaden wie ich ihr.“

Santana genoss den ausgedehnten Spaziergang sehr. Mehr und mehr öffnete Hawk sich ihr. Er erzählte ihr von seiner Abneigung gegen Dinge, mit denen er im Job immer wieder konfrontiert wurde. Dazu gehörten die unglaubliche Oberflächlichkeit der Branche, die Art und Weise, wie mit den nicht ganz so Großen im Business umgesprungen wurde, und einiges mehr. „Sie hungern wahlweise oder trainieren Tag und Nacht, schlucken Dinge, von denen bekannt ist, dass sie ihnen auf lange Sicht schaden, und ruinieren ihre Gesundheit. Alles muss schnell gehen und perfekt sein. Und doch kommen von hundert nicht einmal fünf ans Ziel ihrer Träume. Danach sind sie desillusioniert, krank und deprimiert. So viele Träume, die einfach platzen, nur weil man ihnen Unfug vorgaukelt." Santana nagte an ihrer Lippe. „Und wie ist das bei dir?"

Er legte die Stirn in Falten. „Ich habe das Riesenglück, dass ich von Haus aus einen guten Körper habe. Klingt doof, ist aber so. Ich trainiere zwar auch, und das nicht wenig, aber ich schlucke den ganzen Dreck nicht. Ich nehme ein paar Vitamine und ernähre mich sehr gesund, das genügt. Mein alter Herr scheint mir da einige gute Gene in die Wiege gelegt zu haben. Meine holde Mutter hat das Ganze wohl vor ein paar Jahren anders gesehen. Sie schloss einen Vertrag mit einem Hersteller von angeblichen Nahrungsergänzungsmitteln ab. Ich habe nichts gegen einen guten Eiweißshake nach dem Training, aber das, was sie gern in mich hineingepumpt hätte, war der Hammer. Den Shake hab ich getrunken, den restlichen Scheiß weggekippt. Ich habe heute noch ein schlechtes Gewissen gegenüber den Leuten, die geglaubt haben, dass ich mein Aussehen zu einem Teil diesen Produkten verdanke. Wir ernähren uns alle zu ungesund. Ihr habt hier viel bessere, frischere und nicht so genmanipulierte Lebensmittel."

„Dann musst du nach Schottland ziehen." Der Satz war raus, ehe sie darüber nachgedacht hatte. Was mochte er von ihr denken, wenn sie nach einer gemeinsamen Nacht bereits so etwas vorschlug? Hawk schien das entspannt zu sehen. „Der Gedanke ist mir auch schon gekommen."

„Echt jetzt?" Sollte sich hier tatsächlich eine Art Hollywood-Märchen anbahnen?

„Ja, wirklich. Hier ist alles ehrlicher, natürlicher. Vor allem die Menschen. Ich muss mir ja nur dich ansehen."

Sie blieb stehen und bohrte ihre Zehen in den weichen, kühlen Sand. „Ich glaube, ich bin kein Maßstab."

Er sah sich um, befand die Situation offenbar als ungefährlich und zog sie in seine Arme. „Genau darum ja, du rothaariges Nebelwesen. Normal können alle, aber du bist außergewöhnlich." Sein Kuss auf ihrer Stirn war zärtlich-leicht und sie fühlte der Wärme seiner Lippen nach. „Donnerwetter, daran könnte ich mich, glaube ich, gewöhnen."

Er betrachtete sie mit grübelnder Miene. „Ach, glaubst du das? Ich sehe schon, ich muss heftigere Geschütze auffahren. Seid ihr Schotten alle so schwer zu knacken?"

„Wer zu einem Volk gehört, das im Verlauf seiner Geschichte fortwährend kämpfen musste, der hat nun mal auch den ganz natürlichen Argwohn in sich. Aber der lässt sich ja beseitigen, nicht wahr?" Santana legte einen perfekten Augenaufschlag hin.

„Du kannst nicht behaupten, ich würde nicht daran arbeiten."

Mitten am Strand, ohne Rücksicht auf die zahlreichen Spaziergänger, die ihnen neugierige Blicke zuwarfen, küsste er sie lange und leidenschaftlich.

„Ja, ja, ich weiß schon. Du hast es von Anfang an geahnt und ich habe dir kein Wort geglaubt." Santana verdrehte die Augen. „Das war auch nicht zu glauben, das war dermaßen weit hergeholt, dass ich es nie und nimmer vermutet hätte. Ausgerechnet ich, der Vintage-Freak, errege die Aufmerksamkeit von Tyler Vaughn. Und jetzt sei bitte ehrlich: Du hast es auch nicht wirklich geglaubt, du wolltest mir nur Mut machen."

Jane schnaubte deutlich ungehalten in ihr Telefon. „So ein Unsinn. Natürlich habe ich daran geglaubt. Du kapierst einfach nicht, wie du auf andere Menschen wirkst, oder? Sie mögen dich, du bringst Farbe in ihr Leben. Und meist auch noch gute Laune, wenn du dich nicht gerade wieder selbst anzweifelst. Wie war überhaupt das Dinner?"

Santana ließ sich der Länge nach auf das weiche Bett fallen. „Es war so schön. Ich denke, bis auf Rita haben es alle genossen. Immerhin hat Hawk sich währenddessen zurückgehalten. Ganz im Ernst, ich brauche nicht in den letzten Stunden noch eine eskalierende Rita, die Evie dann doch wieder mitzieht."

„Konnte die sich heute Abend benehmen?"

Wenn sie an die sich tapfer zusammennehmende E-vie dachte, die ihr sogar ein Kompliment für die Abendplanung gemacht hatte, musste sie schmunzeln. Evie ließ derzeit heroisch Ritas Schimpftiraden auf sich einprasseln, nickte mitfühlend, schüttelte ab und an den Kopf und hielt ihr im Großen und Ganzen Rita vom

Hals. Dass die Santana am liebsten selbigen umdrehen würde, sah man dennoch deutlich, sobald ihr Blick sie auch nur streifte. „Sie benimmt sich geradezu vorbildlich. Allerdings weiß ich nicht, wie lange ihr Nervenkostüm das noch mitmacht."

Jane sah das sehr entspannt. „Die hält sicher mehr aus, als du denkst. Ich glaube, dass sie derzeit durch die Konfrontation mit der Hollywood-Diva erkennen muss, wie sie selbst rüberkommt, wenn sie sich so zickig benimmt. Glaube mir, das schadet ihr nicht." Jane hielt kurz inne. „Ich will ja nicht neugierig sein, aber wo steckt denn dein Beau? Ist das nicht eure vorletzte Nacht?"

Santana seufzte theatralisch. „Was sollen wir denn machen? Er wohnt im Luxuszimmer im anderen Haus und ich in einem der Zimmer im Guesthouse. Ich verstehe total, dass er vorsichtig ist. Schade finde ich es auch, aber wir müssen einfach vernünftig sein."

„Pah! Vernünftig, wenn ich das schon höre. Das klingt so ... erwachsen."

„Wenn wir das jetzt noch nicht sind, also erwachsen, dann hätten wir eh etwas falsch gemacht." Santana wand sich eine ihrer Haarsträhnen um den Finger. „Mir wäre es auch lieber, er wäre hier."

Hawk stand am Fenster seines Zimmers und blickte hinaus aufs Meer. Es war dunkel, dichte Wolken zogen über den Himmel, und mittlerweile ließ sich der schottische Winter nicht mehr verleugnen. Im Kamin flackerte ein wärmendes Feuer und er war dankbar dafür. Allerdings hätte er dieses schöne Erlebnis gerne mit Santana geteilt. Sie fehlte ihm jetzt schon. Wie sollte das werden, wenn er übermorgen in den Jet steigen und zurück in die USA fliegen musste? Er mochte gar nicht daran denken. Leise öffnete er sein Fenster und beugte sich vor. Der frische, kalte Wind strich ihm übers Gesicht und er sog die würzige Seeluft tief in seine Lungen. Bei ihm in Los Angeles roch die Luft nie so. Gut, sie konnte warm und weich sein, aber der Wind schaffte es nie ganz, die Unmengen an Abgasen zu vertreiben, die über der Stadt der Engel hingen. Nein, er wollte nicht weg aus Schottland. Ach, wem machte er hier eigentlich etwas vor? Er wollte nicht weg von ihr. Es fühlte sich so verdammt richtig an, so tief und ehrlich. Dieses Gefühl hatte er bislang nicht gekannt. Bei keiner Frau, keinem Mädchen hatte er sich so gefühlt. Santana hatte ihn verzaubert. Rief er sich nur ihr Lächeln ins Gedächtnis, fühlte er sich schon leicht und frei. Er sollte bei ihr sein. Genau jetzt! Morgen begannen der ganze Presserummel, die Interviews, die Fototermine mit den diversen Zeitungen und Magazinen wieder. Was, wenn sie morgen keine Zeit mehr für sich fänden? Hinter ihm knisterte ein Holzscheit im Kamin und fauchte laut auf, als es in der Mitte zerbarst. Er musste, nein, er wollte zu ihr. Jede Minute ohne diese wundervolle Frau war verschenkte Lebenszeit.

Santana zog sich ihr Schlafshirt über und putzte sich gründlich die Zähne. Der Koch schien ein Faible für Knoblauch zu haben. Egal – Knoblauch war gesund und hielt jung. Als sie aus dem Bad zurück in ihr kleines Zimmer kam, das zwar sehr hübsch in Rot und Weiß eingerichtet war, in dem sich jedoch der unterdimensionierte Ofen nicht so richtig gegen die Kälte durchzusetzen vermochte, klapperte etwas. Neugierig sah sie sich um. Der altmodische, gusseiserne Ofen klapperte schon einmal nicht. Wieder klapperte es und endlich verstand sie, dass es das Fenster sein musste. War es nicht richtig verschlossen? Fröstelnd zog sie den schweren Vorhang auf und hätte um ein Haar aufgeschrien. Vor ihr auf dem Fensterbrett erkannte sie die Umrisse einer großen Gestalt ... einer sehr großen, um genau zu sein. Und diese trommelte mit den Fingern an ihre Scheibe.

Hawk! Wie um Himmels willen kam er auf ihr Fensterbrett? Sofort öffnete Santana das schwergängige Schiebefenster.

„Hawk, was tust du hier? Ist etwas passiert?" Automatisch streckte sie die Rechte aus, um ihn festzuhalten. „Fall bitte nicht runter." Sie erwischte einen Ärmel seiner Jeansjacke.

„Schatz, du musst mich nicht festhalten. Du wohnst im Erdgeschoss, schon vergessen? Lässt du mich rein? Dann erzähle ich auch, was passiert ist."

Wie peinlich! Klar, sie wohnte ja direkt neben dem Frühstückszimmer. „Aber natürlich, komm rein." Sie trat beiseite und er schwang sich elegant vom Fensterbrett in ihr Schlafzimmer. „Danke, schon etwas kühl da draußen."

„Entschuldige." Etwas Besseres fiel ihr nicht ein. Hawk grinste sie breit an. „Du entschuldigst dich für das schottische Wetter? Liebling, du bist bezaubernd." Er zog seine Jacke aus und schloss das Fenster. Als er sich zu ihr umwandte, war das spöttische Grinsen einem liebevollen Lächeln gewichen. „So, jetzt kann ich dir auch erzählen, was geschehen ist. Es ist ziemlich erschreckend."

Das klang ernst, sofort war sie alarmiert. „Nun sag schon, was los ist, kann ich irgendwie helfen?"

Er schüttelte mit trauriger Miene den Kopf. „Mir kann niemand helfen, wirklich niemand."

„Hawk! Du machst mich wahnsinnig. Rede endlich!" Vor lauter Aufregung ballte sie ihre Hände zu Fäusten und grub ihre Fingernägel in die Handballen. Es tat ziemlich weh.

Er hob den Blick und sah ihr in die Augen. „Ich habe mich verliebt. So wie in diesem Augenblick habe ich mich noch nie zuvor gefühlt. Als ich drüben in meinem – zugegeben wunderschönen – Zimmer stand und aus dem Fenster sah, da wurde mir klar, dass ich diese Nacht unmöglich ohne dich verbringen kann. Sobald ich dich länger nicht sehe, ist da eine spürbare Lücke in meinem Leben. Du bist mein Licht, kaum betrittst du einen Raum, schon wird er heller. Mein ganzes Leben ist durch dich heller geworden. Wie von Zauberhand sind da urplötzlich Alternativen zu dem, was ich tue, Ideen purzeln in mein Hirn und ich sehe tatsächlich endlich einmal den Horizont, ohne dass es mir vor dem nächsten Tag graut. Santana, ich habe beschlossen, dass ich dich in meinem Leben nicht mehr missen möchte." Er trat einen Schritt nach vorne und schloss sie in die Arme. „Und ich möchte heute Abend mit dir zusammen einschlafen, sodass du morgen das Erste bist, das ich zu sehen bekomme."

Das Gehörte zu verarbeiten war verwirrend. Mochte es auch noch so schön sein, so blieben da tief in ihr eine Spur Angst und ein leiser Zweifel. Ihre Gedanken rasten und ihr Puls tat es ihnen gleich. Das war die weitaus wundervollste Liebeserklärung, die sie in ihrem Leben bekommen hatte. Mal abgesehen von Samy Clark – der Sohn des Chefs ihres Vaters hatte ihr einen herzerwärmenden Heiratsantrag gemacht. Für einen Fünfjährigen war er verdammt zielstrebig. Bei Hawk hingegen fuhren ihre Gefühle Achterbahn. Seine Entschlossenheit, die Sicherheit, mit der er das aussprach, was er spürte – oder zu spüren glaubte –, verblüffte sie, zumal er sie erst so kurz kannte. Ja, sie liebte ihn auch, zumindest fühlte es sich ganz danach an, und dennoch, konnte das wahr sein? Konnte man sich binnen weniger Tage rettungslos verlieben? Kaum ließ sie die Vernunft fahren und hörte nur auf ihr Herz, kam ein lautstarkes: „Ja, du alte Zweiflerin!" Sie schmiegte sich an seine breite Brust und rekapitulierte, was er ihr gerade gesagt hatte.

„Du liebst mich? Mich?"

Sie vernahm sein leises Schnauben. „Natürlich, wen denn sonst? Und komm mir jetzt bitte nicht mit: Das geht alles so schnell oder so etwas. Ja, es ging wirklich schnell, aber genau das ist es doch. Liebe kann man nicht planen. Planung überlasse ich meinem Management, dort denkt man, dass man das ganze Leben eines Menschen verplanen kann. Bei mir ist ab sofort Schluss damit, endgültig."

Santana legte ihre Arme fester um seine Mitte. „Ich weiß jetzt schon, dass mich deine Mutter aus tiefstem Herzen hassen wird. Ein vielversprechender Anfang, nicht wahr?"

„Emely Vaughn liebt nur einen einzigen Menschen – nämlich sich selbst. Von ihr nicht geliebt zu werden ist wahrlich kein großer Verlust. Aber bitte mach dir keine Gedanken. Ich verspreche dir, ich kümmere mich um alles. Sag mir lieber, ob ich bleiben darf." Er warf einen Blick zum Fenster. „Es ist frostig da draußen."

Endlich war sie mit ihren Grübeleien so weit, dass sie annähernd geradeaus denken konnte. „Was für eine Frage! Natürlich darfst du bleiben. Glaubst du ernsthaft, ich schicke dich nach einer solch unglaublichen Liebeserklärung hinaus in den Regen? Ich kann es ehrlich gesagt noch immer nicht so ganz fassen. Noch vor zwei Wochen warst du lediglich ein Bild auf dem Cover eines Hochglanzmagazins. Ich habe zwar gesehen, dass du ganz hübsch warst, allerdings nicht geahnt, welch wundervoller Mensch sich hinter der Fassade verbirgt. Diese Erkenntnis haut mich einigermaßen um, muss ich zugeben."

Hawk grub behutsam seine Hand in ihre offenen Haare und zog ihr Gesicht ganz nah an seines. „Schon verstanden. Bei dir muss ich noch viel Überzeugungsarbeit leisten. Ich werde daher keine Zeit verschwenden." Sein Kuss ließ ihre Knie weich werden und ihr ganzer Körper prickelte angenehm. Ein Kokon aus Wärme legte sich schützend um ihr Herz, das so heftig in ihrer Brust schlug, dass sie glaubte, man müsse es bis an den Strand hören. Ihre Arme schlangen sich wie von selbst um seinen Hals, und sie hatte die feste Absicht, ihn so schnell nicht mehr loszulassen.

Am nächsten Morgen wachten sie bereits um kurz nach sechs auf. Hawk hielt sie fest umschlungen und sie fühlte sich sicher und geborgen in seinen Armen. Trotzdem kam sie nicht umhin daran zu denken, dass dies ihr letzter Tag war. Morgen Mittag würde der Learjet auf dem Flughafen abheben und Hawk zurück in seine Welt bringen, in ein Leben, von dem sie so gut wie nichts wusste. Der Gedanke, dass er in der Ferne verschwinden würde, tat schrecklich weh. Santana, sonst eher vernünftig und realistisch veranlagt, konnte die Tränen nicht mehr zurückhalten. Traurig schmiegte sie sich noch enger an ihn.

„Hey, Süße, was ist mit dir? Sollte ich da etwa Tränen spüren?" Sie fühlte seine Hand an ihrem Kinn, als er sie zwang, ihn anzusehen. „Wein doch nicht! Ich habe versprochen, mich um alles zu kümmern. Falls du mir nicht vertraust, dann komm einfach mit. Wenn ich das will, kann niemand etwas dagegen sagen. Was denkst du?"

Unter Tränen schüttelte sie den Kopf. „Kommt nicht infrage. Ich muss mich erst mal um meine Familie kümmern. Du weißt doch, mein Dad und unser Finanzproblem. Aber Allan zahlt gut, also schaffe ich das prima."

Er musterte sie eingehend. „Du weißt aber auch, dass ich dir helfen könnte? Bekomm das nicht in den falschen Hals, ich weiß ja inzwischen, wie stolz ihr Schotten seid und du vor allem, meine Highland Lady."

Sie war gerührt. „Danke, ich weiß, aber du hast auch hier recht. Ich will und muss das alleine schaffen. Ich nehme doch kein Geld von dir. Schließlich habe ich tatsächlich so etwas wie Stolz."

Hawks Augen strahlten, während er sie nun betrachtete. „Nicht nur so etwas, Schatz. Du bist eine verdammt starke, tolle und außergewöhnliche Frau."

Noch während er sprach, klingelte ihr Handy. „Das ist Evie, da muss ich rangehen."

Hawk nickte schmunzelnd. „Mach, ich bin gar nicht da."

„Evie, hallo, was kann ich für dich tun so früh am Morgen?"

Evie hatte keine guten Neuigkeiten. Schon um sechs Uhr hatte sie eine Nachricht von Rita erhalten. Sie war bereits letzte Nacht auf eigene Faust abgereist und wartete nun im Hotel in Edinburgh. Wie sie das geschafft hatte, würde wohl ihr Geheimnis bleiben, aber Evie hatte einen genauen Ablaufplan für den letzten Tag gefunden. Der besagte auch, dass man sich spätestens zum Mittag im Hotel treffen müsse, um zu gewährleisten, dass Hawk rechtzeitig gemeinsam mit Rita und dem Team zu den Dreharbeiten in Edinburgh aufbrach. Evie bedauerte die Hektik, wies jedoch zu Recht darauf hin, dass das alles vertraglich festgelegt war. Santana versprach, sich zu sputen, und beendete das Gespräch höflich, aber bestimmt. Das Telefon noch in den Händen, wandte sie sich zu Hawk um.

„Rita scheint in Hochform zu sein." In kurzen Worten erzählte sie ihm, was Evie ihr mitgeteilt hatte. „Ich befürchte, wir müssen los."

Hawk verrenkte sich leicht, um einen Blick auf den Wecker auf ihrem Nachttisch zu erhaschen. „Vergiss es. Eine gute halbe Stunde gehörst du jetzt noch mir, und zwar nur mir." Er nahm ihr das Telefon aus der Hand, legte es auf den Nachttisch und wandte sich ihr zu. Sein Lächeln versprach eine ganz besondere halbe Stunde – und er hielt, was es versprach. Von Hawk geliebt zu werden war unbeschreiblich. Seine Zärtlichkeiten sowie sein Erfindungsgeist, wie man eine Frau wirklich glücklich machen konnte, waren tatsächlich außergewöhnlich. Während er, sich langsam über ihren Oberkörper küssend, nach unten glitt, begann ihre Haut schon wieder wild zu prickeln und die Schmetterlinge in ihrem Bauch tanzten Salsa. Seine Finger liebkosten sanft ihre harten Nippel, um dann an ihren Rippen tiefer zu gleiten. Hawk legte sich zwischen ihre Beine, die zu zittern begannen, als sie seine Wange an ihren Schenkeln spürte. Als sie fühlte, wie sein Daumen fest und doch sehr behutsam über ihren Venushügel strich, sog sie heftig die Luft durch die Zähne. Sie konnte kaum wieder richtig atmen, als sie seine Zunge spürte. Unendlich langsam und genüsslich spielte er mit ihr, trieb ihre Lust in Höhen, die sie noch nie gekannt hatte. Stöhnend griff sie in seine dichten Haare. Tiefer und schneller tauchte Hawk in ihre Mitte und brachte sie zu einem Höhepunkt, der ihr endgültig den Atem raubte. Lange ließ er sie jedoch diesen Moment nicht nachspüren, denn in einer fließenden Bewegung rutschte er nach oben, sah ihr mit herausforderndem Blick in die Augen, und schon spürte sie ihn in sich. Sie schmeckte sich bei seinem langen, intensiven Kuss selbst auf seiner Zunge und zugleich begann er, sich in ihr zu bewegen. Zuerst aufreizend langsam, dann zunehmend schneller stieß er in sie, küsste gleichzeitig ihre Brüste, um endlich mit einem lauten Aufstöhnen tief in ihr zum Höhepunkt zu gelangen.

„Santana, was hast du nur mit mir angestellt? Was hast du getan, dass ich das Gefühl habe … falsch, dass ich weiß, dass ich dich nie wieder hergeben möchte?" Noch immer heftig atmend, streichelte er zart ihr verschwitztes Gesicht. „Langsam glaube ich die alten Legenden von den Elfen, die zu Menschen werden, nur um Männer mit ihrer Liebe schier in den Wahnsinn zu treiben und sie dann in Hügel unter der Erde entführen.“

Sie legte ihre Arme um seinen Hals und zog ihn zu sich. Leise flüsterte sie in sein Ohr. „Zieh dich an und komm mit mir. Ich kenne da einen Hügel, gleich am Ende des Strandes.“

„Vergiss es! Mir genügt dieser Hügel hier vollkommen.“ Mit herausforderndem Grinsen legte er sanft seine Hand über ihre noch immer heiße, pulsierende Scham.

„Nutzt nichts. Wir müssen aufstehen, sonst provozieren wir einen Skandal.“

15. Lügen haben lange Beine

Es regnete während der ganzen Fahrt nach Edinburgh. Das letzte Aufbäumen des Sommers war definitiv vorüber und so drehte Santana die Heizung im Rover bis zum Anschlag auf. „Frisch heute. Nicht, dass du dir in den letzten Stunden noch einen Schnupfen holst."

Vom Beifahrersitz kam ein tiefes, trauriges Seufzen. „Könntest du bitte damit aufhören, meine Abreise alle paar Minuten zu erwähnen?"

Sie zog eine bedauernde Grimasse. „Würde ich ja gerne, aber du weißt schon: realitätsorientiert."

„Hm, ganz toll. Mach nur weiter, quäl mich." Hawk musterte sie mit gerunzelter Stirn. „Noch steht mein Angebot, mit mir in diese Maschine zu steigen."

„Muss ich darauf jetzt wirklich antworten?"

„Schottischer Dickkopf!"

„Erfolgsverwöhnter It-Boy!"

Vom Rücksitz kam ein Geräusch, das an eine verrostete Tür erinnerte, die geöffnet wurde. Laut lachend warf Santana einen Blick in den Rückspiegel. „Respekt, Stacey, im Notfall können sie dich bei Dreharbeiten als Soundsystem einbauen."

Kichernd pustete Stacey sich eine ihrer dunklen Strähnen aus dem Gesicht. „Das glaubst du, ich bin echt verdammt vielseitig. Was mich mal wieder an die übliche Frage erinnert: Mein Herr und Meister, wie wäre es mit einer dezenten Gehaltserhöhung?"

„Hey, ihr zwei, respektiert hier eigentlich irgendwer meine Trauer?" Hawk verschränkte demonstrativ die Arme und sah nach draußen in den strömenden Regen.

Santana legte ihm ihre Linke auf den Oberschenkel und drückte sanft zu. „Ich möchte dir nicht beschreiben müssen, wie es in mir aussieht."

„Himmel, dann flieg doch mit ihm. Macht Nägel mit Köpfen, echt Leute, ihr seid kompliziert."

Sie wusste, dass Stacey richtig lag, aber sie wusste auch, dass sie gebraucht wurde. Daher schüttelte sie traurig den Kopf. „Leider keine Chance, aber es wird sich alles finden."

Sie fuhr direkt in die Tiefgarage des Hotels, nachdem sie schon von Weitem sah, dass vor dem Eingang ganze Trauben von weiblichen Fans warteten.

„Tja, da wären wir. Laut Ablaufplan musst du jetzt mit der Filmcrew einige Stationen in der Stadt absolvieren. Ich bin da außen vor, das hat Rita geplant. Stacey, darf ich den netten Kerl hier in deine Obhut geben? Ich muss mich um die Zimmer, die Pressekonferenz und den Trailer kümmern. Der wird jetzt sofort abgeholt."

Stacey sprang, ihre Riesentasche, ihr Handy und eine Flasche Saft geschickt jonglierend, aus dem Wagen. „Logisch! Wenn ich was kann, dann auf ihn aufpassen."

Hawk kletterte grinsend vom Beifahrersitz. „Pass du lieber auf, sonst überlege ich mir das mit der Gehaltserhöhung noch mal."

„Wie jetzt? Echt? Du zahlst mir mehr? Ich glaub es ja kaum. Mann, Santana, du hast einen hervorragenden Einfluss auf meinen Chef.“

Der stöhnte lediglich gequält auf. „Ruhe jetzt! Bringen wir das Theater hinter uns. Santana, wir sehen uns spätestens zum Dinner, versprochen?“

Sie nickte. „Bis dahin hab ich alles Organisatorische erledigt. Am Empfang kann man euch sagen, wo nach eurer Tour die Pressekonferenz stattfindet. Ausgeschildert wird es auch.“ Mit entschuldigendem Blick in Staceys Richtung reckte sie sich, stellte sich auf die Zehenspitzen und küsste Hawk auf beide Wangen. „Bis später dann.“

Sie sah den beiden nach, wie sie sich zügig in Richtung Aufzug aufmachten. Ganz so eilig hatte sie es nicht. Besser, Rita war mit Hawk und der Crew bereits verschwunden, wenn sie in die Lobby kam. Also musste sie eine gute Stunde totschlagen. Sie telefonierte mit der Autovermietung, ließ den Trailer abholen, der am Hintereingang sicher geparkt war, plauderte ein Viertelstündchen, telefonierte mit ihrer Mutter und schlenderte dann erst gemächlich zum Aufzug. In der Lobby herrschte Ausnahmezustand. Junge Mädchen mit vor Aufregung hochroten Köpfen, Poster an sich drückend, wahlweise lachend oder schluchzend, je nach Gemütszustand, bevölkerten noch immer in Massen den Eingangsbereich. Sie erspähte Mike sowie Finns roten Schopf am Empfangstresen und steuerte auf die beiden Fotografen zu.

„Hallo ihr zwei. Bei euch alles in Ordnung? Habt ihr eure Zimmer schon?“

Mike nickte. „Alles perfekt wie immer. Danke der Nachfrage. Wir stehen hier nur, weil wir uns einen Rat holen wollten. Wir hätten große Lust auf einen richtig gemütlichen Coffeeshop. Irgendeine Idee?"

Sie schickte die Männer zu ihrem und Janes Lieblingscafé, wohin sie immer gingen, wenn Jane den eigenen Laden mal wieder nicht mehr sehen konnte. „Es ist nicht weit. Soll ich euch ein Taxi rufen lassen?"

„Ts ts, also wirklich. Wir sind doch nicht aus Zucker. Was ihr Schotten könnt, können wir auch. Wir laufen, nicht wahr, Mike?" Finn wirkte regelrecht empört.

Grinsend zuckte Mike die Achseln. „Du hörst es, Santana. Unser schottischer Neu-Eingeborener wünscht, sich todesmutig in den Regen zu stürzen. Also stürze ich mit."

Lachend sah sie den Männern nach, wie sie durch die Halle stapften.

Der Concierge versicherte ihr, dass alles planmäßig laufen würde, zeigte ihr den exzellent vorbereiteten Konferenzraum, in dem die Presse empfangen werden würde, und auch den Bereich davor, wo bereits eine Tee- und Kaffeebar samt Häppchen für die Journalisten aufgebaut wurde. Auch für das große Galadinner am Abend war alles bereits eingedeckt und wartete nur auf die Gäste. Sie bedankte sich bei dem hilfsbereiten Empfangschef und checkte dann ihr Handy. Die Nachricht von Evie wollte ihr gar nicht gefallen. „Bitte komm sofort in die Bar, danke." Fiel ihre Chefin, kaum wieder in Edinburgh, in alte Verhaltensmuster zurück? Mit einem unguten Gefühl im Bauch marschierte Santana in Richtung der edlen, mit dunklem Holz getäfelten Bar.

Evie saß in einem knallroten Sessel an einem winzigen Bistrotisch und entdeckte sie sofort. „Santana, hier!"

Sie blieb neben dem Tisch stehen und blickte auf Evie hinab. „Du sieht ziemlich gestresst aus, ist irgendwas geschehen, von dem ich nichts weiß?"

Evie nickte. „Ja und ich möchte nicht, dass du ins offene Messer läufst. Bitte setz dich kurz."

„Evie, du machst mir Angst."

Die verzog den Mund zu einem freudlosen Lächeln. „Nicht ganz zu Unrecht, wie ich befürchte. Bitte glaub mir, dass ich nichts damit zu tun habe. Es ist alleine Ritas Werk, und soweit ich es beurteilen kann, wusste niemand etwas von ihrer Aktion."

Santana wurde zunehmend nervöser. „Evie, bitte, was ist los?"

„Emely Vaughn ist los, und wie. Sie hat bereits mit Rita in der Lobby gewartet, als wir ankamen. Sofort hat sie sich auf Hawk gestürzt und auf ihn eingeredet. Der Arme kam kaum zu Wort, er hatte ja dann auch noch die Autogrammstunde hinten bei den Sitzgruppen. Es waren so viele Fans da, dass er offensichtlich keine Szene machen wollte. Er hat sich unglaublich zusammengenommen, war freundlich zu den Gästen. Kaum hat Ryan die Autogrammstunde für beendet erklärt, da hat Rita schon zum Aufbruch gedrängt. Ich wollte dich nur warnen. Pass auf, da kommt noch was. Vor allem deshalb." Evie zückte ihr Mobiltelefon und wischte auf dem Display herum. Erst zögerte sie, dann aber zeigte sie Santana das Bild.

Santana wurde spontan übel. Das Foto zeigte Hawk sowie eine bildschöne, blonde Frau, die sich liebevoll an ihn schmiegte.

„Er konnte nichts dafür. Emely hat sie mitgebracht und dafür gesorgt, dass alle Fotografen, die in der Lobby waren, sie und Hawk zusammen fotografiert haben."

„Wer ist das?" Santana gelang nur ein Flüstern.

Sie spürte, wie Evies Hand sich auf ihren Arm legte. „Angeblich ist sie seine Verlobte. Sie ist, so wie er, ein begehrtes Model und spielt seit Kurzem in einer beliebten Sitcom mit. Wenn ich Emely richtig verstanden habe, sind sie seit etwa zwei Jahren zusammen. Santana, nimm dir das nicht zu Herzen. Sicher gibt es eine vernünftige Erklärung dafür."

Erschrocken über das Gehörte sah sie Evie an. „Warum sagst du mir das?"

Evie hob ihre rechte Augenbraue. „Santana, ich mag ja meine Fehler haben, aber ganz blind bin ich nicht. Mindestens seit der Hälfte der Zeit konnte man mit etwas Einfühlungsvermögen sehen, dass Hawk dich mag. In den letzten zwei Tagen war das Funkeln in seinen und auch deinen Augen nicht mehr zu übersehen. Und jetzt sei bitte ehrlich, ich irre mich nicht, oder? Du magst ihn auch. Darum: Tu jetzt nichts Unüberlegtes. Und vor allem, sei auf der Hut. Emely ist im Hotel geblieben, sie läuft also hier irgendwo herum. Ich könnte schwören, Rita hat ihr alles brühwarm erzählt." Evie bückte sich nach ihrer Handtasche, die neben ihr auf dem dicken, schwarz-rot gemusterten Teppichboden stand, erhob sich und hängte sich die Tasche über die Schulter. „Ich muss nochmal zu Allan in die Agentur. Pass auf dich auf, ja?"

Santana nickte zögernd. „Du weißt schon, dass ich diese neue Evie sehr sympathisch finde?"

Auf den Zügen ihrer Chefin erschien ein zufriedenes Lächeln. „Und du weißt schon, dass es schön ist, ausnahmsweise einmal so etwas zu hören anstatt Vorsicht, da kommt die Schreckschraube?“

„Das haben wir so nie gesagt, ehrlich!“

Evie verkniff sich jeden Kommentar und verließ mit huldvollem Winken die Bar.

Santana blieb verwirrt und ratlos zurück. Seine Verlobte, seit zwei Jahren? Davon hatte er ihr nichts erzählt. Warum, bitteschön, vergaß er solche nicht ganz unwichtigen Details? Was sollte sie jetzt nur tun? Wie sollte sie mit dieser Situation umgehen und welch eine Rolle spielten Rita und seine Mutter bei dem Ganzen? Sie schulterte ihre Tasche und ging zurück in die Lobby. Alles war vorbereitet, die Crew ein eingespieltes Team, sie wurde derzeit nicht gebraucht. Ihr blieben noch vier Stunden, ehe die Pressekonferenz vorüber war und Hawk sich samt der kompletten Entourage zum Dinner begeben würde. Ein Gespräch mit Mike wäre jetzt nicht übel. Kurzentschlossen lief sie in die Tiefgarage, angelte eine lange, knallrosa Regenjacke aus ihrem Trolley und fuhr mit dem Rover zu dem Café.

Mike und Finn saßen mit glücklichen Gesichtern vor zwei großen Teekannen sowie Riesenportionen Lemon Cheesecake mit Sahne.

„Zufrieden?“

Mike strahlte. „Ein Klassetipp. Sag mal, ernsthaft: Darf ich dich mitnehmen?“

Sie stand unschlüssig neben dem Tisch und knetete ihre Hände. „Seltsam, du bist schon der Zweite, der das fragt.“

Mike wurde sofort ernst, als er ihren Gesichtsausdruck bemerkte. „Erstens, setz dich doch bitte, zweitens, was ist los? Du bist verdammt blass um die Nase."

Finn rutschte auf seiner Fensterbank zur Seite. „Du hast ihn gehört: Setzen!"

Sie ließ sich auf die bequeme, mit Polstern und Fellen belegte Bank gleiten, von wo aus man einen schönen Blick auf den mit alten, ausgefallenen Flohmarktutensilien geschmückten Innenhof hatte.

„Sorry, dass ich störe, aber ich muss etwas wissen, und ich möchte bitte eine ehrliche Antwort." Santana musterte zuerst Finn und dann Mike. „Evie hat mir gerade erzählt, dass Hawks Mutter mit seiner Verlobten im Hotel eingetroffen ist. Auch wenn ich mich jetzt gerade echt zum Affen mache, aber ist das wirklich wahr? Er ist verlobt?"

Mike kratzte sich nachdenklich an seinem bärtigen Kinn. „Daher weht also der Wind. Ja, ich hatte auch das Vergnügen, Emely in die Arme zu laufen. Dass Sadie ebenfalls hier ist, wusste ich nicht. Ich müsste mich schon sehr täuschen, aber diese Verlobung war ein geschickter Schachzug von Emely. Sadie ist ebenso wie Hawk bei ihr unter Vertrag und recht unbedarft. Dass Emely sie gerne an der Seite ihres Sohnes sehen würde, ist ein offenes Geheimnis. Als sie die beiden gemeinsam an die Presse verfüttert hat, haben sie in Windeseile sämtliche Cover der Hochglanzmagazine geziert und Sadie bekam in Unser aller Leben die Rolle, die sie sich immer gewünscht hatte. So ganz nebenbei hat das alles ein paar Millionen auf Emely Vaughns Konto gespült. Für sie also ein Dreamteam. Ich bin jetzt nicht ganz up to date, um ehrlich zu sein, aber ich glaube nicht, dass Hawk Sadie liebt. Das hätte er mir erzählt, vertrau mir."

Santana spürte, wie ihr die Röte in die Wangen stieg. „Es tut mir echt leid, dass ich dich hier ausquetsche, ich komme mir so dumm vor."

Mike schüttelte entschlossen den Kopf. „Unsinn! Jeder hat inzwischen mitbekommen, dass Hawk dich mag. Lass dich nicht so einfach einschüchtern. Los, Schultern zurück und sei die starke Santana, die wir kennen und lieben, klar? Und sei auf der Hut: Emely Vaughn ist ein intrigantes, egoistisches Biest, das nur so am Rande bemerkt." Schmunzelnd schob er ihr seinen noch halbvollen Kuchenteller zu. „Kosten?"

„Nein, Mum, ich bin nicht am Verhungern und nochmal nein, ich habe nicht abgenommen." Santana umarmte ihre besorgte Mutter und drückte ihr einen Kuss auf die Wange. „Im Ernst, es geht mir super. Die Tour war ein voller Erfolg und alle – bis auf Hollywood-Rita – sind sehr zufrieden. Sogar Evie hat sich als menschliches Wesen geoutet."

„Hollywood-Rita?"

„Morgen! Heute bring ich echt nur meine Sachen heim und ziehe mich um für den Abend, okay? Ich verspreche hoch und heilig, dass ich dir morgen alles haarklein erzähle."

„Gut, ich bin eben einfach neugierig. Deinem Vater geht es übrigens viel besser. Er fängt schon wieder an, mich herumzukommandieren." Erin Kinnear reckte entschlossen ihr Kinn. „Aber das lasse ich gar nicht erst einreißen, wo kämen wir denn da hin?"

Santana steckte lachend den Kopf aus ihrem Zimmer. „So kenne ich dich. Als ob! Du bist doch so froh, dass es ihm wieder gut geht, dass du alles für ihn tun würdest. Abgesehen davon habe ich einige Male kurz mit ihm telefoniert. Er klang sehr optimistisch und sagte, dass du ihn viel zu sehr betüddelst." Rasch zog sie ihren Kopf zurück für den Fall, dass ihre Mutter ein passendes Wurfgeschoss zur Hand haben sollte. Die aber antwortete amüsiert. „Erwischt! Ich bin so unbeschreiblich glücklich, dass alles so glimpflich abgelaufen ist."

Santana zog sich eine schwarze, enge Hose, einen schwarzen Rollkragenpullover und ihre Schnürstiefel aus schwarzem Wildleder an und wählte dazu eine dicke, silberne Kette. Heute musste es einfach schwarz sein. Darin fühlte sie sich weniger angreifbar als in bunten Klamotten. Der schwarze Blazer, den sie mit dicken Silberknöpfen und silbernen Tressen in ein echtes Unikat verwandelt hatte, vervollkommnete das Ensemble perfekt.

„Lady in Black? Nicht, dass es mir nicht gefallen würde, aber was genau hast du vor?" Erin begutachtete ihre Tochter neugierig.

„Morgen, Mum, noch einmal, ich erzähle alles morgen, in Ordnung? Ich muss auch wieder los. Kuss und Schluss." Sie küsste ihre Mutter auf die Stirn, eilte nach draußen und sprang in den Rover.

Sie wusste nur zu gut, dass Erin in der Tür stand und ihr beunruhigt hinterherblickte.

Sie parkte den Rover ein letztes Mal in der Tiefgarage des Hotels. Die Autos würden am nächsten Tag von den Chauffeuren wieder zurückgebracht werden, nachdem sie ihre kostbare Fracht am Flughafen abgesetzt hatten. Schade, sie hätte sich echt an die Kiste gewöhnen können. Schon beim Betreten der Lobby sah sie, dass die Türen zum Konferenzraum noch geschlossen waren, also lief die Presse-Konferenz noch.

Sie suchte den Blick des Concierge. „Alles gut gelaufen bis jetzt?"

Er nickte und zeigte auf mehrere Silberplatten, auf denen einige Lachshäppchen und Fischpasteten auf dem geplünderten Büfett traurig dahinvegetierten. „Und die Herrschaften von der Presse hatten auch einen gesegneten Appetit. Scheint gemundet zu haben."

Santana musste entgegen ihres derzeitigen Gemütszustandes lachen. „Sieht ganz so aus. In Sachen Dinner muss ich mir ganz sicher auch keine Sorgen machen, nicht wahr?" Sie schenkte dem Concierge ein entwaffnendes Lächeln.

Der schüttelte den Kopf. „Natürlich nicht, ich bitte Sie, Miss Kinnear, Sie kennen unser Haus doch schon seit Ewigkeiten."

„Das wollte ich hören. Dann sehe ich mal im Kaminzimmer nach dem Rechten, vielen Dank für alles." Sie drehte sich auf dem Absatz um und blieb wie vom Donner gerührt an Ort und Stelle stehen. Etwa zwei Meter hinter ihr stand eine große und auffallend schöne Frau. Sie wusste es, ohne nachdenken zu müssen: Vor ihr stand niemand anderes als Emely Vaughn. Das schwarze Etuikleid, das ihr gewiss auf den schlanken und perfekten Körper geschneidert worden war, sah an ihr atemberaubend aus. Dazu trug sie schwarze Pumps, eine sehr edle Clutch und einen schwarzen Kurzblazer, den sie lässig über die Schulter geworfen hatte. Ihre honigblonden Haare waren zu einer eleganten Hochsteckfrisur frisiert und Santana war sich schon beim ersten Blick sicher, dass die dezent funkelnden Ohrhänger sicher keine Zirkonia waren. Und diese perfekte Erscheinung steuerte nun zielstrebig auf sie zu.

„Habe ich das richtig gehört? Miss Kinnear?"

Zu Santanas absoluter Verblüffung reichte sie ihr lächelnd die Rechte. „Ich darf mich vorstellen, Emely Vaughn. Ich freue mich, Sie kennenzulernen."

Hawks Mutter hatte einen sympathisch festen Händedruck. Sogar die tiefe, etwas rauchige Stimme war sympathisch. Verdammt! Wie sollte sie diese Frau hassen? Ach ja, Sekunde, da war ja was: Sie ruinierte das Leben ihres Sohnes.

„Guten Tag, Misses Vaughn, ich freue mich auch." Autsch, ehrlich klang das schon mal nicht, daran musste sie dringend noch arbeiten.

Emely schien das nicht zu registrieren. „Bitte, nennen Sie mich Emely, aber zuerst meine Frage, ob wir uns irgendwo ungestört unterhalten können."

Santana nickte automatisch. „Ja, in der Bar gibt es einige schöne, ruhige Sitzecken. Wenn Sie möchten, es ist gleich da drüben."

„Sehr schön, dann sollten wir uns beeilen. Die Konferenz kann jeden Augenblick vorüber sein. Bitte, nach Ihnen. Santana, habe ich Recht?"

„Äh, ja, richtig." Himmel! Sie war auch schon einmal intelligenter und schlagfertiger gewesen.

Emely blieb kurz am Eingang zur Bar stehen, scannte die Umgebung und steuerte dann auf einen Zweiertisch am Rand des Raumes zu. „So habe ich mir das vorgestellt." Sie setzte sich mit der Grazie einer Tänzerin, was Santana nicht annähernd so elegant gelang. Der prüfende Blick Emelys, während die ihr Kleid glattstrich, entging ihr keinesfalls. Sie orderten ein Tonic und ein Bitter Lemon, ehe Emely sich räusperte und sie erneut musterte. „Miss Kinnear, Santana, ich weiß wirklich nicht so recht, wo ich anfangen soll."

Am besten damit, dass du versprichst, deinen Sohn endlich sein Leben leben zu lassen?

Das laut auszusprechen wagte sie dann aber doch nicht. Allerdings wäre sie auch nicht so weit gekommen, denn Emely schien plötzlich wieder genau zu wissen, was sie sagen wollte. „Ich bin mir sicher, Sie können sich denken, warum ich hier bin und vor allem, warum ich jetzt hier sitze?" Emely warf ihr einen prüfenden Blick zu. „O bitte, Santana, nun sehen Sie mich doch nicht an, als sei ich das personifizierte Monster aus dem Loch Ness. Ich kann mir nur zu gut vorstellen, was Tyler Ihnen alles erzählt haben muss. Darunter waren ganz sicher solche Aussagen wie Lügnerin, Heuchlerin, Ausbeuterin … mir würde da noch vieles einfallen, aber uns fehlt leider die Zeit für all die Kosenamen, die mein Sohn für mich übrig hat. Ich kann es Ihnen nicht verübeln, dass Sie mich für eine Art Ungeheuer halten. Das würde ich vice versa wohl ebenso tun. Und wenn ich Sie nun bitte, mir einfach zu glauben, dann rebelliert nach allem, was Sie über mich gehört haben, wahrscheinlich Ihr Verstand. Nur habe ich kaum eine andere Wahl. Ich muss Sie bitten, mir zu vertrauen. Was hat er Ihnen denn alles erzählt? Dass ich sein Leben bestimme? Dass ich ihn von klein auf gängle und zu Dingen dränge, die er gar nicht möchte? Dass ich ihm Verträge aufzwinge, die ihn anöden? Dass ich das hinterhältigste Biest bin, das jemals die Sonne gesehen hat – absolut niederträchtig? Ah, ich sehe an Ihrem Blick, dass ich richtig liege. Wollen Sie wissen, woher ich das alles so sicher weiß? Weil er es jedes Mal tut. Jedes Mal zieht er, sobald er aus den USA weg ist, die gleiche Show ab. Wann immer er Los Angeles den Rücken kehrt, wird aus Tyler schrittweise Hawk, der Rebell." Emely stockte und sah Santana in die Augen. „Sie sind eine wirklich sympathische, junge Frau, und ich hoffe, es tröstet Sie etwas, wenn ich sage, dass Sie ihn offenbar mehr beeindruckt haben als all die anderen. Bis jetzt hat es noch keine geschafft, ihn so weit zu bringen, dass er Verträge kündigen möchte."

„Sekunde, ich habe ihn zu gar nichts gedrängt."

Emely unterbrach sie mit einem ungehaltenen Wedeln ihrer schmalen, goldberingten Hand. „Das weiß ich doch, Santana. Das war tatsächlich als Kompliment gemeint. Ich wiederhole es gerne: Sie müssen ihn wirklich sehr beeindruckt haben. Es klang beinahe, als meine er es ernst. Aber vertrauen Sie mir: Das tut er nicht." Emely nippte mehrmals an ihrem Tonic, ehe sie weitersprach. „Santana, Tyler ist Model mit Leib und Seele. Das ist es, was er kann. Die Kameras lieben ihn und er liebt sie. Warum denken Sie, dass ich die Zügel so straff in den Händen halte? Weil Tyler nichts anderes für seinen Lebensunterhalt tun kann. Das klingt härter als ich es meine, aber er hat nie etwas anderes gelernt. Die Model- und Filmwelt, das ist sein Leben, sie war es schon immer, und er lebt sehr gut davon. Glauben Sie mir bitte, wenn ich sage, dass ich von dem Geld, das wir gemeinsam erarbeitet haben, längst ruhig und zufrieden leben könnte. Ziemlich luxuriös sogar, wenn ich das erwähnen darf. Was ich derzeit tue, das tue ich nur noch für ihn. Tyler ist ein Träumer wie er im Buche steht. Das möchte ich ihm auch nicht nehmen, aber was denken Sie, wie lange er das Modelleben und die finanziellen Höhenflüge, die es ihm im Augenblick beschert, noch ausnutzen kann? Ich sage es Ihnen: noch drei, allerhöchstens fünf Jahre, das war's dann. Er braucht einfach ein dickes finanzielles Polster. Den ersten Schritt in eine solch abgesicherte nächste Lebensphase bieten ihm Rita und Paul. Die Show kommt hervorragend an und die Zuschauer lieben ihn darin. Vielleicht schafft er es ja, in die Filmbranche zu wechseln, aber das muss jetzt geschehen, verstehen Sie? Das muss dann sein, wenn er ganz oben ist, wenn alle ihn haben wollen. Tyler ist sensibel, glauben Sie mir, auch wenn er stur behauptet, ich wüsste das nicht. Das ist falsch, ich weiß es sehr wohl. Er ist mein Sohn. Er würde in ein tiefes Loch fallen, wenn er plötzlich nicht mehr gefragt wäre. Es ist etwas anderes, ob er sich von einer sicheren Position aus lauthals beklagt oder ob es tatsächlich auf einmal bergab ginge.“

„Verzeihen Sie bitte, Emely, aber er klang schon sehr überzeugend, als er sagte, dass er dieses Leben nicht mehr möchte.“

„Ja, und glauben Sie mir, so klingt er jedes Mal. Hat er Ihnen auch gesagt, dass er diese aufgezwungene Verlobung nicht mehr möchte oder hat er die sicherheitshalber gleich ganz unter den Tisch fallen lassen?“

Ein sehr wunder Punkt. Santana hatte Mühe, ihre Gesichtszüge im Zaum zu halten. Offenbar gelang ihr das nicht besonders gut.

„Ah, ich sehe schon. Er hat vorgezogen, das unmaß-
gebliche Detail, dass er und Sadie seit fast zwei Jahren
zusammen sind, zu verschweigen. Santana, Tyler und
Sadie sind das Traumpaar Hollywoods. Sobald er wieder kalifornischen Boden unter den Füßen hat, geruht
er auch, sich daran zu erinnern. Ich wundere mich aufrichtig, dass Sadie das schon so lange mitmacht. Sie
hätte es beileibe nicht nötig." Seufzend lehnte Emely
sich in ihrem Sessel zurück. „Santana, ich hasse es,
Ihnen weh zu tun, aber Sie müssen mir glauben: Nicht
ich bin hier die Lügnerin. Wobei ich mir sicher bin, dass
er eigentlich niemandem weh tun will. Er mag Sie ganz
gewiss, aber er würde im Endeffekt nie sein Leben für
Sie aufgeben. Ebenso wenig wie er es für all die anderen
vor Ihnen getan hat. Und glauben Sie mir, er liebt die
Rolle des leidenden Outlaws. Darum spielt er sie auch
so verdammt überzeugend."

In Santanas Kopf herrschte ein grauenvolles Chaos
und es gelang ihr nicht, es auch nur annähernd in den
Griff zu bekommen. Das alles konnte Emely sich doch
nicht einfach so aus den Fingern saugen. Vor allem
stimmte es ja auch, also zumindest der Teil, der sie be-
traf, und das, was Hawk ihr erzählt hatte. Trotzdem waren da noch große Zweifel.

„Emely, warum sollte ich all das glauben? Warum lassen wir nicht einfach Hawk entscheiden?" Die Sache
mit seinem Vater erwähnte sie lieber erst gar nicht.

„Das können wir gerne tun, Santana, aber ich würde
Ihnen die Enttäuschung und vielleicht auch die Bla-
mage sehr gerne ersparen."

Langsam gesellte sich eine gute Portion Trotz zu ihren
Zweifeln. „Ganz im Ernst, was möchten Sie denn tun?

Mir Geld anbieten, damit ich ihn gehen lasse, oder so etwas in der Richtung?"

Emely sah sie aus großen Augen an. „Hui, da hat aber jemand ein paar richtig schlechte Romane gelesen, was? Nein, das hatte ich eigentlich nicht vor. Ich wollte an Ihren gesunden Menschenverstand appellieren, denn ich kann Menschen gut einschätzen, und Sie sind weder dumm noch einfältig. Wie ich schon bemerkte, halte ich Sie im Gegensatz zu Ihren Vorgängerinnen für eine kluge Frau, die ihren Kopf benutzen kann. Wenn Sie allerdings auf Geld bestehen, dann müssten wir in die Verhandlungen eintreten." Emely lächelte sie entwaffnend an.

„Das wird nicht nötig sein", antwortete Santana schmallippig. So hatte sie sich diese Unterhaltung nicht vorgestellt. Emely war so ganz anders als erwartet. Da rechnete sie mit Rita Nummer zwei und was kam? Grace Kelly in ihren besten Jahren und nicht minder charmant.

„Und ich soll Ihnen glauben, dass Hawk nur mit mir gespielt hat? Sie erzählen mir allen Ernstes, dass er den traurigen und zornigen Mann nur benutzt wie eine Rolle am Theater? Ich kann das nicht glauben, tut mir wirklich leid."

Emely zuckte die Schultern. „Ja, er ist gut, sehr gut. Natürlich, er ist ja schließlich mein Sohn. Aber ich sage es gerne nochmals, ich bin gekommen, um Ihnen monatelanges Hoffen und Sehnen zu ersparen. Darum habe ich auch Sadie mitgebracht. Ich lüge Sie nicht an, Santana. Wenn Sie mir keinen Glauben schenken, reden Sie nach der Konferenz mit ihm. Sehen Sie es sich an, wie er und Sadie zueinanderstehen. Ja, ich bin hart und ich kämpfe, wenn es um Tyler geht, aber lediglich, weil ich ihn am besten von allen kenne. "

Ihr war zunehmend übel. Ihr Magen zog sich schmerzhaft zusammen. Das konnte und durfte nicht wahr sein. Sollte ihr ursprünglicher Gedanke also doch richtig gewesen sein? War Hawk ein selbstherrlicher Kerl, der alle haben konnte und das auch gerne auskostete? Dass ausgerechnet sie auf solch eine Show hereinfallen konnte, wollte ihr nicht in den Kopf.

Emely legte einen Finger an die Lippen. „Ich glaube, die Pressekonferenz ist vorüber. Nun dürfen die Fotografen ran. Das möchte ich sehen. Aber zuvor versprechen Sie mir, dass Sie über das, was ich Ihnen gesagt habe, gut nachdenken. Bitte, tun Sie das."

Santana nickte. „Habe ich eine Wahl?"

„Ja, die haben Sie. Sie können sich von ihm das Herz brechen lassen und nächstes Jahr seine und Sadies Hochzeit im Fernsehen beobachten. Tun Sie sich das nicht an, das haben Sie nicht nötig. "

„Ich habe es auch nicht vor." Santana stand so schnell auf, dass ihr schwindlig wurde. Tapfer kämpfte sie das Unwohlsein nieder. „Dann gehen wir doch und sehen, was da draußen geschieht."

Die beiden großen Flügeltüren waren weit geöffnet und aus dem Inneren des Raumes drangen zahlreiche Stimmen, in die sich das fortwährende Klicken der Fotoapparate mischte. Vorsichtig, um von drinnen nicht gesehen zu werden, spähte Santana um die Ecke. Eine ganze Horde von Fotografen umlagerte das Podium, auf dem Hawk und Sadie standen. Die bildhübsche, blonde junge Frau, ein Ebenbild der jungen Jennifer Aniston, schmiegte sich lächelnd an Hawk, so eng, wie man es nur tat, wenn man verliebt war. Das sah wirklich nicht nach Show aus. Inzwischen brannte es in ihrem Magen so sehr, dass es ihr beinahe den Atem raubte. Gebannt starrte sie in Hawks ausdrucksloses Gesicht. Alles eine Lüge? Ein böses Spiel, mit ihr als Darstellerin? Sie wollte es nicht glauben, aber das, was sie hier vor sich sah, sprach für sich. Er stieß die junge Frau nicht weg, er sprang nicht vom Podium und lief los, um sie, Santana, zu suchen. Nein, er stand da und schien das Blitzlichtgewitter zu genießen, legte sogar den Arm um Sadie. Nun hieß es Haltung bewahren. Sie straffte ihre Schultern und eilte zum Empfang. Gerade wollte sie nach Mike fragen, als sie dessen Stimme hinter sich vernahm.

„Santana! Da bist du ja, kommst du gleich mit zum Essen? Diese erfolgreiche Tour müssen wir unbedingt zum Abschluss noch gebührend feiern."

Es fiel ihr sehr schwer, einen gleichmütigen Tonfall hinzubekommen. „Mike, ich wollte dich gerade rufen lassen. Für heute ist alles vorbereitet und auch für morgen. Ich habe schreckliche Magenkrämpfe. Wahrscheinlich ist durch die viele Aufregung meine Gastritis wieder ausgebrochen. Wirklich, mir geht es richtig schlecht. Ich dachte, ich schaffe es, aber es geht nicht. Ich hoffe, du bist nicht böse?"

Mike war sofort sehr besorgt. „Böse? Gehts noch? Soll ich dich zu einem Arzt bringen? Oder zumindest nach Hause? Wenn du magst, kannst du dich auch in meinem Zimmer hinlegen. Alles was dir hilft. Ich bin sicher, Hawk möchte auch wissen, dass du krank bist, sobald er mit der Farce da drin fertig ist."

Ihr fehlte schlicht die Kraft, Mike zu erzählen, was wirklich mit ihr los war. Es tat ihr unendlich leid, den liebenswerten Künstler zu belügen, aber es ging gerade nicht anders. „Bei Hawk melde ich mich natürlich später, versprochen. Wenn ich es schaffe, komme ich morgen zum Flughafen. Sicherheitshalber möchte ich mich aber doch hier schon einmal von dir verabschieden. Es war eine herrliche Zeit mit euch, ihr werdet mir fehlen. Sagst du Finn bitte auch auf Wiedersehen von mir?"

Mike schien durchaus nicht gewillt, sie so gehen zu lassen, und zögerte. „Natürlich tue ich das, aber geheuer ist mir das nicht. Da steckt doch mehr dahinter. Santana, du würdest es mir sagen, wenn etwas geschehen ist, ja?"

Es wurde immer schwerer, die Tränen zurückzuhalten. „Natürlich würde ich das, Mike. Aber im Augenblick möchte ich nur noch nach Hause, verstehst du das?"

„Nicht ganz, um ehrlich zu sein, du beunruhigst mich schon sehr. Aber das soll mich nicht daran hindern, dich kräftig zu drücken. Komm her, du tolle Frau." Mike nahm sie fest in die Arme und hielt sie den kleinen Augenblick länger fest, als nötig gewesen wäre. Um ein Haar hätte er es geschafft, dass sie weich geworden wäre. Sie riss sich zusammen, drückte ihm einen Kuss auf die Wange und verschwand so schnell, dass er nichts mehr erwidern konnte. Nicht die freundlichste Art, aber wenn sie verhindern wollte, dass der feinfühlige Mann doch noch herausbekam, was los war, dann blieb ihr keine andere Möglichkeit. Santana klappte den Kragen ihrer Jacke hoch und eilte hinaus in den

Regen, der sich schon bald mit ihren bitteren Tränen
vermischte.

16. Ein ganzer Ozean

„Du spinnst. Ja, du musst komplett verrückt geworden sein! Das glaube ich jetzt einfach nicht." Jane lief zur Eingangstür ihres Cafés und schloss ab, ehe sie das alte, hölzerne Schild auf „Closed" drehte. Erst dann wandte sie sich wieder zu ihr um. „Santana, was ist denn nur los mit dir? Wann genau ist aus meiner scharfsinnigen, schlagfertigen Freundin dieses hilflose Häufchen Elend geworden?"

„Das versuche ich die ganze Zeit zu erklären. Ich war so mit Hawk und der Situation beschäftigt, dass ich es schlicht versäumt habe, vernünftig nachzudenken."

„Schlicht versäumt habe", äffte Jane sie nach. „Du warst glücklich, du warst verliebt … ach, Blödsinn, du bist verliebt. Ich muss dir ja nur in die Augen sehen. Da legt der Mann dir sein Herz zu Füßen, schüttet es dir auch noch komplett aus, und was tust du? Du verrätst ihn, ihn und seine Gefühle, sein Vertrauen, einfach alles."

Santana glaubte nicht richtig zu hören. „Hey, Auszeit, sofort! Ich war es nicht, die mal so nebenbei einen Verlobten verschwiegen hat. Ein Punkt, über den ich sowieso mit dir reden wollte. Du bist doch sein glühender Fan. Wie kommts, dass ausgerechnet du nichts von seiner Verlobten weißt? Spätestens als ich dir erzählt habe, dass ich mich tatsächlich verliebt habe." Ärgerlich runzelte sie die Stirn.

„Ach Unfug! Himmel nochmal, alle naselang wird er auf dem roten Teppich abgelichtet und schon wird – wieder einmal – behauptet, dass das seine neue Flamme ist. In keinem Interview hat er behauptet, dass er und Sadie verlobt seien. In keinem, hörst du, was ich sage? Das ist ein billiger PR-Gag seiner Mutter. Das könnte ich beschwören. Falls du es noch nicht weißt, aber sie vertritt auch diese Sadie. Mike hat es dir doch auch erklärt, oder irre ich mich?" Jane trat neben sie und legte ihre Hände auf Santanas Schultern. „Süße, wenn ich auch nur eine Sekunde glauben müsste, dass er dir wissentlich weh tun wollte, dann würde ich ihm eigenhändig den hübschen Hals umdrehen. Hörst du?"

Sie zuckte die Schultern und vermied es, Jane anzusehen. „Ja, schon, aber das war ja schließlich auch Hawks Geschichte. Bei Emely klang das ganz anders und tatsächlich sehr glaubhaft."

„Das Wort glaubhaft in einem Satz mit dieser Frau zu benutzen ist verdammt gewagt, findest du nicht?" Janes Meinung über Emely Vaughn stand fest. Sie schüttelte schweigend den Kopf und begann damit, die restlichen Cupcakes und Kuchen abzudecken oder, sofern sie ein Topping besaßen, in den zweitürigen Kühlschrank zu räumen, ehe sie die Theke aus weiß gebeiztem Holz sorgfältig reinigte und die Glasscheibe der Vitrine polierte. Es dauerte, ehe sie sich Santana wieder zuwandte und sie prüfend fixierte. „Na, egal, zumindest für den Moment. Du kommst jetzt mit in die Küche und ich mache dir eine heiße Schokolade. Vielleicht bist du ja einfach im Unterzucker und wirst dann wieder du selbst.“

Santana wusste, dass es keinen Sinn hatte, ihr zu widersprechen – abgesehen von dem Umstand, dass Janes Schokoladen legendär köstlich waren. Allerdings beunruhigte sie, dass Jane schon wieder schwieg. Was heckte sie nur aus? Der Duft nach Zimt, Schokolade und einem Hauch Vanille schaffte es tatsächlich, dass sich ihr Magen entspannte. „Jane, wirst du irgendwann wieder mit mir sprechen?“

„Darüber bin ich mir noch nicht ganz im Klaren. Noch einmal, zum Mitschreiben für dich: Der Mann liebt dich! Da bin ich mir sicher.“

„Tut er nicht!“ Sie zögerte kurz. „Vielleicht hat er ja sogar geglaubt, dass er es tut. Was nützt es mir, wenn er, kaum zurück in Los Angeles, sofort wieder in sein Leben eintaucht und – wie Emely es so schön nannte – den Rebellen vergisst?“

Jane stellte eine bauchige Steinguttasse vor ihr ab und reichte ihr einen langstieligen Löffel. „Da, sieh zu, dass du wieder halbwegs vernünftig denken kannst. Ich verlasse mich darauf, dass dein Hirn irgendwann wieder klar ist. Wie kannst du der Nebelkrähe nur mehr glauben als ihm?“

„Weil sie verflucht gute Argumente hat. Es ist doch wahr. Das Business ist sein Leben. Sieh dir die ganzen Videos an, auf denen er sich neben dutzenden Schönheiten räkelt. Mensch, Jane, das ist seine Welt. Die Welt, die dafür sorgt, dass er Millionen verdient und für die Zukunft vorsorgen kann. Er hat nie etwas anderes getan, das ist nun einmal sein Job. Selbst wenn das alles nicht nur Hirngespinste gewesen wären, sag mir bitte, was er hier tun sollte? Wovon soll er leben? Oder glaubst du, er hätte Lust, als Bedienung in einem Pub zu arbeiten?“

„Herzchen, vergisst du da nicht eine Winzigkeit? Der Mann hat einen Collegeabschluss. Hawk ist alles andere als dumm. Vertrau mir, der würde seinen Weg schon machen.“

Unglücklich nippte sie an ihrer köstlichen Schokolade. „Mag sein. Aber im Augenblick ist er auf dem Zenit seiner Karriere. Jetzt muss er dafür sorgen, dass er auch in Zukunft gefragt ist. Abgesehen davon wird er laut Emely nächstes Jahr heiraten.“

Jane schnaubte laut und ungehalten. „Hör auf damit! Wenn ich die Meinung seiner Mutter hören will, dann frag ich die. Will ich aber nicht. Ich möchte deine Meinung hören, kapiert?“

Wenn ihre beste Freundin wütend war, dann richtig.

„Schon gut. Ja, es tut weh und verdammt noch mal, ja, ich liebe ihn. Aber das alles hilft mir kein Stück weiter. Jane, versteh es doch: Zwischen uns liegt ein ganzer, riesiger Ozean. Nicht nur tatsächlich, sondern auch im bildlichen Sinne. Du verstehst?“ Sie hob eine Hand und ihre Finger berührten sich, sodass sie einen Kreis bildeten. „Hier ist meine Welt: Schottland, mein Studium, meine Familie, du, meine Zukunft.“ Sie zeigte auf die andere Seite des Tisches. „Dort hingegen ist seine Welt. Glamour, Berühmtheit, Geld, Mädchen, seine bildschöne Verlobte und, falls es ihm ernst damit ist, auch sein Vater, den er mal kennenlernen sollte. Kurz: Ich werde ihn nicht aus seinem Leben reißen.“

Jane beäugte sie prüfend. „Okay, ich sehe schon, du willst es nicht verstehen. Du bist auf eine perfekte

Schauspielerin hereingefallen. Aus seinem Leben reißen! So ein Schwachsinn! Das sind doch eins zu eins die Worte von Emely und nicht die deinen. Du versuchst, dich zu exkulpieren, dafür, dass du ihn einfach hast stehenlassen, ohne ein Wort, ohne Erklärung. Soll ich dir sagen, was das ist? Feige! Das ist einfach nur grenzenlos feige und dermaßen unfair ihm gegenüber."

„Jane, hab ich was verpasst? Bist du seine Anwältin oder so? Ich hatte doch zumindest auf ein wenig Verständnis für meine Lage gehofft."

Jane schüttelte nachdrücklich den Kopf. „Nichts da, das kannst du getrost vergessen. Ja, wenn du den Mut gehabt hättest, mit ihm zu reden, dann wäre das etwas anderes. Wenn er dir dann gesagt hätte: Hey, Santiago, hör zu. Es tut mir leid, es war nett mit dir, aber ich kann mein Leben nicht so einfach aufgeben … Gut, dann würde ich dich jetzt mit allen mir zur Verfügung stehenden Mitteln trösten." Jane lehnte sich mit verschränkten Armen und gerunzelter Stirn an den Geschirrschrank. „Aber so ist diese heiße Schokolade das Höchste der Gefühle. Und soll ich dir noch was sagen? Ich weiß, dass ich recht habe, und ganz, ganz tief in dir ist dir das auch bewusst. Du bist nur zu feige das zuzugeben, denn dann müsstest du jetzt die Ärmel hochkrempeln und dein neues Leben – ein Leben mit ihm – in Angriff nehmen."

Ja, davon zu träumen hatte sie sich tatsächlich erlaubt, wahrscheinlich tat es darum jetzt so unbeschreiblich weh. Um nicht weiter diskutieren zu müssen, trank sie ihre Schokolade aus und zog es vor zu schweigen.

Die Nacht auf Janes Sofa war viel zu schnell vergangen, und das, obwohl sie gefühlt gerade einmal eine Stunde geschlafen hatte. Ihre Mutter machte sich sicher keine Sorgen, nachdem sie ihr eine WhatsApp geschickt hatte, in der sie ihr vorschwindelte, sie würde bei Jane bleiben, da die unbedingt alles über die Tour wissen wollte. Jetzt war es kurz vor Mittag und in zwei Stunden würde der Learjet am Flughafen abheben. Ihr blieb keine andere Wahl. Wenn sie nicht für ihre gestrige Flucht geradestehen wollte, musste sie Evie anrufen. Evie zu erklären, was los war, fiel ihr schwer, aber sie musste ehrlich sein. Es überraschte Santana, dass Evie ebenfalls Partei für Hawk ergriff und ihr dringend riet, noch einmal mit ihm zu reden.

„Santana, ich konnte es nicht vermeiden, Rita in den vergangenen Tagen gut kennenzulernen. Sie ist intrigant und durch und durch Egoistin. Wenn es ihrer Karriere zuträglich ist, geht sie lächelnd über Leichen. Ich habe eigentlich geglaubt, du wüsstest, dass sie über deine ganz besonders gerne gehen würde. Wenn du aber darauf bestehst, dann entschuldige ich dich bei allen und sage, es ginge dir gesundheitlich so schlecht, dass du nicht zum Flughafen kommen kannst."

Erleichtert atmete sie auf. „Danke, Evie, das ist sehr freundlich von dir. Ich mache es auch wieder gut."

Evies Stimme wurde sehr leise. „Das musst du nicht, du hast hervorragend gearbeitet und der Agentur wirklich Ehre gemacht. Trotzdem denke ich, dass du einen sehr großen Fehler machst, aber es ist dein Leben. Denk einfach über meine Worte nach, okay? Ich muss dann los zum Flughafen. Oh, ehe ich es vergesse, BBC hat gestern ein langes Interview mit Hawk gemacht und sie werden heute den Abflug filmen. Die Edinburgh News sind auch vor Ort. Du kannst also zusehen."

Zusehen? Es war schon schlimm genug, dass auf ihrem stumm geschalteten Handy inzwischen fünfzehn entgangene Anrufe und zwölf Nachrichten von Hawk waren. Während Jane unten im Café werkelte, saß sie im Wohnzimmer auf dem Sofa und weinte sich still und leise die Augen aus. War sie wirklich so dumm, wie Jane ihr unverblümt an den Kopf geworfen hatte? War es tatsächlich solch ein großer Fehler, Hawk einfach so fortgehen zu lassen? Ja, Teufel noch eins, es zerriss ihr beinahe das Herz. Und doch, es musste das Richtige sein, ihn in sein Leben zurückzuschicken.

Na sicher, in ein Leben, von dem er dir klar und deutlich sagte, dass er es hasst. Sehr clever, Santana! Warum meldete sich das bescheuerte Unterbewusstsein immer dann, wenn man es am wenigsten gebrauchen konnte?

Natürlich knipste sie den Fernseher an und natürlich sah sie ihn. Na ja, sehen war übertrieben. Ihn durch einen Schleier ihrer nicht enden wollenden Tränen zu erblicken, zu sehen, wie er aus einem der Rover sprang und – die Sonnenbrille auf der Nase – zum Flugzeug stapfte, dicht gefolgt von Sadie, war eindeutig zu viel für sie. Er hatte keinen Blick für die Kameras und verschwand mit Mike und einem sichtlich müden Finn in der Maschine. Als das Flugzeug in Richtung Meer abhob, rollte sie sich weinend auf dem Sofa zusammen. Wenn es das Richtige war, was sie tat, warum fühlte es sich dann so verdammt falsch an?

An diesem Nachmittag stand Santana auf dem Kai am Hafen. Der Regen war so heftig, dass selbst ihr

Schirm nichts mehr nutzte. Sie war nass bis auf die Haut. Allerdings war es sowieso vollkommen egal, wie sie aussah. Alles war egal. Sie sah nur eines, das unendliche Meer, das sie von Hawk trennte. Dasselbe Meer, das, wie sie inständig hoffte, eines Tages so gnädig sein würde, die wunderschönen Erinnerungen an die vergangenen Tage mit sich zu nehmen.

17. Frühling im Winter

„Santana! Kommst du denn nun mit?" Allans Blick ruhte auf ihr. „Sag mal, wo bist du denn geistig schon wieder? Auf einem deiner Schlachtfelder?"

Sie lächelte pflichtschuldig. „Sorry, Allan. Nein, ich bin bei unserer nächsten Truppe aus Korea. Schottland in drei Tagen, du weißt schon. Das ist jedes Mal eine Herausforderung. Ich denke, ich mache das noch fertig. Geht ihr schon mal auf den Weihnachtsmarkt."

„Seit wann bist du eigentlich zur totalen Spaßbremse mutiert?" Liam schüttelte eindeutig verwirrt den Kopf. „Wenn du die alte Santana zufällig zu Gesicht bekommst, schick sie zu uns. Wir sind am Stand mit dem Whisky-Punsch." Liam zog seine dicke Winterjacke über und stülpte sich eine Strickmütze über die widerspenstigen Haare. „Anyway, ein schönes Wochenende, Santana."

Ihr „Vielen Dank, dir auch" klang zerknirscht. Alles fühlte sich falsch an. Ihr ganzes derzeitiges Leben fühlte sich falsch an. Selbst wenn es diverse schöne Momente gab, so wie der, als ihr Vater ihnen das erste Mal ohne Gehhilfe entgegenkam. Die Erleichterung darüber hatte ihr und auch ihrer Mutter die Kraft gegeben, weiterzumachen. Vor allem Erin blühte regelrecht auf.

Zu sehen und zu begreifen, dass sie und Santana tatsächlich die Familie über die Runden brachten, machte sie sichtlich stolz. Lediglich in stillen Momenten war er wieder da, dieser sorgenvolle Blick in Erins Augen. Und das, obwohl Santana sicher war, dass sie sich so gut sie konnte zusammennahm und dass es auch langsam besser würde. Aber so einfach ließen sich Gefühle eben nicht abschalten.

Zwei Wochen lang hatte ihr Handy zahllose entgangene Anrufe und Nachrichten angezeigt. Offensichtlich hatte Hawk sie auch in Los Angeles nicht vergessen. Mittlerweile war ihr durchaus bewusst, dass Emely nicht die ganze Wahrheit erzählt hatte. Aber das hatte keine Bedeutung, denn seit über einem Monat kam nichts mehr, es herrschte Schweigen jenseits des großen Ozeans, der sie trennte. Oft ertappte sie sich dabei, dass sie, sobald der Ton einer eingegangenen Nachricht erklang, sofort nach dem Telefon griff, aber meist war es eine WhatsApp von Jane oder jemandem aus der Agentur. Sie musste sich daran gewöhnen, dass sie ihre Chance endgültig verspielt hatte, sollte sie jemals eine gehabt haben.

Sie spürte eine Hand auf ihrer Schulter und fuhr erschrocken herum. Evie tätschelte ihr den Arm. „Ganz ruhig, keine Panik, das bin nur ich. Ach, Santana, weißt du, dass du mir Sorgen machst? Ich bin mir durchaus bewusst, dass du auf meine Ratschläge nicht gerade erpicht bist, aber ich gebe dir trotzdem einen: Fang wieder an zu leben und zwar flott. Wenn dir das nicht gelingt, dann melde dich einfach mal bei Mike.“

„Es ist lieb, dass du dir Sorgen um mich machst. Und vor allem so ungewohnt.“ Sie lächelte zu Evie hoch.

„Mike anzurufen fände ich irgendwie peinlich und außerdem hab ich seine Nummer nicht. Trotzdem danke, ehrlich. Willst du nicht zum Weihnachtsmarkt?"

Evie zuckte die Schultern. „Der läuft mir ja nicht weg. Abgesehen davon wäre das kein bisschen peinlich und seine Nummer habe ich auch. Also, keine Ausreden, meine Liebe. Denk darüber nach." Sie drehte sich um, hielt aber mitten in der Bewegung inne. „Ach was solls. Mike hat letzte Woche angerufen, um zu fragen, wie es dir geht. Er macht sich wirklich Sorgen und das nicht nur um dich. Mehr darf ich dir leider nicht erzählen, sonst bekommen wir nie wieder einen Auftrag." Plötzlich hatte Evie es verdammt eilig wegzukommen und ließ eine verstörte Santana zurück. Was sollte diese Geheimniskrämerei? Wieso machte Mike sich Sorgen und vor allem, warum sorgte er sich auch noch um Hawk – denn von wem sonst könnte Evie gesprochen haben? Seit die Crew abgereist war, hatte sie einen Riesenbogen um alle Klatschmagazine, Fernsehsendungen und weitere Informationsquellen gemacht. Jetzt aber siegte ihre Neugierde. Wenn jemand in Sachen Hawk Vaughn up to date war, dann Jane. Sie hatte der Freundin allerdings bis jetzt strikt untersagt, sie mit dem neuesten Klatsch in Sachen Hawk und seiner Entourage zu versorgen. Das musste sich ändern.

„Ach. Sind wir plötzlich neugierig, ja? Woher kommt denn dieser seltsame Sinneswandel? Ich dachte der schöne, charmante, ja geradezu bezaubernde Mann ist für dich gestorben?" Jane konnte verflixt nachtragend sein.

„Ja, schon gut! Ich gebe es ja zu. Nach Evies kryptischen Andeutungen frisst mich die Neugierde. Also, bitte, wenn du etwas weißt, dann musst du es mir erzählen.“ Santana versuchte es mit einem gekonnten Augenaufschlag. „Bitte!“

Jane sortierte schweigend und offenbar vollkommen ungerührt ihre Aprikosen-Vanille-Cookies in die Vitrine. Danach widmete sie sich ausgiebig den duftenden Brownies und ihren berühmten Schokoladen-Kirsch-Muffins. Sie trat einen Schritt zurück und betrachtete mit prüfendem Blick die Auslage. Offenbar war sie mit dem Ergebnis ihrer Arbeit zufrieden, denn sie nickte grimmig und umrundete die Theke, um zur Kaffeemaschine zu gelangen. „Kaffee? Eine schöne Latte macchiato?“

Santana nickte. „Sehr gerne, vielen Dank.“

Jane warf die Maschine an und bediente einige Kunden, die sich mit Leckereien für das Wochenende eindecken wollten. Sie zauberte zwei köstlich duftende Heißgetränke, krönte sie mit Zimtzucker, legte einen Schokoladen-Cookie auf einen kleinen Teller und brachte das Ganze zu Santana. „Sekunde noch, bitte. Ich bediene nur schnell noch zu Ende.“

Santana schlürfte ihren köstlichen Kaffee und biss genussvoll in den weichen, köstlichen Schoko-Cookie. Währenddessen beobachtete sie Jane, die mit Feuereifer ihre soeben gefüllte Vitrine wieder leerverkaufte. Jane liebte, was sie tat. Die Glückliche! Endlich verließ der letzte Kunde mit einem zufriedenen Lächeln auf den Lippen den nun ruhigen Laden. Nur am Ecktisch saßen noch zwei ältere Damen, die sichtlich glücklich ihre heißen Schokoladen genossen. So fand Jane jetzt auch Zeit für Santana und setzte sich, ihre Latte macchiato in den Händen, zu ihr. „So, was genau willst du wissen?"

Sie zuckte kleinlaut mit den Achseln. „Alles?"

Seufzend stellte Jane ihr Getränk ab, stand wieder auf und eilte in die Küche. Sie kehrte mit einem ganzen Stapel Magazine zurück. Darunter einige Hochglanzmagazine, auf deren Titelbild kein anderer als Hawk prangte. Schon sein Bild zu sehen, versetzte ihr einen schmerzhaften Stich. Einige Fotos stammten eindeutig aus dem Shooting hier in Schottland, andere waren älter, und auf einem war er mit Sadie zu sehen. Jetzt tat der Stich erst richtig weh. „Oh, seine Verlobte."

Jane schnaubte empört auf. „Kannst du auch lesen, oder guckst du lieber nur die Bilder?"

Verwirrt blickte sie auf. „Na ja, das ist aber doch Sadie. Schließlich hatte ich das Vergnügen, sie live zu erleben."

Jane zog eine ärgerliche Grimasse, nahm das Magazin, auf dem Hawk und das schöne Model abgebildet waren, blätterte durch die Seiten und klatschte es ihr letztendlich geöffnet auf den Tisch. „Da, bitte sehr. Lies es einfach und dann darfst du wieder reden."

Sie warf einen zaghaften Blick auf die Titelzeile:

Die erfundene Verlobung. Was sollte das denn jetzt bitte? Sofort stellte sie ihr Glas ab, griff nach der Zeitung und begann zu lesen.

Auf Nachfragen unseres Reporters erklärte das derzeit begehrteste männliche Model der Modebranche, Hawk Vaughn, wie es um seine Verlobung steht.

„Es gab nie eine Verlobung. Was es gab, war eine Schweigevereinbarung mit meinem Management, das zeitgleich auch Sadie unter Vertrag hat. Sadie ist eine gute Freundin, weiter nichts. Wie bei vielen anderen Dingen ist es mir sehr wichtig, hier endlich reinen Tisch zu machen. Unser Management versprach sich von dieser Aktion einen wechselseitigen Profit von der Popularität des jeweils anderen.“

Auf die Bemerkung, dass Sadie Martin seinerzeit eine zwar sehr hübsche, jedoch gänzlich unbekannte Größe im Modelbusiness gewesen war und es wohl eher so gewesen sei, dass sie von ihm profitiert habe, antwortete Hawk sehr diplomatisch.

„Das mag sein, aber Sadie hat Talent und sie wird ihren Weg ganz gewiss auch ohne mich an ihrer Seite machen. Ich wünsche ihr Glück und Erfolg und hoffe für sie, dass sie die Stärke aufbringt, in dieser Schlangengrube zu bestehen.“

Den Grund für seine derzeitigen Handlungen wollte Hawk uns jedoch nicht verraten. Sicher ist, dass seine Fans sich auf einige Veränderungen werden einstellen müssen.

Santana brach ab und starrte Jane eine Zeit lang schweigend an. „Er ist gar nicht verlobt?“

„Auch schon bemerkt, du Schlauberger? Was sage ich denn die ganze Zeit? Aber du warst ja nicht von deinen schrägen Ideen und Gedanken abzubringen. Da, sieh her.“ Sie knallte diverse Magazine und Zeitungen vor Santana auf die Tischplatte. „Hier: Berühmtestes Fotomodell der Welt zieht sich aus dem Geschäft zurück. Oder gerne auch das hier: Hawk Vaughn feuert sein Management. Das hier ist auch durchaus interessant: Amerikanischer Superstar zahlt Millionenbetrag, um sich aus Knebelvertrag für Realityshow freizukaufen.“

Sie schob den kompletten Stapel in Santanas Richtung. Nur eine Cosmo-Ausgabe behielt sie bei sich und blätterte darin herum. „Das sollte dich ganz besonders interessieren, meine Liebe. Pass mal gut auf.

Die internationale Modebranche befindet in Aufruhr. Kurz vor Beginn der Planungen für die Pariser Fashion Week im kommenden Jahr sickerte durch, dass sie wohl ohne den Star des Business stattfinden wird. Tyler „Hawk" Vaughn kündigte an, dass er sich, zumindest zu einem Großteil, aus der Branche zurückziehen wird. Nach dem endgültigen Bruch mit seinem Management und dem plötzlichen Ausstieg aus der ihm auf den Leib geschneiderten Realityshow ließ er mitteilen, vorerst lediglich mit Mike Milians arbeiten zu wollen. Er und der Starfotograf der Branche arbeiten seit vielen Jahren vertrauensvoll zusammen. Es heißt, Milians sei einer der wenigen Menschen, die Hawks uneingeschränktes Vertrauen besitzen. Die Bitte nach einem Interview mit Tyler Vaughn wurde negativ beschieden. Der Sprecher des Stars teilte mit, dass dieser mit unbekanntem Ziel und auf unbestimmte Zeit verreist sei." Jane blickte mit sorgenvoll gerunzelter Stirn von dem Blatt auf. „Seit ein paar Tagen klingt das Ganze schon wesentlich dramatischer. Die SUN titelte am Montag wie folgt, Sekunde bitte, hier habe ich es." Sie öffnete die Zeitung, und schon auf der ersten Seite prangte die Schlagzeile.

Schönster Mann der Welt spurlos verschwunden.

Janes Brauen zogen sich drohend zusammen. „Da siehst du, was du angerichtet hast."

Santana schob die Ausgabe der SUN zurück über den Tisch. „Jane, seit wann glaubst du bitte, was die SUN schreibt? Gut, das alles ist gewiss beunruhigend, anderseits wollte Hawk ja einiges in seinem Leben ändern."

„Nein! Echt jetzt? Was du nicht sagst. Dann hat er da also wohl die Wahrheit gesagt. Wie bei so vielem anderem auch, nicht wahr? Verflucht noch mal, Santana, jetzt gib es doch endlich zu, dass du ihn auf ganzer Linie verkannt hast."

Die Damen am Ecktisch winkten Jane zu sich und auch am Tresen hatten sich wieder Kunden eingefunden. Und so blieb Santana etwas Zeit, um sich zu sammeln. Sie las sich einige der Schlagzeilen durch, und mehr und mehr begriff sie, dass Jane vollkommen richtig lag. Sie hatte ihm Unrecht getan – und das offenbar nicht zu knapp. Stöhnend vergrub sie ihr Gesicht in den Händen.

„So, das waren die letzten. Geschafft für heute. Ich hab gerade zugesperrt." Prustend ließ sich Jane wieder auf ihren Stuhl fallen. Sie musterte Santana durch zusammengekniffene Lider. „Sieh da, hatte da jemand die große Erleuchtung? Begreifst du endlich, was du getan hast? Allerdings bin ich mir sicher, dass du das schon die ganze Zeit wusstest. Komm, Santana, sei endlich ehrlich zu mir. Warum hast du das getan? Warum hast du so schnell und so willig der offensichtlichen Lüge geglaubt?"

Sie versuchte verzweifelt, ihre wirren Gedanken zu ordnen. Erst nach einem langen, tiefen Atemzug antwortete sie. „Weil ich feige war. So unendlich und so verdammt feige. Ich hatte Angst vor der eigenen Courage. Das habe ich in den letzten Wochen, nachdem ich endlich einmal unvoreingenommen nachgedacht habe, begriffen. Ich war bis über beide Ohren in den – du hast es gerade selbst gelesen – schönsten Mann der Welt verliebt." Sie setzte sich aufrecht und ihre Hände beschrieben einen großen Kreis. „Ich habe es schon mal versucht zu erklären. Siehst du, hier, das hier, das ist meine Welt. Die Welt der Santana Kinnear. Second-Hand-Läden, Flohmärkte, alte Filme, die Geschichte meines Landes, Folkmusik, Apple Pie, Sandwich in den Princess Gardens, mein Hund und antike Gebäude." Sie beugte sich vor und streckte die Hände bis zur Mitte des Tisches. „Und das hier, das ist die Welt von Hawk Vaughn. Wunderschöne Menschen, Geld in Massen, teure Klamotten, teure Autos, eine Villa in Malibu, Stars und Sternchen, Partys, Fernsehen und Hochglanzmagazine. Mein Gott, Jane, ich hatte eine Scheißangst, dass ich nie und nimmer da mithalten könnte. Wie soll ich in einer Welt bestehen, in der Schönheit über alles gestellt wird?" Wieder begannen die Tränen zu rollen, wie so oft in den vergangenen Tagen. „Ja, ich liebe ihn, ja, er fehlt mir und ja, ich weiß inzwischen, dass ich ein Volltrottel war."

„Bin."

„Was?"

„Dass ich ein Volltrottel bin."

„Äh, danke, und warum?"

„Weil du immer noch nicht über deinen Schatten gesprungen bist und versucht hast, ihn zu kontaktieren." Jane sah regelrecht bedrohlich aus.

„Das hat doch jetzt keinen Sinn mehr. Wahrscheinlich hasst er mich inzwischen. Ich habe mich einfach unmöglich benommen."

„Feigling! Du Riesenfeigling! Ja, du hast dich vollkommen bescheuert verhalten. Aber denkst du, dein Schweigen und deine Kopf-in-den-Sand-Aktion ändern etwas daran? Damit machst du es nur noch schlimmer."

Santana schüttelte heftig den Kopf. „Unsinn, ich kann nichts mehr schlimmer machen. Außerdem hast du es doch selbst gelesen, er ist verschwunden. Wahrscheinlich hat er eine Frau gefunden, die nicht so dämlich ist wie ich und sich nicht vor lauter Angst, verletzt zu werden, beinahe in die Hose macht."

Jane legte den Kopf etwas schräg und betrachtete sie mit zusammengekniffenen Lippen. Dann lehnte sie sich seufzend zurück. „Du tust es schon wieder!"

„Was?"

„Du kneifst schon wieder. Hast du Angst, dass er dir den Kopf abreißt? Oder ist es wirklich die Angst davor herauszufinden, dass er eine nette Frau gefunden hat, die nicht mit seinen Gefühlen spielt, so wie du?"

Sie wollte schon abwehren, als sie stockte. Schweigend blickte sie in ihr leeres Glas. Es war nur ein leises Flüstern, das sie zustande brachte. „Beides, Jane, es ist beides. Ich habe solche Angst, dass er mich abgrundtief hasst, dass er mich nie mehr sehen will. Ich könnte es nicht ertragen. Jane, ich habe alles kaputt gemacht, alles. Nur weil ich ein feiges Weib bin, das unfähig ist, offen mit der größten Herausforderung ihres Lebens umzugehen. Ich bin so ein Idiot."

Sie verbarg ihr Gesicht in den Händen und weinte so bitterlich wie noch nie zuvor in ihrem Leben. Zu begreifen, was sie unwiederbringlich zerstört hatte, schmerzte unbeschreiblich. Janes Arme schlangen sich tröstend um sie.

„Nun komm, es gibt für alles eine Lösung. Wenn er dich wirklich liebt, dann wird er dir auch irgendwann verzeihen. Selbst wenn du auf seinen Gefühlen herumgetrampelt bist wie ein Steinzeit-Mammut." Jane lachte leise. „Hm, das war jetzt nicht besonders hilfreich, was?"

„Nicht so richtig. Aber ich kann dir wohl kaum widersprechen. Eine Lösung sehe ich allerdings nicht mehr. Er ist verschwunden. Wenn nicht mal die Presse ihn findet, wie soll ich es dann bitte tun?"

Der Samstagsverkehr in Edinburgh war auch heute wieder eine mittlere Katastrophe gewesen. Santana war froh, dass sie sich nur in den Bus gesetzt hatte und nicht mit dem Auto durch das Chaos hatte fahren müssen. Erleichtert sperrte sie die Haustür auf. „Mum! Ich bin wieder da. Dad geht's prima. Er war sogar mit mir in der Cafeteria. Ich soll dir ausrichten, dass du morgen deine Laufschuhe mitbringen sollst." Ächzend ließ sie die Einkaufstüten sowie die Tasche mit Schmutzwäsche ihres Vaters aus dem Krankenhaus zu Boden fallen.

Ihre Mutter kam aus der Küche und legte den Finger an die Lippen.

„Sorry, entschuldige, war ich zu laut? Hast du Kopfschmerzen?"

Ihre Mutter verdrehte die Augen, trat ganz nah an sie heran und flüsterte: „Nein, aber schrei nicht so herum. Du hast Besuch, ausgesprochen charmanten Besuch."

Sie versuchte, ihre Mutter am Arm festzuhalten, aber Erin war schon an der Wohnzimmertür und öffnete sie schwungvoll. „Jetzt ist sie da. Möchten Sie noch etwas Tee?"

Die Stimme, die ihrer Mutter antwortete, ließ ihre Knie weich wie Butter werden. „Vielen lieben Dank, Erin, aber meine Tasse ist noch halb voll."

Von einer Sekunde auf die andere war in ihrem Kopf nur noch Watte, sie war nicht mehr in der Lage, auch nur einen klaren Gedanken zu fassen. Ihre ganze Kraft zusammennehmend, wankte Santana auf Erin zu. Die trat beiseite und schien von dem Aufruhr, der in ihrer Tochter herrschte, gar nichts zu bemerken. Als sie ihn erblickte, wunderte sie das nicht. Dort stand er, lehnte sich lässig ans Fensterbrett und hielt eine knallgelbe, voluminöse Teetasse in beiden Händen. Sein langes Haar fiel ihm offen über einen hellgrauen Rollkragenpullover, dessen Ärmel er nach oben geschoben hatte. Dazu trug er eine eng sitzende, dunkelblaue Jeans und schwarze Socken. Er schenkte ihrer Mutter ein freundliches Lächeln, ehe er sich ihr zuwandte. Das Lächeln verschwand.

„Hi, Santana."

Erin schien spätestens jetzt zu begreifen, dass das ein unangenehmes Gespräch werden könnte. „Ihr Lieben, ich lasse euch dann mal allein. Ihr meldet euch, wenn ihr etwas braucht, ja?" Plötzlich hatte sie es sehr eilig, die Tür hinter sich ins Schloss zu ziehen.

Santana starrte Hawk an wie ein Wesen von einem anderen Stern. Verzweifelt suchte sie nach Worten. Nach Worten, die der Situation zumindest annähernd angemessen waren.

„Hi, ich ... sie haben geschrieben, du seist spurlos verschwunden. Ich ..." Verdammt, verdammt, verdammt!
Das waren ganz sicher nicht die richtigen Worte.

Er sah das wohl ähnlich. Noch immer musterte er sie
mit ernstem, kaltem Blick. „Na ja, dann kannst du jetzt
immerhin behaupten, du hättest mich gefunden. Wenigstens haben wir nun etwas gemeinsam, nicht wahr?
Ich meine, das mit dem spurlos verschwinden." Sein
Blick wurde noch eine Spur düsterer. „Bitte, Santana,
bitte sag mir, dass es eine unglaublich gute Erklärung
für dein Verhalten gibt. Ich bitte dich, erzähl mir, warum du ohne ein Wort des Abschieds einfach verschwunden bist. Seit Wochen zermartere ich mir meinen Kopf, aber ich finde beim besten Willen keine vernünftige Erklärung." Er nippte an seinem Tee, stellte
die Tasse vorsichtig neben sich auf die Fensterbank,
verschränkte die Arme vor dem Körper und sah sie auffordernd an. „Ich höre, Santana."

In einer hilflosen Geste hob sie die Arme und ließ sie
auch sofort wieder fallen. „Wenn ich sage, ich war ein
Idiot, dann genügt das wahrscheinlich nicht, stimmts?"

Er nickte. „Nicht so ganz, aber versuch es ruhig weiter, ich habe Zeit."

„Wo soll ich anfangen? Bei meiner Angst vor der Situation, sobald wir in Edinburgh waren? Bei den vollkommen wirren Gedanken, die mir durch den Kopf
schossen? Bei der Verlobten, die urplötzlich auftauchte
und die du mit keinem Wort erwähnt hast? Bei dem
Blitzlichtgewitter der Fotografen, bei eurem gemeinsamen Auftritt bei der Pressekonferenz oder bei meiner
Panik, die so plötzlich in mir hochkroch, dass ich kaum
mehr atmen konnte? Oder ich könnte auch bei der

langen Ansprache deiner Mutter anfangen, der ich, obwohl ich es hätte besser wissen müssen, geglaubt habe. Ja, ja, ich weiß, es war so einfach, einer Lüge zu glauben und mich nicht der Realität stellen zu müssen. Einer Realität, in der immerhin die Möglichkeit bestand, dass du und Sadie seit zwei Jahren zusammen seid und ihr tatsächlich eure Hochzeit für das kommende Jahr plant."

An dieser Stelle lachte Hawk böse auf. „Höchst eloquent ausgeführt, aber inhaltlich verdammt fadenscheinig, findest du nicht? Das ist jetzt gerade echt dünnes Eis, Santana."

„Ach Gott, das weiß ich doch. Ob du es glaubst oder nicht, aber wenn ich heute an diesen Nachmittag zurückdenke, dann ist das alles vollkommen irreal. Ich sehe mich selbst und könnte mich fortwährend für meine grenzenlose Feigheit und Dummheit ohrfeigen."

Er zuckte nur kurz die Achseln. „Ich will dir da nicht im Wege stehen. Was ich aber gerne tun möchte, das ist, dir zu schildern, wie ich mich gefühlt habe." Er stieß sich von der Fensterbank ab und wandte sich um. Sein Blick ging hinaus in den grauen Nachmittag. Schnee und Regen vermischten sich zu gleichen Teilen und wurden von kräftigen Windböen durcheinandergewirbelt. Er sah eine Weile dem weiß-grauen Treiben zu, stützte sich dann mit der rechten Hand am Fensterrahmen ab und begann zu sprechen, so leise, dass sie ihn kaum verstand.

„Als ich in Edinburgh aus dem Aufzug kam, habe ich zuerst den Rücken meiner Mutter gesehen. Ich wusste, dass das nur Ärger bedeuten konnte. Wie richtig ich damit lag, erkannte ich, als sie mich sofort den Geiern zum Fraß vorwarf. Na ja, es war ein Kamerateam von BBC und sie waren eigentlich recht nett, aber nachdem Mutter sofort Sadie neben mich schob, kam ich nicht mehr dazu, irgendetwas Klärendes zu sagen, ohne dass Sadie bis auf die Knochen blamiert gewesen wäre. Und so ein Arsch bin ich nun einmal nicht. Das hat Sadie nicht verdient. Sadies Vater ist einer der reichsten Produzenten Hollywoods. Seit Jahren hat er versucht, Sadie in diversen Sitcoms oder Filmen unterzubringen, jedes Mal mit zweifelhaftem Erfolg. Erst als meine Mutter und er sich kennengelernt haben und den in ihren Augen perfekten Marketingplan ausheckten, kam Leben in die Angelegenheit. Emely nahm Sadie unter Vertrag und wir traten immer öfter gemeinsam in der Öffentlichkeit auf. Ich will nicht lügen, Sadie hätte schon ganz gerne eine echte Beziehung mit mir angefangen, aber wir haben uns dahingehend frühzeitig ausgesprochen. Es wurde dann eine gute Freundschaft daraus und letztendlich hatten wir sogar Spaß an dem öffentlichen Versteckspiel. Sadie zierte an meiner Seite die Titelblätter der Klatschmagazine und plötzlich nahm ihre Karriere Fahrt auf. Ich habe mich echt für sie gefreut, sie ist ein nettes Mädchen, aber das wars dann auch. Gleich nach Schottland wollte ich aber endlich reinen Tisch machen. Ein Plan, der meiner Mutter so gar nicht gefiel. Natürlich wäre es ihr nur allzu recht gewesen, wenn wir tatsächlich ein Paar geworden wären. Die diversen Millionen von Sadies Vater waren ihr sehr sympathisch. Tja, und dann kam zuerst der Privatdetektiv mit den Infos über meinen Dad und dann kam Schottland. Vor allem aber kamst du. Von der ersten Minute an bist du mir nicht mehr aus dem Kopf gegangen. Ich war mir so unsicher, ob du eine Beziehung mit mir überhaupt in Betracht ziehst. Du warst so bodenständig, so schlagfertig, gnadenlos ehrlich und so bezaubernd natürlich. In der Nacht in Glencoe habe ich wirklich meinen ganzen Mut zusammengenommen." Er wandte ihr sein Gesicht zu. „Sieh mich nicht so zweifelnd an. Ja, auch ich weiß, dass ich nicht so einfach mit den Fingern schnippen kann, um zu bekommen, was ich will. Dich, Santana, wollte ich mehr als alles andere. Du hast mein Herz berührt. Dich dort zu küssen, hat mir so viel Hoffnung und Kraft gegeben. Nach den gemeinsamen Nächten wusste ich, dass ich es schaffen würde, endlich aus diesem Leben auszusteigen. Natürlich war mir klar, dass die Anwesenheit meiner Mutter nur Ärger bedeuten konnte, dass du ihr aber so leicht und ohne zu hinterfragen glauben konntest, nach allem, was ich dir erzählt habe, das begreife ich nicht. Während des Interviews mit BBC und anschließend während der Pressekonferenz habe ich perfekt funktioniert, so wie ich es immer getan habe. Weißt du, was mir die Kraft dafür gegeben hat? Weißt du, was mir den Mut gegeben hat? Du! Zu wissen, dass, wenn die Meute weiterziehen würde, du am Ausgang auf mich wartest. Ich kann mir ein bisschen vorstellen, wie das für dich war. Es ist, als stünde man an einem verschlossenen Tor. Auf der einen Seite ist deine Welt, auf der anderen meine. Mag sein, dass meine Welt dir Angst eingejagt hat. Es mag auch sein, dass du gar nicht durch das Tor wolltest, weil das nie deine Welt sein konnte, selbst wenn ich dort war. Santana, du solltest nie durch dieses Tor gehen, du solltest nie in meine Welt kommen. Nein, du warst der Rettungsanker jenseits dieses Tors, der

Anker in deiner Welt, in die ich gehen wollte. Hast du mir denn nie zugehört? Hast du mich nie verstanden? Ich wollte ein Leben, ein Leben in der echten Welt. Ich wünsche mir ein Leben jenseits von Glamour und Chichi, ein Leben mit dir. Wenn ich mir jemals bei etwas ganz sicher war, dann, dass wir es zusammen schaffen können. Tja, und dann gehe ich von der Bühne und öffne voller Vorfreude und Optimismus dieses Tor. Soll ich dir sagen, was ich fand? Leere! Da war nichts und niemand. Du warst weg, ohne ein Wort, ohne eine Erklärung. Das mit den Bauchschmerzen habe ich dir leider nicht glauben können. Nicht einmal die faire Chance auf ein Gespräch, um dir alles erklären zu können, hast du mir gegönnt. Nein. Du bist einfach so aus meinem Leben verschwunden, so als habe es dich niemals gegeben. Santana, kannst du dir auch nur ansatzweise vorstellen, wie ich mich gefühlt habe? Das kannst du nicht, vertrau mir. Wieder in Los Angeles, habe ich mich zuerst in meinem Haus eingeschlossen und dann dermaßen betrunken, dass ich mich nicht mal mehr an meinen eigenen Namen erinnern konnte. Dem Himmel sei Dank bin ich wieder über die Briefe meines Vaters gestolpert. Ich tat das einzig Richtige, buchte einen Flug und verschwand nach Florida.

Mein Vater ist der genialste Kerl, den ich jemals kennengelernt habe. Er hat mich in den Arm genommen und dann einfach nur reden lassen! Und das habe ich getan – tagelang. Wir haben uns aneinander herangetastet und er hat mir letztendlich gehörig den Kopf gewaschen, auch in Bezug auf dich. Ich bin zurück nach L.A. geflogen und habe reinen Tisch gemacht. Mit Pauls Hilfe konnte ich den Vertrag für die Show kündigen, ich habe meine Mutter gefeuert und glaube mir, ich habe jede Sekunde davon genossen. Am nächsten Tag habe ich mich mit Mike zusammengesetzt und wir haben Pläne geschmiedet, richtig gute Pläne. Als dann noch Paul mit einer grandiosen Idee ankam, wusste ich, dass ich alles richtig gemacht habe. Alles bis auf eins." Hawk setzte sich wieder auf die Fensterbank und musterte sie. „Sag mir, was bin ich für dich? Was habe ich falsch gemacht, dass du mir nicht eine Sekunde lang vertraut hast?"

Seit dem Part, in dem er von seinem Vater erzählt hatte, liefen ihr die Tränen über die Wangen. Sie konnte nicht aufhören zu weinen. Immerhin gelang es ihr, einigermaßen verständlich zu antworten. „Spätestens seit Glencoe liebe ich dich. Was ich für dich empfinde, habe ich nie zuvor für jemanden gefühlt. Ich kann dir weder meine Angst noch meine unendlich dumme Reaktion erklären. Alles was ich sagen kann ist, dass es mir unsagbar leidtut. Ich wünschte, ich könnte die Zeit zurückdrehen. Bitte glaube mir, dann würde ich an diesem Tor stehen und dich nie wieder loslassen. Aber ich kann es nicht ungeschehen machen. Ich kann mich nur ehrlich und aus tiefstem Herzen bei dir entschuldigen. Meine Feigheit, meine Angst, vielleicht doch verletzt zu werden, und meine Unbedarftheit gegenüber deiner perfekt schauspielernden Mutter haben alles kaputt gemacht. Bitte, ich weiß, dass es verflucht viel verlangt ist, aber ich versuche es trotzdem: Bitte, Hawk, verzeih mir."

Da war nichts. Kein Lächeln, kein Nicken – einfach nur nichts. Er sah eine kleine Weile zu Boden, ehe er sich von der Fensterbank abstieß und sich zu seiner vollen Größe aufrichtete.

„Ich weiß es nicht, Santana, ich weiß gerade gar nichts. Gib mir Zeit, ein bisschen wenigstens. Wenn du den Grund wissen willst, warum ich hier bin, dann kann ich ihn dir sagen. Es war mein Dad. Er hat sehr gut zugehört und ist sich ganz sicher, dass ich unbedingt mit dir reden müsste. Ich schwöre dir, du schaffst es nicht, das Mädel zu vergessen. Das waren seine Worte. Geredet haben wir jetzt, aber meine Gedanken und Gefühle zu sortieren, dürfte der schwierigere Teil werden. Ich kann es dir nicht sagen, Santana, noch nicht." Mit langsamen Schritten ging er zur Tür, mied ihre Nähe, machte einen regelrechten Bogen um sie. „Ich melde mich bei dir, okay?"

Santana nickte unter Tränen. „Ja, bitte tu das."

Nach einer durchweinten Nacht um kurz vor vier Uhr doch einzuschlafen und dann um sechs Uhr schon wieder aufzuwachen war ihrem Aussehen kein bisschen zuträglich. Sie sah aus wie eine mehrere Monate alte Wasserleiche. Santana schleppte sich unter die Dusche, um das Fiasko wenigstens etwas in den Griff zu bekommen. Viel brachte es nicht, aber immerhin wurde sie ganz wach. Natürlich galt der erste Blick ihrem Handy. Sie hatte alle Funktionen auf optimale Lautstärke gestellt, aber noch herrschte eisiges Schweigen. Das Wetter passte sich ihrer Stimmung perfekt an. Tiefhängende, graue Wolken, Graupelschauer und Temperaturen knapp über dem Gefrierpunkt versprachen einen trist-grauen Sonntag. Nicht einmal Jane konnte ihr heute zur Seite stehen, denn an den

Weihnachtswochenenden war ihr Café eine Goldgrube, auch wenn sie kaum Schlaf bekam. Vielleicht konnte sie ja heute bei ihr arbeiten? Ein Blick in den Spiegel beschied ihr, dass das eine blöde Idee war. So wie sie aussah, schreckte sie Kunden eher ab, als sie zum Kauf zu animieren. Santana braute sich in der Küche einen schwarzen Tee, kippte Milch hinein und stellte sich ans Fenster. Sie fühlte sich so leer wie nie zuvor in ihrem Leben.

Als das Handy fiepte, fiel ihr beinahe die Tasse aus den Händen. Der heiße Tee schwappte über den Rand und verbrühte ihr die Finger. „Scheiße!"

Egal, sie stellte die Tasse weg, wischte sich die Hände an ihrer Jogginghose ab und griff nach dem Telefon. Eine Nachricht. Hawk! Endlich.

„Finde mich."

Mehr stand da nicht. Aber mehr musste dort auch nicht stehen. Sofort rannte sie in ihr Zimmer, zog sich vernünftige Kleidung an, darüber eine dicke Steppjacke, wickelte sich einen Schal um den Hals und klopfte an Erins Schlafzimmertür. „Mum, bist du wach? Kann ich das Auto haben? Bitte! Es ist lebenswichtig, echt!"

Drei Minuten später startete sie den robusten Toyota, der ihrer Familie schon lange treu zur Seite stand. Sie klopfte aufmunternd auf das Lenkrad. „Mach heute keinen Mist, Jimmy, hörst du?" Sie verließ das noch ruhige Edinburgh und fuhr auf den Motorway. „So Jimmy, jetzt kannst du zeigen, was du kannst!"

Falkirk, Stirling, Callander und Tyndrum zogen an ihr vorüber und sie konnte nur hoffen, dass heute kein Gesetzeshüter auf die Idee kam, die Geschwindigkeit zu messen. Nicht einmal drei Stunden benötigte sie für die

Fahrt und das trotz Baustellen und einer Umleitung. Als sie in die verlassene Parkbucht fuhr, stand dort ein einziges Auto. Ein Rover der Autovermietung, mit der sie auch während der Tour gearbeitet hatten. Santana parkte direkt daneben und stellte den Motor ab. Auch hier war das Wetter gewöhnungsbedürftig. Es schneite stark und der Wind pfiff über den Parkplatz. Sie zog den Schal bis über ihre Nase und stapfte los. Es war eine rutschige Angelegenheit, aber sie schaffte es. Schon während sie die Anhöhe hochkletterte, sah sie ihn. Er trug einen dicken, roten Anorak und hatte seine Haare unter einer schwarzen Strickmütze versteckt. Er stand mit dem Rücken zu ihr und blickte hinaus ins Tal von Glencoe.

„Hawk?"

Langsam wandte er sich zu ihr um. „Sieh da, das weißt du also noch."

Verwirrt sah sie zu ihm auf. „Wie du heißt?"

„Quatsch, wo du mich findest. Hätte ja sein können, dass du das auch vergessen hast."

Sie schüttelte den Kopf so heftig, dass kleine Wassertropfen davonstoben. „Ich habe gar nichts vergessen. Keine einzige Sekunde, ich habe auch das unglaubliche Glücksgefühl nicht vergessen, als du mich hier geküsst hast. Hawk, bitte sag mir, dass ich nicht alles zerstört habe. Ich halte das nicht mehr aus, du fehlst mir so sehr."

Das, was sie in seinem Gesicht erkennen konnte, war noch immer viel zu ernst. Er musterte sie lange und mit ausdrucksloser Miene. Dann nahm er die Hände aus den Taschen seiner Jacke und kam langsam auf sie zu.

„Du mir auch. Sehr sogar. Aber ich bin noch immer wütend auf dich. Allerdings habe ich jetzt gerade ein Riesenproblem."

Santana ballte nervös die Hände zu Fäusten. „Was für ein Problem? Rede mit mir, kann ich dir helfen?"

Endlich! Da war es, zumindest eine Andeutung seines faszinierenden Lächelns. „Rede mit mir, also echt, das sagt die Richtige. Und ja, du kannst mir helfen. Komm mal hierher."

Unsicher und in dem Glauben, er wolle ihr etwas im Tal zeigen, trat sie auf ihn zu. Unvermittelt streckte Hawk seine Arme aus und zog sie an sich. „Ich meinte damit, du sollst zu mir kommen. Und nun sieh mich an." Er hob ihr Kinn an und sah ihr in die Augen. „Versprich mir, dass du nie wieder ohne ein Wort aus meinem Leben verschwindest. Los, versprich es."

Ihn wieder so nah bei sich zu haben, ließ sie hoffen. „Ich verspreche es. Ich denke nicht, dass du mich so schnell los würdest, wenn du mich wieder in dein Leben lässt."

Statt einer Antwort küsste er sie. Seine Lippen waren kühl und sanft, sein Kuss noch etwas zurückhaltend, aber trotzdem voller Zärtlichkeit. Ganz fest schlang sie ihre Arme um seine Mitte. „Hawk?"

„Ja."

„Ist das ein Ja?"

„Ein Ja auf was?"

„Auf meine Frage, ob du mir verzeihen kannst?"

„Hm, ich denke schon. Aber du hast noch Probezeit, ist das klar? Ab sofort bist du die Frau an meiner Seite, ohne Wenn und Aber." Er blickte lächelnd auf sie hinab. „Weißt du, dass ich mir ein Penthouse in Edinburgh gekauft habe?"

Sie strahlte zu ihm auf. „Nein, woher denn?"

„Das ist ja noch nicht alles. Ich habe meine bescheuerte Villa in Los Angeles verkauft. Dafür gehört mir jetzt ein sehr schönes Häuschen in einer Künstlerkolonie in Big Sir nahe Monterrey. Und rat mal, wer das Haus nebenan gekauft hat?"

Sie zuckte die Schultern. „Brad Pitt?"

„Viel besser. Ein gewisser Joseph Marquette."

„Ähm?"

Er lachte und küsste sie erneut. „Hilft es dir, wenn ich sage, dass mein eigentlicher Name Tyler Hawk Marquette lautet?"

„Dein Vater? Das ist ja wunderbar. Oh, wie schön für dich."

„Und was hältst du von der Neuigkeit, dass ich einen Vertrag mit Paul unterschrieben habe? Im Frühling starten wir eine Dokureise durch Schottland. Mit allem, was dazu gehört, Geschichte, Legenden, Märchen, Land und Leute. Ich moderiere die Dokumentation. Kannst du dir vorstellen, wie sehr ich mich auf diese Herausforderung freue? Paul war total begeistert von Schottland, noch dazu, da er tatsächlich schottische Vorfahren hat. Mike wird mit von der Partie sein. Er plant einen richtig geilen Bildband über die schottischen Inseln. O Mann, Santana, ich freue mich zum ersten Mal seit langer Zeit auf die Zukunft."

Sie stellte sich auf die Zehenspitzen und küsste ihn lange und liebevoll. „Frag mich erst einmal."

Plötzlich fiel ihr etwas ein.

„Hawk, du musst noch jemanden kennenlernen, jemanden, der von Anfang an fest an dich geglaubt hat."

Normalerweise wäre es beängstigend gewesen, den riesigen SUV stundenlang an der Stoßstange kleben zu haben. Da sie jedoch wusste, wer am Steuer saß, war es eher beruhigend. Mit einem breiten, glücklichen Grinsen auf den Lippen bretterte Santana zurück nach Edinburgh.

Jane blickte zweifelnd zuerst in die Auslage und danach in ihre Vitrine. Sie war beinahe leergeräubert. Immer wenn der Weihnachtsmarkt in den Straßen Edinburghs stattfand, verdiente auch sie sich an den Wochenenden eine goldene Nase. Das Café war den ganzen Tag brechend voll gewesen, erst jetzt, am späten Nachmittag, wurde es langsam ruhiger. Aber sie musste dringend nachfüllen. Sie warf einen prüfenden Blick zu den vier besetzten Tischen, aber die Gäste dort schienen wunschlos glücklich zu sein. Rasch eilte sie in die Küche, griff nach den bereits ordentlich vorbereiteten Muffins und brachte sie in den Verkaufsraum. Dort bückte sie sich und verteilte das Gebäck dekorativ in der Vitrine. Sie war gerade beim letzten Tablett angelangt, als sie den melodischen Ton des Windspiels über der Tür vernahm. Neue Kundschaft! Gut, dass sie aufgefüllt hatte. Schnell wollte sie die letzten Stücke einsortieren, als sie durch die Glasscheibe bereits Beine in einer Jeans und ein Paar grobe, gefütterte Boots vor sich auftauchen sah.
„Sekunde, ich bin gleich wieder bei Ihnen oben."

„Immer mit der Ruhe. Ich habe Zeit. Man hat mir gesagt, hier gäbe es die weltbesten Schoko-Kirsch-Muffins und ich müsse sie unbedingt versuchen."

Wow, der Mann hatte eine tolle Stimme. Schmunzelnd zog sie ihren Kopf aus der Vitrine und richtete sich auf.

Jane konnte es spüren. Sie konnte spüren, wie ihre Augen so groß wurden, dass sie kurz befürchtete, sie könnten ihr aus dem Kopf fallen. Ach ja, so ganz nebenbei vergaß sie auch noch zu atmen, wobei die Sache mit dem Sauerstoff sowieso überbewertet wurde. Vor ihr stand der schönste Mann, den sie jemals zu Gesicht bekommen hatte, und lächelte sie freundlich an.

„Hallo, Jane, schön dich kennenzulernen. Ich war schon neugierig, denn man hat mir zugetragen, dass du die Einzige warst, die von Anfang an Vertrauen in mich hatte."

Es fiel ihr verflixt schwer, den Blick von diesen magischen Augen, die von ellenlangen, schwarzen Wimpern umrahmt wurden, zu lösen.

Einmal ganz tief einatmen, dann sollte es wieder gehen.

„Das darfst du laut sagen. Und das mit den Muffins stimmt auch. Sekunde." Sie angelte eines ihrer Prachtstücke aus der Vitrine und legte es auf einen Glasteller. Als sie ihn Hawk über den Tresen reichte, fiel ihr Blick auf Santana, die etwa einen halben Meter hinter ihm aufgetaucht war. Das glückliche Strahlen auf dem Gesicht der Freundin sagte mehr als tausend Worte.

„Leute, besser kann dieser Tag nicht mehr werden. Hawk Vaughn steht in meinem Laden und isst meine

Muffins und meine beste Freundin hat endlich ihr glückliches Lachen wiedergefunden."

Hawk biss in den Muffin und grinste sie mit vollen Wangen kauend an. „Der Tag kann definitiv noch besser werden. Ich habe da von einer Wette gehört, die du ja wohl eindeutig gewonnen hast. Ich habe auf dem Weg hierher einen Tisch für uns reserviert, denn ich würde gerne mitkommen, wenn das in Ordnung ist." Er warf Santana einen liebevollen Blick zu, ehe er fortfuhr. „Du musst mir unbedingt erzählen, was sie so über mich gedacht und gesagt hat."

Santanas entsetzte Miene erheiterte Jane ungemein.

„Jedes einzelne Wort, versprochen. Und Santana zahlt, nur dass das klar ist. Diesen finanziell ruinösen Abend hat sie sich redlich verdient."

Zu sehen, wie Hawk die sichtlich glückliche Santana laut lachend in seine Arme schloss, war, zumindest für dieses Jahr, Janes schönstes Weihnachtsgeschenk.

ENDE

MEHR HUMORVOLLE LIEBESROMANE

Ein Schotte zum Küssen?
Katherine Collins
E-Book-ISBN:978-3-96087-902-2
Print-ISBN: 978-3-96087-957-2

Eine schottische Traumhochzeit – da kann nichts schief gehen, oder? Der neue humorvolle Liebesroman in den Highlands

Nach einem imposanten und romantischen Heiratsantrag in Paris wollen Reality-TV-Sternchen Hailey McGregor und Scheich Hafidh al Abdil den Bund der Ehe schließen. Die Einschaltquoten von Haileys neuer TV-Show werden bei der Live-Übertragung der Hochzeit in die Höhe schießen, da ist sich Hailey sicher. Und das malerische Schlosshotel Farquhar außerhalb von Inverness eignet sich perfekt für die Hochzeitsfeier.
Doch in den zwei Wochen bis zur Hochzeit lernt Hailey ihren Verlobten Hafidh erst richtig kennen. Ist er wirklich der Traummann, der er vorgibt zu sein? Zu allem Überfluss verbringt sie viel Zeit mit dessen schottischem Geschäftspartner Padraig McTiernan, der keine Chance auslässt, um Hailey in Verlegenheit zu bringen. Dumm nur, dass sie bei seinem Anblick weiche Knie bekommt – und das, obwohl der Tag der Hochzeit immer näher rückt ... Hailey muss sich entscheiden: für die Glitzer-Welt oder für ihre Gefühle.

Liebe lieber britisch
Katie MacAlister
E-Book-ISBN: 978-3-96087-792-9
Print-ISBN: 978-3-96087-855-1

Er verkörpert die britische Anständigkeit, sie die amerikanische Ungehemmtheit ...
Eine romantische Liebeskomödie von Bestsellerautorin Katie MacAlister

Die Amerikanerin Alix Freemar träumt davon, Schriftstellerin zu werden. Um an ihrem ersten Liebesroman zu arbeiten, reist sie nach London. So kann sie gleichzeitig auch ihre gescheiterten Beziehungen und Karrieren in den Staaten hinter sich lassen. Zur Inspiration möchte sich Alix in eine perfekte Romanze stürzen – nur der richtige Mann, der fehlt noch. Als sie auf den gutaussehenden und anständigen Alexander Block trifft, glaubt sie diesen gefunden zu haben.
Der junge Detektiv bei Scotland Yard sieht in Alix alles, was er an einer Frau verabscheut: Sie ist laut, ungehemmt und nicht an einer langfristigen Beziehung interessiert. Und zu Alexanders Missfallen nicht von ihrer Vorstellung von einer perfekten Romanze mit ihm abzubringen ...

Right for Love
Jo Jonson
E-Book-ISBN: 978-3-96087-898-8
Print-ISBN: 978-3-96087-261-0

Manchmal reicht ein Augenblick, um alles zu verändern …
Ein mitreißender Roman über die wahre Liebe und den Mut, die eigenen Träume zu erfüllen

Die rastlose Emma sucht ihr ganzes Leben schon nach der einen großen Liebe. Als nach zahlreichen bedeutungslosen Liebschaften nun auch ihre langjährige Beziehung zu ihrem Kollegen Alex scheitert, zieht sich die junge Frau vollständig in sich zurück und schwört der Männerwelt ab. Bis zu dem schicksalhaften Abend, an dem sie die Stimme jenes Mannes im Radio hört, der ihr Herz zum Singen bringt. Sofort ist sie Feuer und Flamme und lässt sich in die Gefühle fallen, die Jason in ihr auslöst. Ihr Kontakt beschränkt sich jedoch auf Nachrichten, die immer mehr Fragen in Emma aufwerfen: Ist sie mehr für ihn als nur ein Zeitvertreib, fühlt er ähnlich wie sie? Bald kommen ihr Zweifel, ob der Mann am anderen Ende Deutschlands nicht nur ein Gebilde aus ihren sehnsüchtigen Träumen ist oder ob sie beide auch eine echte Chance zusammen hätten …